Michael Arnold

Maik – Der Heimweg

AF210718

Michael Arnold

Maik – Der Heimweg

Impressum

Die handelnden Personen und Handlungen der Personen in diesem Roman sind frei erfunden. (Namentliche) Ähnlichkeiten oder gar Übereinstimmungen mit (Teil-) Erlebnissen von real existierenden Personen wären rein zufälliger Natur und können inhaltlich nicht mit diesem Werk in Verbindung gebracht werden.

© 2024 Michael Arnold

Lektorat: Johannes Albers
Coverzeichnung: Anna Hille

Layout & Umschlag: Marie-Luise Krücken, geb. Küpper

Verlag: BoD · Books on Demand GmbH, In de Tarpen 42, 22848 Norderstedt
Druck: Libri Plureos GmbH, Friedensallee 273, 22763 Hamburg
ISBN: 978-3-7693-1016-0

Inhaltsverzeichnis

WIDMUNG

Dieses Werk widme ich meinen Freunden mit elterlich anmutendem Status -

Reinhard & Marina Kretschmer.

»Maik - Der Heimweg soll Euch künftig als Anerkennung für eine gewachsene Freundschaft begleiten, in der ich viel gelernt und ein hohes Maß an persönlicher Prägung erfahren habe. Damit habt Ihr Euch für immer ein besonderes Plätzchen in meinem Herzen erarbeitet.«

Michael Arnold

VORWORT

Sehr geehrte Leserschaft,
liebe Freundinnen und Freunde von spannender Literatur,

zum 31. Dezember 2018 betreuten die Jugendämter in der Bundesrepublik Deutschland laut den Angaben des Statistischen Bundesamtes 143.316 Kinder und Jugendliche in Heimerziehung oder einer sonstigen betreuten Wohnform. Hinzu kamen 91.640 Kinder und Jugendliche, die sich in Vollzeitpflege in einer anderen Familie befanden. Voraussetzung für die Betreuung in einer Einrichtung der stationären Jugendhilfe (Heimerziehung) oder aber für den Verbleib in einer Pflegefamilie, ist die Gefährdung des Kindeswohls.

Doch wie sieht eine Gefährdung des Kindeswohls aus? Geschieht sie plötzlich, von heute auf morgen? Eher selten! Meistens stellt die Gefährdung des Kindeswohls einen Prozess dar, der irgendwann mehr oder weniger schleichend für die Betroffenen beginnt. Sind die allmählich ansteigende Gefährdung und ihre Konsequenzen für den Heranwachsenden nicht abzuwenden, folgt für ihn in diesem Prozess die befristete Unterbringung in einem Heim oder in einer Pflegefamilie. Zuvor verhält es sich häufig so, dass die betroffenen Kinder und Jugendlichen durch falsch getroffene Entscheidungen und/oder durch (vorsätzlich) falsches Handeln der Erziehungsberechtigten in eine Opferrolle gedrängt werden, der sie ohne fremde Hilfe nicht entrinnen können. Unglückliche, von außen wirkende Einflüsse, haben dabei eine beschleunigende Wirkung auf den ganzen Prozess. Das kann z.B. der Tod einer Bezugsperson ebenso sein, wie der Umzug in ein anderes (soziales) Umfeld.

Das vorliegende Werk stellt einen solchen Prozess anschaulich dar, der nicht selten mehrere Jahre andauert. Wegbegleiter der betroffenen Kinder und Jugendlichen sind währenddessen vielfach Enttäuschungen, Entbehrungen, Vernachlässigungen, sowie körperliche und seelische Schmerzen.

Die hohe Anzahl der durch die Jugendämter betreuten Kinder und Jugendlichen rechtfertigt daher durchaus die kritische Frage, welche Umstände dazu führen können, dass Kinder und Jugendliche nicht mehr in ihren Herkunftsfamilien leben können? Das folgende fiktive Beispiel soll Licht in das Dunkel familiärer Tragödien und dramatischer Verläufe mit katastrophalen Folgen für die Beteiligten bringen. Es skizziert aber auch ein gesellschaftliches System, dass Jahr für Jahr so viele Hilfsbedürftige hervorbringt. Manche schaffen es, ihre Schwierigkeiten hinter sich zu lassen. Viele andere schaffen es aber nicht, resignieren und / oder zerbrechen daran.

Michael Arnold

K 1 - LÄHMENDE ANGST

Das Hindernis kommt mit beängstigender Geschwindigkeit näher. Um langsamer zu werden, ist es zu spät. Mit diesem Tempo wächst das eigene Spiegelbild bis zur Lebensgröße heran, bevor es mit einem lauten Knall in unzählige Einzelteile zerbricht.

Station 4, es ist 14.00 Uhr und somit der Beginn einer neuen Mittagschicht auf der Inneren Medizin. Der Ort wirkt auf Eva nach 43 Dienstjahren als Krankenschwester in dieser Klinik auch weiterhin kalt, unfreundlich und vor allem lieblos. Obwohl sie diesen Eindrücken täglich über viele Stunden hinweg ausgesetzt ist, nimmt Schwester Eva sie kaum noch wahr. Zu sehr ist sie im Laufe ihrer Dienstzeit gegenüber vielen Dingen einfach abgestumpft. Oft hatte sie Verbesserungsvorschläge eingereicht, um diese ganzen Räumlichkeiten auch im Sinne der Patienten etwas menschlicher zu gestalten. Aber ihre Vorschläge wurden nie umgesetzt. Auf Anfrage wurde ihr stets zurückgemeldet, dass die Gelder knapp wären und wichtigere Ausgaben anstünden.

So muss auch sie täglich mit einem endlos lang erscheinenden und weiß gestrichenen Flur leben, in dessen Verlauf sich auf der linken Seite eine Türe an die nächste reiht. Die exakten Abstände zwischen den identisch gestalteten Türen perfektionieren diese alltägliche Monotonie. Auf der rechten Flurseite langweilen sich die Augen durch ebenso viele gegenüberliegende Türen weiter, bis sie auf eine Glaswand treffen. Etwas Tageslicht tritt durch das Glas auf den Flur, was der Atmosphäre des langen Ganges gut zu Gesicht steht. Aber es schieben sich in diesem Moment bereits dunkle Wolken vor die Sonne, die ein Wärmegewitter mit kräftigem Regen ankündigen. An dieser Stelle würde man sonst keinerlei Lichtblicke erwarten.

Hinter der Glaswand präsentiert sich das Schwesternzimmer, in dem vier Krankenschwestern und ein Arzt arbeiten. Während zwei Kolleginnen wortlos mit der schnellen Durchsicht von einheitlich grauen Akten beschäftigt sind, verschwindet die Dritte hinter einem Aktenschrank, der mitten im Raum steht. Zu den Wänden rechts und links hält dieser in heutigen Tagen antiquiert anmutende Arbeitsspeicher einen akkuraten Abstand von jeweils zwei Metern.

Eva ist die vierte Schwester im Raum und erwartet zu Dienstbeginn von dem Chefarzt Dr. Brucks ihre täglichen Anweisungen. Wie an jedem Tag darf sie auch heute davon ausgehen, dass er dabei äußerst präzise wird und alle Formulierungen sofort auf den Punkt bringt. Dabei bemüht er stets eine strenge Stimme, die auch von einem General kommen könnte. Doch heute läuft es etwas anders.

Es beginnt damit, dass auch Schwester Eva sich durch die grauen Akten lesen möchte, um sich auf ihren Dienst und auf die Patienten optimal vorbereiten zu können. So streckt sie gerade die Hand aus, um nach einer Akte zu greifen, als sie die Stimme des Chefarztes hört. Dabei schaut er sie noch nicht einmal an, weil er mit einem aufgeschlagenen Bericht in seiner Hand beschäftigt ist.

»Sie brauchen die Patientenakten heute nicht zu lesen, Schwester Eva. Es reicht völlig aus, wenn Sie nur eine, die dafür aber umso genauer, studieren. Setzen Sie sich bitte auf den Stuhl. Auf Sie wartet heute eine andere Aufgabe.«

Während der Arzt weiterhin mit seinem Bericht beschäftigt ist, scheint er gar nicht bemerkt zu haben, dass er soeben erneut die erfahrene Schwester wie einen dummen Schuljungen zum Sitzen auf einem Stuhl degradiert hat. Genau dieses menschlich abwertende Verhalten hasst sie an ihrem Chef. Zu gerne hätte sie ihm das einmal gesagt, aber befürchtete Repressalien hielten sie nicht grundlos immer davon ab. Ihm ist es nach ihrer Ansicht zuzutrauen, dass er auch sie nach einer ausgesprochenen Kritik, selbst wenn die berechtigt wäre, ins Tal des Todes zum Staubwischen versetzen würde. Damit ist innerhalb des Hauses die Pathologie im Keller gemeint, in die schon einige von ihren Kolleginnen nach einer Auseinandersetzung mit Dr. Brucks versetzt worden waren. Dies brachte ihm in den Kreisen des weiblichen Personals den nur vorsichtig geflüsterten Spitznamen »Ladykiller« ein.

Nachdem sie widerwillig Platz genommen und ihren Chef eine Weile erwartungsvoll angeschaut hat, legt dieser endlich seinen Bericht aus der Hand und wendet sich der Schwester zu. Dabei schaut er gewohnt streng mit nach vorne geneigtem Haupt über den Rand seiner Lesebrille, was sie auch heute als Wichtigtuerei interpretiert. In diesem Moment schießt, wie schon so oft in der Vergangenheit, die Frage durch ihren Kopf, ob der Arzt ihr Wissen, ihr Können und ihre Zuverlässigkeit überhaupt bemerken und richtig einschätzen würde. Oder würde sie in seinem Denken vielleicht nur ein zweckdienliches Arbeitsmaterial darstellen? Doch auf eine Art ist sie froh, dass er sich ihr gegenüber zu diesem Thema noch nie äußerte. Vielleicht wäre die Zusammenarbeit danach mit diesem Ekelpaket weitaus unerträglicher, als Schwester Eva sie bislang schon immer empfunden hat.

»Schwester Eva, in Zimmer 422 befindet sich der Patient Maik Harms. Er ist 17 Jahre alt und wurde gegen Mitternacht im Rahmen eines Notfalls mit dem Rettungswagen zu uns gebracht. Aus seiner Akte entnehmen Sie bitte, nach meiner gegebenen Dienstanweisung, alle notwendigen Informationen.«

Naja, denkt sich Schwester Eva eher ernüchtert. Bisher erscheint ihr noch alles im Rahmen des Machbaren. Der Patient Harms wäre nicht die erste Notaufnahme, die sie zu versorgen hätte. Aber sie fragt sich auch, warum der Doktor wegen einer Notaufnahme solch ein Fass aufmacht. Um ihren Gedankengängen keinen verräterischen Ausdruck zu verleihen, schaut sie den Chefarzt weiterhin reg- und kommentarlos an. Er soll wieder einmal auf keinen Fall ihre Verunsicherung und vor allem die Angst spüren, die sie vor ihm und seiner Macht als Chefarzt hat.

»Halten Sie seine Vitalfunktionen genau im Auge! Ich wünsche zudem, dass Sie ihren heutigen Dienst elementar anders gestalten, als Sie es gewohnt sind.«

Seine erweiterte Ausführung lässt Sorgen in der Krankenschwester aufkommen. Vielleicht handelt es sich bei dieser Notaufnahme um einen besonders schwer verletzten Patienten. Aber warum sollte sie dann ihren Dienst anders gestalten? So etwas wurde von ihr noch nie verlangt.

»Leisten Sie dem Patienten bis zu ihrem Dienstende am Abend Gesellschaft, wobei der Schwerpunkt von ihnen auf die Kommunikation zu setzen ist.«

Das sollte es gewesen sein? Mehr nicht! Nur nach den Vitalfunktionen eines Jugendlichen schauen und dann ein wenig mit ihm plaudern? Und für diese Aufgabe wurde ausgerechnet sie ausgesucht? Warum könnte dieser Auftrag nicht von einer jüngeren Kollegin oder vielleicht von einer ehrenamtlichen Schwester erledigt werden? Diese Fragen lassen die Schwester etwas verständnislos in ihren Stuhl zurücksinken. Zunehmend fällt es ihr schwerer, den Grad ihrer Verunsicherung zu verbergen. Sah der Arzt in ihr mittlerweile nur noch eine alte Schachtel, die dem regulären Krankenhausbetrieb nicht mehr gewachsen ist? Mit ungebrochen hoher Aufmerksamkeit, aber auch mit gemischten Gefühlen, lässt sie den Rest dieser Dienstanweisung über sich ergehen.

»Rechnen Sie mit Fluchtgefahr dieses Patienten bei der ersten sich bietenden Gelegenheit. Diese Vorgehensweise ist erforderlich, weil er sich laut Aussage der Polizei in seinem Verhalten stets ausgesprochen instabil zeigte. Da gegen ihn mal wieder aktuell ermittelt wird, müssen die es ja schließlich wissen.«

Nach diesen Worten ihres Chefarztes ist das Unverständnis in ihrem Kopf komplett, da es völlig unüblich ist, solche Dienstanweisungen an Krankenschwestern zu vergeben. Wäre dies nicht eher ein Fall für einen Psychologen? Doch auch ein zunehmendes Interesse an dem Patienten macht sich in ihr breit. Vielleicht müsste sie sich nicht allein dieser Aufgabe stellen und könnte eventuell Unterstützung erwarten. Also fragt sie nach und ist dabei um Sachlichkeit mit einer gespielten Sicherheit bemüht. Dabei ist ihr klar, dass sie sich bei Dr. Brucks keine Unsicherheiten leisten darf. Er würde solche Gefühle garantiert sofort bemerken und sich dann sicherlich noch mächtiger fühlen. Diesen Triumph will sie ihm nicht gönnen.

»Hat der jugendliche Patient Eltern oder Angehörige? Dürften diese zu dem Patienten ins Zimmer?«

Dr. Brucks hebt die Augenbrauen, was sie noch weiter verunsichert. Hatte Schwester Eva vielleicht etwas Falsches gefragt?

»Das ist eine gute Frage und zugleich das zentrale Problem, Schwester. Dieser Patient befindet sich in einer Maßnahme der stationären Jugendhilfe, die allgemein als Heimerziehung bekannt ist. Demnach dürfen Sie bei der Bewältigung ihrer Aufgabe nicht auf Hilfe von außen hoffen.«

Nach diesen als gefühllos empfundenen Worten ihres Chefs, hätte sich Schwester Eva nur allzu gerne krankgemeldet. Eine solche Dienstanweisung erscheint ihr wie eine lupenreine Schikane und im ersten Augenblick als kaum umsetzbar.

Offensichtlich handelt es sich bei diesem Patienten um einen unberechenbaren und zugleich kriminellen Jugendlichen, der schwer verletzt zu jedem Zeitpunkt die Kontrolle über sich verlieren könnte. Was hätte sie ihm da schon entgegenzusetzen? Doch es breitet sich auch ein zartes Pflänzchen der Hoffnung in ihr aus. Denn der Arzt war mit seiner Dienstanweisung noch nicht am Ende. Vielleicht käme noch so etwas wie ein mildernder Umstand, der ihre Arbeit an diesem Tage wenigstens etwas kalkulierbarer gestalten würde.

»Ich wünsche ausdrücklich, dass dieser Patient einen unauffälligen Aufenthalt in unserem Hause hat. Hierzu ist es erforderlich, dass er sich angemessen verhält. Ich gebe ihnen hierzu den Rat, ihre eigenen Normvorstellungen von Kommunikation in diesem Fall nicht als verbindlich und allgemeingültig zu betrachten. Vor gut vier Jahren hat unser Haus in einem ähnlichen Fall Erfahrungen gesammelt, die ich nicht weiter ausführen möchte. Ich hoffe, dass wir uns verstanden haben, Schwester.«

Spätestens seit diesem Augenblick weiß Schwester Eva, wie sich ein zartes Pflänzchen der Hoffnung fühlen muss, auf dem gerade ein Elefant seinen Fuß parkt. Ebenso, wie ein solches Gewächs, fühlt sich auch die Krankenschwester ziemlich geplättet. Wie konnte sie nur wieder annehmen, dass von ihrem Chef mildernde Umstände zu erwarten wären, ärgert sie sich über ihre Naivität.

Der Arzt greift zu dem Schreibtisch und nimmt sich die einzige dort liegende graue Akte mit der Aufschrift »Harms«. Während er sie der Schwester reicht, schaut er gleichzeitig kurz auf seine Armbanduhr, die akkurat unter seinem Kittelärmel bei ausgestrecktem Arm hervortritt. Wortlos empfängt Schwester Eva die handschriftlich angelegte Datensammlung.

Nun bleibt ihr nichts anderes übrig als dabei zuzuschauen, wie der Arzt sich wortlos von ihr abwendet. Gottlob hat der Teufel in seinem weißen Kittel hinten keine Augen und kann nicht sehen, dass Schwester Eva um Fassung ringt. Sie in ihrem Alter mit einem schier unlösbar erscheinenden Auftrag in die Wüste zu schicken, erscheint ihr als eine bodenlose Frechheit. Erschwerend kommt aber noch hinzu, wie er das tat: ohne Hilfestellungen, gefühlskalt, mit einer gekannt widerlich arroganten Tonart und dann kam auch noch das menschenverachtende Zuwenden des Rückens hinzu. Das alles ist für den Geschmack der betagten Krankenschwester zu viel.

Tief holt sie Luft und erhebt sich, wie mit Bleigewichten auf ihren Schultern beschwert, aus ihrem Stuhl. Dabei schaut sie eher zufällig in das junge Gesicht ihrer Schwesterkollegin Gabi. Diese erwidert den Augenkontakt und schaut die dienstälteste Schwester der Station für einen Moment lang an. Ohne Worte miteinander auszutauschen, bemerkt Schwester Eva, dass zumindest Gabi so etwas wie ein Mitgefühl für ihre Lage zu empfinden vermag. Sie erkennt es daran, dass Gabi verlegen lächelnd ihre Lippen zusammenpresst und kurz ermutigend nickt. Jedoch getraut sich keine der beiden Frauen in der Anwesenheit des Chefarztes auch nur ein Wort über diese Dienstanweisung zu verlieren. Das würde Dr. Brucks sofort als Untergrabung seiner Autorität bewerten und hätte Folgen für beide Kolleginnen. Somit bleibt Schwester Eva nicht viel mehr übrig, als erhobenen Hauptes zur Türe des Schwesternzimmers zu gehen, den Raum zu verlassen und die Türe hinter sich zu schließen.

Es ist das erste Mal, seitdem sie auf dieser Station arbeitet, dass sie das vom Tageslicht durchflutete Schwesternzimmer als beklemmend empfindet und den kurzen Aufenthalt auf dem von ihr so ungeliebten, weil tristen Flur, genießen kann. Nun muss sie wenigstens nicht die direkte Nähe zu ihrem Chef ertragen. Diese Erleichterung verhilft ihr sogleich dazu, einige Blicke in die Akte zu werfen. Doch die liest sie, ohne sie wirklich zu lesen. Es ist vielmehr die Abwechslung, wenigstens für eine Minute an etwas anderes als die Dienstanweisung und den bevorstehenden Kontakt zu dem Patienten denken zu müssen. Doch diese Ablenkung, das stellt sie sehr schnell fest, ist vergleichbar mit der Wirkung eines Alkoholrausches: Ist der vorbei, sind die Probleme weiterhin da.

Nun schaut auch sie auf ihre zierliche Damenarmbanduhr. Ohne Brille erkennt sie sofort: 14.11 Uhr. Es warten noch sieben Stunden und neunundvierzig Minuten auf sie, bevor der Feierabend sie von dieser Schicht erlöst. Es sind aber auch sieben Stunden und neunundvierzig Minuten, in denen sie sich dem unbekannten Patienten namens Maik Harms mit seinen bekannten Verhaltensweisen zu stellen hat. Das behagt ihr gar nicht, weil sie ihre Situation nicht einzuschätzen vermag.

Nun wird es ihr auch noch etwas kalt und ein wenig übel. So fühlte sie sich doch noch nicht zu ihrem Dienstbeginn. Würde sie vielleicht krank werden und käme tatsächlich so um die Erfüllung ihrer Dienstanweisung herum? Da das zu schön wäre, um wahr zu sein, lässt sie sich von realen Gedankengängen einholen. Die erinnern Schwester Eva daran, dass sie einst aus einer tiefen inneren Überzeugung heraus Krankenschwester geworden ist. Die gründete darin, dass sie kranken Menschen aus der Nächstenliebe heraus helfen wollte. Und genau dieser Wunsch lebt auch heute noch unverändert in ihr.

Also klemmt sie sich die Akte unter ihren Arm und beginnt damit, den mit grünem Linoleum verlegten Flur entlangzugehen. Dabei bemerkt sie, dass dort eine beängstigende Totenstille herrscht. Ihr Blick geht entlang der rechten Flurseite in Richtung des Zimmers 422. Zwangsläufig schaut sie dabei auf das große Fenster am Ende des Flures, als ihr eine gewisse Ironie der eigenen Situation bewusst wird. Sollte ihr jetzt jemand erzählen, dass dieser Tag ein guter Tag für sie werden könnte, möchte sie nicht wissen, was ein ganz guter Tag für sie bereithalten würde. Draußen beginnt Regen wie ein vom Himmel gesandtes Orchester gegen die Scheibe zu prasseln, während es dabei fast so dunkel ist wie zum Einbruch einer Nacht.

Einsetzende Blitze und Donner lassen Schwester Eva denken, dass sie nach einem Donnerwetter in doppelter Hinsicht im Regen steht. Dabei ist es letztendlich egal, ob sie sich nun hier drinnen im Krankenhaus oder draußen vor dem Gebäude befindet – ungemütlich ist es beider Orte.

Hinter dem Schwesternzimmer liegt das Zimmer 416. Auf dieser rechten Seite befinden sich alle gerade nummerierten Räume der Station. Danach kommt bereits das Zimmer 418, das sie auch hinter sich lässt. Dann kommt auch schon das Zimmer 420. Unzählige Male lief sie bereits in den letzten Jahren diesen Gang entlang: Rein in die Zimmer, raus aus den Zimmern. Mittlerweile schaut sie dabei nicht einmal mehr auf die Türschilder, die jeweils rechtsseitig in einheitlicher Sichthöhe neben den Türen angebracht sind. Sich ihrer Aufgabe bewusst, redet sie sich ein, an Selbstsicherheit gewonnen zu haben. Aufkommende Neugierde und die Sorge um das Wohl des Patienten scheinen sie dabei anzutreiben.

Während Schwester Eva das Zimmer Nummer 422 erreicht, hebt sie ihre Hand, um noch im Laufen an die Türe zu klopfen und zielsicher nach der Klinke zu greifen. Erneut spürt sie Kälte, die jetzt aber von der Metallklinke ausgeht und sich auf ihrer Handinnenfläche rasch ausbreitet. Kurz atmet sie durch, drückt die Klinke nach unten und öffnet die Türe. Nun gibt es für sie kein Zurück mehr. Ihr erscheint das Motto »Augen zu und durch« als einzig probates Mittel, sich ihrer aufgebürdeten Dienstanweisung zu stellen. Dabei will sie sich keine Blöße geben und begrüßt diesen Patienten so freundlich wie jeden anderen Patienten tagtäglich auch.

»Guten Tag, Herr Harms.«

Überrascht vernimmt sie das kurze Echo ihrer eigenen Worte. Außer dem Krankenbett mit beistehendem Nachttisch, einem Kleiderschrank und zwei mit grünlichem Stoff spärlich bezogenen Stühlen, die sich an einem Tischchen befinden, steht in diesem Zimmer sonst nichts mehr. Die Leere des grünen

Bodens und der weißen Tapeten wird auch nicht durch die grünen Fenstervorhänge und die weiße Lampe an der ebenso weißen Decke gemildert.

Ausgesprochen merkwürdig und zugleich aussagekräftig ist daran, dass der Patient allein in diesem Zimmer liegt. Schwester Eva erinnert sich an ein Gespräch vom Vortag, dass mit einer Überbelegung der Station zu rechnen sei. Demnach sollte in alle Mehrbettzimmer, in denen sich noch kein Extra-Bett befand, ein weiteres Bett hinzugeschoben werden. Jetzt dämmert es ihr. Offensichtlich nahm der Chefarzt nach der Aufnahme des Patienten Harms bewusst die Überbelegung anderer Zimmer in Kauf, um diesen Patienten einzeln unterbringen zu können. Dies wirft sogleich zwei Fragen in ihr auf: Wie tief muss ein Mensch sinken, um auf solche absurden Ideen wie Dr. Brucks zu kommen, und würde der mit seiner Einschätzung des Verhaltens dieses Patienten richtig liegen? Während ihr die erste Frage kaum zu beantworten erscheint, wirkt eine Antwort auf die zweite für sie nicht unmöglich.

Vor ihr liegt ein nahezu bewegungsunfähiger Mensch. Der Kopf des jungen Mannes ist mit einem Turban bandagiert, was auf eine Kopfverletzung hinweist. Der Hals ist ummantelt von einer Halskrause, die den Kopf stützt. Dies deutet auf Probleme mit den Halswirbeln hin. Über dem linken Auge des Patienten befindet sich ein weißes Kissen. Es wird durch einen Klebestreifen, quer über das Gesicht von der dunkelblonden Augenbraue bis zum linken Jochbein verlaufend, fixiert und deutet auf eine Augenverletzung hin. Sein rechter Arm liegt bis zur Schulter in einer Gipsschiene und ist bandagiert. Das schaut zumindest nach einer Fraktur aus. Die weiße Bettdecke verbirgt seinen Körper ab der Brust, bis über die Füße hinweg. Aber gerade noch sichtbar ist eine Bandage des Oberkörpers. Lediglich sein linker Arm scheint unverletzt zu sein. Ihn hält der Patient nach oben gestreckt, um sich leger mit der Hand am Galgen über dem Bett festzuhalten. Schwester Eva ist auf Anhieb klar, dass dieser Patient sich ohne fremde Hilfe kaum bewegen könnte und garantiert auf Hilfe angewiesen wäre, wenn er sich bewegen wollte. Das Einzige, das er in dieser Verfassung tun könnte, wäre Schwester Evas Anwesenheit mehr oder weniger schroff abzulehnen. Aber ob er sich ihr gegenüber so verhalten möchte, steht für sie noch lange nicht fest. Folglich dürfte seine Einzelunterbringung zu diesem Zeitpunkt schwer zu begründen sein.

Sie schließt die Türe, geht auf den Patienten zu und legt dabei die graue Patientenakte auf das kleine Tischchen im Zimmer. Leider zeigt der junge Mann auf ihre Begrüßung keinerlei Reaktion. Das scheint ihr nicht vorteilhaft für sie zu sein, denn sie ist sich der prägenden Wirkung des ersten Eindrucks durchaus bewusst. Also versucht sie es erneut in unveränderter Stimmlage.

»Guten Tag, Herr Harms. Ich heiße Sie herzlich willkommen auf unserer Station 4 des St.-Anna- Krankenhauses. Mein Name ist Schwester Eva.«

Ihr entgegnet eine ruhige und für einen fast volljährigen Mann unerwartet hohe Stimme, die ein kurzes »Hallo« verlauten lässt. Damit scheint ein Anfang getan zu sein. Also folgt nun der zweite Schritt.

»Wie geht es ihnen, Herr Harms? Haben Sie Schmerzen?«, möchte sie von ihm wissen. Diesmal lässt die Antwort etwas länger auf sich warten.

»Es geht so. Ich kann es aushalten«, ist seine knappe Antwort.

Die Schwester glaubt, sie habe auch diesen zweiten Schritt erfolgreich vollzogen. Doch das kann noch nicht alles gewesen sein. Weiterhin merkt sie, wie sie ihren gemischten Gefühlen unterliegt, die einfach keine Sicherheit im Umgang mit diesem Patienten aufkommen lassen wollen. So spürt sie jetzt in erster Linie Mitleid gegenüber einem jungen Menschen, der ihr sehr stark verletzt zu sein scheint. Darin schwingt auch die Sorge mit, ob dieser junge Mensch jemals wieder ganz gesund werden würde. Als nicht weniger stark empfindet sie das Gefühl einer wachsenden Neugierde in sich. Die resultiert schlichtweg aus dem Interesse an der Person als solcher. Welche charakterlichen Schemen schlummern in diesem Patienten? Daraus erwächst die Frage, ob die Erfüllung ihrer Dienstanweisung tatsächlich so unmöglich ist, wie sie es befürchtet. Und genau das will sie jetzt herausfinden.

»Gibt es etwas, das ich für Sie tun kann? Wie wäre es mit einem Glas Wasser?«, lautet ihre nächste Frage.

Ohne den Kopf zu bewegen oder den Galgen mit seiner gesunden Hand loszulassen, antwortet der Patient schlagfertig. »Trinken? Gerne. Aber nur dann, wenn kein Alkohol darin ist.«

Mit Verwunderung schaut Schwester Eva zu diesem Patienten herab und bemerkt, wie ihr diese als locker erscheinende Antwort ein ehrliches Lächeln auf die Lippen zu zaubern vermag. Mit einer solchen Reaktion hätte sie niemals gerechnet, was sie sich ehrlich eingestehen muss. Aber unkommentiert möchte sie diese Bemerkung auch nicht lassen. Somit beschließt sie, gleich mal ihre Grenzen bei diesem Patienten auszutesten und so in Erfahrung zu bringen, ob der junge Mann für Humor vielleicht etwas mehr übrig hat. Sollte dem so sein, könnte sie darauf eventuell aufbauen.

»In unserem Wasser ist bestimmt kein Alkohol enthalten. Was ich ihnen dazu aber mit Bestimmtheit sagen kann, ist, dass es einem ausgezeichneten Jahrgang entstammt.«

Diese Bemerkung provoziert sogleich eine Reaktion, die Schwester Eva zwar insgeheim erhofft, aber nicht unbedingt erwartet hätte. Er dreht seinen Kopf etwas in ihre Richtung, wobei sein gesundes Auge sie zum ersten Mal kritisch mustert. Dabei entgeht ihr nicht, dass auch er ansatzweise lächelt.

»Lachen Sie mich an oder lachen Sie mich aus?«, möchte der Patient entspannt klingend wissen.

»Ich lache Sie an, da mir Ihre Antwort gut gefallen hat. Solche lockeren Sprüche vernehme ich hier selten, aber durchaus gerne.«

»Sie waren aber auch gut drauf, Schwester«, lobt sie der Patient.

Schwester Eva greift zu der grünen Glasflasche auf dem weiß lackierten Nachttisch direkt neben dem Bett und dreht den Flaschenverschluss gut hörbar mit dem charakteristischen Zischen ab. Sie nimmt eines der beiden auf den Kopf gestellten Gläser, dreht es um und schenkt das kühle Nass aus der Flasche ein. Das ihm gereichte Glas veranlasst den Patienten dazu, den Galgen loszulassen und sicher nach dem Trinkgefäß zu greifen. Er führt es zu seinem Mund und leert es mit einigen Zügen. Danach reicht er es wortlos der Krankenschwester, die es gerne annimmt.

»Darf es noch ein Schluck sein?«, bietet sie erneut ihre Hilfe an.

»Nein danke, sonst gewöhne ich mich noch daran«, ist der nächste lockere Spruch, der seine Lippen verlässt.

Sofort bemerkt sie, dass er mit seiner Art den humorvollen Weg weiter beschreitet. Also beschließt sie ihm zu folgen. Da auch sie im Grunde ein humorvoller Mensch ist, fällt ihr das noch nicht einmal sonderlich schwer.

»Sie scheinen sich nicht sicher zu sein, ob Sie dem Alkohol zusprechen sollen oder sich mit dem Wasser anfreunden möchten. Gibt es dafür einen Grund?«

Der Patient überlegt eine Weile, bevor er antwortet. Für Schwester Eva ist es der Moment in dessen Verlauf sie sich überlegt, ob diese Frage nicht vielleicht etwas zu gewagt von ihr war. Aber auch im Nachhinein fällt ihr nichts Besseres ein, das sie hätte fragen können. Doch bevor sie negative Folgen befürchten kann, erhält sie eine Antwort.

»Nachdem, was passiert ist, habe ich keinen Bock mehr auf Schädelwasser. Aber davon haben Sie doch bestimmt schon gehört, oder? Ich kenne es nicht anders, als dass sich solche Sachen sehr schnell herumsprechen.«

Sollte das eine Antwort gewesen sein, dann bestünde sie aus zwei Teilen. Der erste Teil drückt eine zumindest kurzzeitige Ablehnung gegenüber Alkoholgenuss aus. Der zweite Teil offenbart ihr pures Misstrauen gegenüber anderen Menschen. Anscheinend ist Herr Harms es gewohnt, dass Dritte über ihn sprechen, anstatt mit ihm zu reden. Doch sie lässt sich nicht von ihrem Gesprächsfaden abbringen und schaut dem Patienten weiterhin ins Gesicht. Dies lächelt zwar immer noch, doch es kommt ihr in diesem Moment wie ein versteinertes Lächeln vor. Unbestreitbar ist aber, dass der junge Mann jetzt etwas von ihr hören möchte, das auf jeden Fall ehrlich ist. Und genau da liegt das Problem. Würde sie jetzt mit ihrem Wissen über die Heimkarriere und den polizeilichen Ermittlungen auftrumpfen, wäre das Gespräch unzweifelhaft sofort für ihn erledigt. Also beschließt sie, auch um ihm eine faire Chance zu geben, etwas zu flunkern. Gerne macht sie so etwas zwar nicht, aber es erscheint ihr als der richtige und vor allem der sichere Weg.

»Nein, Herr Harms. Ich habe nichts Genaues gehört. Mir ist nur bekannt, dass Sie in der vergangenen Nacht mit dem RTW hier eingeliefert und danach umgehend operiert wurden. Gäbe es denn etwas, das ich besser von ihnen als von anderen hören sollte?«, möchte sie selbstsicher klingend wissen.

Dabei hat sie nicht unbedingt das Gefühl, dass das Gespräch auf der Kippe zu stehen scheint. Um dies einschätzen zu können, hört sie einfach auf ihre gesunde Menschenkenntnis und vertraut dabei auf unzählige Erfahrungen mit Patienten aus den letzten Jahrzehnten.

Gerade holt der Patient Luft, um einen weiteren Gesprächsbeitrag zu liefern, als es kurz an der Türe klopft und diese zeitgleich geöffnet wird. Herein tritt, wie sollte es auch anders sein, Herr Dr. Brucks. Ohne die Türe hinter sich zu schließen, geht er schnurstracks auf das Krankenbett zu. Unterwegs nimmt er die graue Patientenakte vom Tischchen an sich, schlägt sie auf und beginnt darin zu blättern. Am Fußende des Bettes bleibt der Chefarzt stehen, ohne dem Patienten auch nur einen einzigen Blick zu gönnen. Erst nachdem er mit dem Blättern fertig ist, widmet er sich dem Patienten, der ihn breit grinsend anschaut.

Mit seiner tiefen Stimme und der strengen Tonlage spricht der Doktor den jungen Mann an.

»Guten Tag, Herr Harms. Wie geht es ihnen?«

»Bis gerade eben ging es noch«, antwortet dieser knapp.

Nach diesen sechs Worten hat Schwester Eva keinen Zweifel daran, dass sich in dem Bruchteil einer Sekunde ein schweres Unwetter zusammenbraut. Ein Blick in das Gesicht ihres Chefs lässt sie dessen ihr nur zu gut bekannten Züge erkennen. Der Chefarzt wird sofort todernst, da er, wie Schwester Eva auch, den pampigen Unterton des Patienten vernommen hatte. Er atmet deutlich hörbar ein für das, was er sagen möchte.

»Herr Harms, ich darf mich ihnen als Chefarzt Dr. Brucks dieses Krankenhauses vorstellen. Ihrer auf mich respektlos im Ton wirkenden Antwort entnehme ich, dass Sie offensichtlich noch nicht darüber in Kenntnis gesetzt wurden, unter welchen Umständen Sie zu uns kamen und in welcher Situation Sie sich befinden.«

Schwester Eva weiß ganz genau, dass das noch nicht alles von ihrem Chef gewesen sein kann. Doch sie beginnt in Erinnerung an ihre Dienstanweisung zu hoffen, dass die Schärfe des Dialogs nicht zunimmt. Es käme eben nur darauf an, wie sich der Patient ab jetzt gegenüber dem Chefarzt verhalten würde. Doch das kann sie absolut nicht einschätzen.

»Sie werden es mir sicherlich gleich erzählen«, hält der Patient weiterhin pampig und zugleich stramm grinsend dagegen. Aber das war ein weiterer Fehler von ihm, den auch der Arzt bemerkt und abermals Luft holt.

»Dem will ich gerne nachkommen. Sie wurden in der vergangenen Nacht mit dem Notarzt in unsere Klinik gebracht, nachdem ein Notarztwagen gerade noch bremsen konnte, als Sie dem mit einem Mofa die Vorfahrt nahmen und dann direkt ohne Sturzhelm ungebremst in eine Schaufensterscheibe rasten.«

Während der Patient diese Worte in der strengen Tonlage des Chefarztes vernimmt, verliert er zunehmend sein provokant wirkendes Grinsen. Die Lippen verkümmern zu einem beschämten Lächeln, was den Chefarzt ruckartig in eine führende Gesprächsposition bringt. Der bemerkt das natürlich und legt nach.

»Dabei verletzten Sie sich zwei Halswirbel und zogen sich einen offenen Bruch ihres rechten Arms zu. Glassplitter der zerstörten Schaufensterscheibe verletzten ihr linkes Auge nicht unerheblich, während weitere 96 Splitter für zum Teil erhebliche Schnittverletzungen gesorgt haben. Diese Glassplitter mussten wir operativ aus ihrem Körper entfernen. Insgesamt haben Sie eine vierstündige Operation hinter sich, wobei Sie es uns nicht unbedingt leicht machten, Sie zu operieren.«

Selbst von dem beschämten Lächeln ist in diesem Moment bei dem jungen Mann nichts mehr übrig geblieben. Was bleibt, ist die versteinerte Mimik eines Hilflosen.

»Sie wiesen einen Blutalkoholspiegel von 2,1 Promille auf, wobei wir zusätzlich noch deutliche Rückstände einer chemischen Substanz nachweisen konnten, die allgemein als Ecstasy bekannt ist. Dabei hatten Sie noch unfassbares Glück im Unglück. Es gibt etliche Schnittverletzungen, die sehr tief sind und in der unmittelbaren Nähe großer Blutgefäße liegen. Aber diese Gefäße blieben wie durch ein Wunder unverletzt.«

Für Schwester Eva ist klar, dass der Chefarzt sich immer noch nicht mit dem Gesagten zufrieden geben wird. Die Tatsache, dass der Patient jetzt schon, wie ein geprügelter Hund in einer Ecke wirkt, dürfte ihn unbeeindruckt lassen. Somit erwartet sie den finalen Schlag ihres Chefs.

»Da sich der Notarztwagen in ihrer unmittelbaren Nähe befand, konnten Sie sofort ärztlich versorgt werden, was ihnen einen erheblichen Zeitvorteil einbrachte. Ich mag mir gar nicht vorstellen was passiert wäre, wenn Sie erst auf einen Notarzt hätten warten müssen. Kann ich ihnen noch weitere Fragen beantworten, Herr Harms?«, will er siegessicher und dabei todernst wissen.

Diese Ausführungen des Chefarztes wirken sowohl beim Patienten als auch bei der Krankenschwester absolut niederschmetternd. Während der junge Mann sichtlich geschockt über die geschilderten Ereignisse ist, verzweifelt Schwester Eva innerlich. Wie soll sie jetzt nur ihrer Dienstanweisung gerecht werden, nachdem der Chefarzt den Patienten derartig vor ihr bloßstellte? Wäre eine Kommunikation überhaupt noch möglich oder würde sie am späten Abend ebenso von ihrem Chef heruntergeknüppelt werden, wie er es soeben mit dem Patienten tat? Denn es wäre für den Arzt ein Leichtes zu behaupten, dass es ihr Unvermögen gewesen sei, das die Umsetzung seiner Anweisung scheitern ließ. Auf keinen Fall würde er es dann zugeben, dass er ihren Gesprächsaufbau mit seiner herablassenden Art völlig versaut hatte. Diese Gedanken lassen die ganze Angelegenheit für sie zu einem miesen Spiel verkommen, bei dem es aus hierarchischen Gründen wie immer nur einen Verlierer gibt – und der wäre sie selbst. Doch das Gespräch zwischen den beiden Männern ist noch nicht beendet. Würde der Arzt nun weiter die Keule schwingen und ihre Arbeit dadurch völlig unmöglich machen, beginnt sie sich zunehmend verzweifelter zu fragen.

»Werde ich wieder gesund werden und wie lange werde ich hierbleiben müssen?«, möchte der Patient mittlerweile mit vorsichtiger Zurückhaltung wissen.

Auch das entgeht dem Arzt nicht, was ihn dazu veranlasst, sich ebenfalls anzupassen. Ein solches Verhalten war immer schon typisch für diesen Arzt. Wenn er sich alles erkämpft und andere gedemütigt hatte, was das Zeug hielt, konnte er von der einen Sekunde auf die nächste den Schongang einlegen.

»Ich hoffe das Beste für Sie. Wie die Verletzungen insgesamt gesehen verheilen, vermag ich jetzt noch nicht zu beurteilen. Demnach kann ich ihnen noch nichts über die Dauer ihres Aufenthaltes bei uns sagen. Jedoch können Sie durch ihr Verhalten maßgeblich dazu beitragen, den Heilungsprozess zu optimieren und ihren Aufenthalt bei uns zu verkürzen.«

»Was muss ich dafür tun?«, kommt es wie aus der Pistole geschossen.

»Behalten Sie eine strenge Bettruhe bei und nehmen Sie pünktlich ihre Medikamente ein. Mit leichter Kost werden wir ab morgen beginnen. Ich werde in der Frühe wieder nach ihnen sehen. Dann kann ich ihnen vielleicht schon etwas mehr sagen. Wenn Sie keine weiteren Fragen haben, würde ich nun gerne nach meinen anderen Patienten sehen und wünsche ihnen eine gute Besserung.«

Mit Beendigung dieses Satzes dreht sich der Chefarzt auf dem Absatz um und geht in Richtung des Ausgangs. Die Akte nimmt er dabei mit. Er verlässt den Raum und schließt gut hörbar die Türe hinter sich. In dem Krankenzimmer scheint ab diesem Moment die Atmosphäre fühl- und hörbar zu knistern, obwohl bis auf gegen die Fensterscheiben klopfenden Regens Stille herrscht.

Verantwortlich dafür sind beide zurückgelassenen Anwesenden. Der Patient, weil er die Ladung Backpfeifen des Chefarztes zu verdauen hat und ihm eine gewisse Sorge um seine Gesundheit auf die Stirn geschrieben zu sein scheint. Die Schwester, weil sie nun befürchtet, wieder von vorn anfangen zu müssen. Doch was gerade eben noch funktionierte, ließe sich sicherlich wiederholen.

Dieser Gedanke lässt sie Hoffnung schöpfen. Zu ihrer Überraschung sucht der Patient die Weiterführung des Gespräches. Sie ahnt dabei, dass sie sich vielleicht zu viele Sorgen um ihre Dienstanweisung macht. Ist es nicht der kranke Mensch, der eigentlich in ihrem Denken im Vordergrund stehen müsste?

»Das war hart«, durchdringt die Patientenstimme diese von beiden als unbequem empfundene Ruhe.

»Das denke ich mir auch«, entgegnet Schwester Eva. »Aber so sind nun einmal viele Chefs. Ohne ihnen zu nahe treten zu wollen, würde ich gerne von ihnen wissen, was Sie dazu veranlasst hat, ihn so anzugrinsen und ihm gegenüber eine solch provokante Tonart zu wählen. Damit hätte ich, ehrlich gesagt, nicht gerechnet.«

»Klar dürfen Sie mich das fragen«, meldet der Patient selbstbewusst und vielleicht ein bisschen um sein eigenes Ansehen bei der Schwester besorgt, zurück. »Haben Sie sich diesen Vogel einmal näher angeschaut?«

Schwester Eva fällt auf diese Frage spontan keine Antwort ein. Aber eigentlich möchte sie diese Frage auch gar nicht beantworten. Stattdessen zuckt sie nur kurz mit den Schultern und hofft, dass er genau in dieser, seiner individuellen Art, weiterspricht. Das beginnt sie an ihm zu mögen. Außerdem geht es gerade gegen ihren Chef. Und in solchen Fällen hört sie mit größter Vorliebe zu, wenn andere Menschen einen Kübel Unrat nach dem anderen über seinem Haupt ausschütten.

»Der kommt hier einfach hereingestürmt, ohne sich vorzustellen, und zieht sofort fett vom Leder. Sein Auftritt ging gar nicht. Das fand ich schon ziemlich asi. In solchen Augenblicken kann ich Typen wie den einfach nicht anders behandeln.«

Diese Worte klingen für Schwester Eva wie der Gesang eines himmlischen Chores. Zudem sind sie aus ihrer Sicht auch absolut nachvollziehbar. Dies wiederum lässt bei der Krankenschwester so etwas wie Neid aufkommen. Neid, weil sie nicht, ohne arbeitsrechtliche Konsequenzen fürchten zu müssen, so mit ihrem Chef umgehen kann. Was der Patient dort gerade gesagt hat, hört sich daher für sie wie ein Stück der ganz großen Freiheit an.

»Zu seiner asihaften Art passen auch seine Körpergröße und die Knubbelnase mit der dämlichen Brille darauf. Das erinnert mich an einen Gartenzwerg, der gerade von einem Dackel angepinkelt wurde und der deshalb ziemlich sauer ist. Wer da nicht grinsen muss, ist vermutlich schon tot, ohne das Sterben mitbekommen zu haben.«

Um ihr aufkommendes breites Lächeln zu verbergen, hält Schwester Eva ihre Hand vor ihren Mund. Doch diese Geste vermag ihr ehrliches Schmunzeln kaum zu verstecken.

»Herr Harms, so habe ich mir den Chefarzt noch nie vorgestellt. Aber ich werde ihre Worte gut im Hinterkopf behalten und zu gegebener Zeit darauf zurückgreifen. Doch während Sie mir ihre gut nachvollziehbare Meinung über ihn mitteilten, finde ich das, was er sagte, sehr viel besorgniserregender als seine Erscheinung und sein Verhalten.«

»Da haben Sie Recht, Schwester. Das gibt mir schwer zu denken. Aber jetzt wissen wir beide wenigstens, warum ich hier bin.«

Schwester Eva glaubt ihren Ohren nicht zu trauen. Selbstverständlich hat sie es vernommen, dass Alkohol und Drogen mit im Spiel waren. Aber reicht das wirklich aus, um einen Filmriss zu haben, oder spielt er ihr vielleicht nur eine Amnesie vor?

»Wussten Sie das denn vor diesem Gespräch nicht?«, will sie interessiert wissen.

Während der Patient nach der richtigen Antwort sucht, spürt Schwester Eva endlich ein Gefühl in sich, das sie unter dem Begriff »einkehrende Entspannung« kennt. Seit ihrem Dienstbeginn wurden ihre Gefühle wie in einer Waschmaschine zwischen schmutziger Wäsche hin- und her geschleudert. Doch jetzt wächst Hoffnung in ihr, dass sie sich mit diesem Patienten vielleicht doch ganz normal unterhalten könnte. Sollte dem so sein, bliebe die Frage, ob es auch ein gutes Gespräch für beide werden würde?

Der Patient scheint angestrengt nachzudenken, bevor er eine Antwort gibt.

»Nein, ehrlich gesagt wusste ich bisher nicht genau, warum ich hier bin und wie ich hier hingekommen bin. Aber so langsam dämmert es mir. Ich war am Samstagabend mit meinem Kollegen Benjamin, den wir alle nur Ben nennen, im York. Das ist unsere Stammdisco im Nachbardorf. Nichts großes, aber gute Musik und viele Bekannte, weil dort irgendwie alle hingehen.«

Aufmerksam hört sie zu, was er zu erzählen hat und genießt dabei den innerlich vollziehenden Gefühlswandel. Dabei vergisst Schwester Eva nicht sich ungefragt einen Stuhl an das Fußende seines Bettes zu stellen, um darauf Platz zu nehmen und ihn ansehen zu können, ohne dass er seinen durch die Halskrause fixierten Kopf umständlich drehen müsste. Das scheint den Patienten nicht zu stören, da er im wahrsten Sinne des Wortes viel zu erzählen hat.

K2 - DAS DARF DOCH WOHL
NICHT WAHR SEIN

Die Warteschlange vor dem York ist heute länger als an anderen Tagen. Das ist kein Wunder, weil alle Leute die verteilten Plakate in den Dörfern der Umgebung gelesen haben. Dabei war allen klar, dass es eine einmalige Sache wäre, dass DJ TechnoJam heute auflegen würde. Nach etwa zehn Minuten kann auch Maik Harms der Kassiererin das geforderte Eintrittsgeld in Höhe von zwölf Euro entrichten und erhält dafür einen Eingangsstempel auf seinem Handrücken.

An der Garderobe geht Maik vorbei, ohne seine Jeansjacke abzugeben. Das Ding ist schon richtig alt und hat so manche Fete miterleben dürfen. Daher verbietet sich die Abgabe dieses kultähnlichen Accessoires automatisch. Nach der Garderobe geht es an den Toiletten vorbei direkt zur Tanzfläche. Und tatsächlich, da ist auch schon DJ TechnoJam am Werk. Wie auf den Plakaten auch, hat der eine Glatze. Die einzige Behaarung an seinem Kopf ist ein schmal rasiertes Oberlippenbärtchen. Aber um auf das Publikum zu schauen, hat er keine Zeit. Zu sehr ist er auf seine Arbeit konzentriert, um auch dieses Mal alles wieder perfekt laufen zu lassen.

Maik beginnt sich unter den Gästen nach guten Bekannten umzuschauen. Dabei sind ihm die meisten Gesichter von vorangegangenen Partys bekannt. So sieht er auch Jessica, die er schon immer scharf fand. Schuld daran sind letztlich auch ihre irren weiblichen Kurven, auf die man(n) einfach schauen muss. Vor allem wenn Jessica tanzt bleibt einem nichts anderes übrig, als dadurch entstandene heiße Phantasien mit ausreichenden Biermengen abzukühlen. Maik hatte schon einmal überlegt, sich an diese Braut ranzuschmeißen. Aber da hat kaum einer eine Chance. Wenn man nicht richtig viel Kohle auf der Tasche hat, einen fetten Wagen fährt und über eine noble Wohnung für gemeinsame Stunden verfügt, verschimmelt man bei dem Schnittchen auf der Standspur.

Etwas abseits von Jessica steht Betina Nellinger. Auch sie ist nach Maiks Ansicht durchaus nicht nur eine Sünde wert. Ihr schulterlanges Haar hat Betina heute zu einem rassig wirkenden Pferdeschwanz gebunden. Normalerweise ist es hellblond, aber heute trägt sie es leicht rötlich getönt, was ihr gut zu Gesicht steht. Als er in eben dieses Gesicht der gertenschlanken Gleichaltrigen schaut fällt ihm wieder einmal auf, dass Betina immer wirkt als würde gleich die Welt untergehen. Noch nie sah er sie lachen, sondern höchstens einige Male schmal grinsen. Da passt es leider ganz gut, dass sie so gut wie gar nicht spricht. Oft hat Maik darüber nachgedacht, was das wohl für Ursachen haben könnte, bis er ihren beiden Geheimnissen auf die Spur kam. Zum einen trägt sie eine teuflisch fette Zahnspange und möchte diese gerne vor anderen verbergen. Zum anderen hat sie verdammt strenge Eltern. Soweit er es von anderen mitbekam, würde ihr Vater jeden totschlagen, der sich seiner Tochter mit der freundlichen Waffe zu nähern versucht.

Nahe der Tanzfläche steht auch Edda, die heute mal wieder affengeil aussieht. Als erstes fällt Maik immer deren Haarpacht auf. Brünett, und nicht gefärbt, wuchert sie grob gelockt wie die Mähne eines Löwen bis unter die Schultern. Die lässt sie heute übrigens unverdeckt ihre Wirkung entfalten. Weg von den Haaren, blickt Maik in Eddas Gesicht und sieht ihre mandelförmigen Augen mit den im Disco-Licht grünlich blitzenden

Pupillen. Darunter befindet sich eine richtig süße Stupsnase und noch ein Stückchen tiefer der Mund mit den vollen Lippen.

Fast wäre Maik mal bei Edda gelandet. Aber eben auch nur fast. Er war im letzten Sommer mit dem Fahrrad auf dem Nachhauseweg, als er an ihr vorbeifuhr. Da sich beide oberflächlich aus der Schule kannten, hielt er an und fragte während eines kurzen Gesprächs nach, ob er sie nicht ein Stückchen mitnehmen sollte. Den Gefallen ließ sie sich gerne erweisen und nahm im Damensitz auf der Stange seines Herrenrades Platz. Während er stramm in die Pedale trat, schaute er auch mal zu Edda herunter, die dies nicht zu bemerken schien. Dabei gewann er tiefe Einblicke in den Ausschnitt ihres T-Shirts, was ihm gut gefiel. Doch dann, nach einigen weiteren Treffen, offenbarte sie ihm, dass nichts aus ihnen werden würde. Schließlich sei er ein viel zu guter Kollege, den sie auf gar keinen Fall durch einen eventuell später eintretenden Beziehungsstopp verlieren wollte.

Für Maik ging nach diesen Worten buchstäblich eine Welt unter. Er verstand einfach den Sinn ihrer Aussage nicht. Nach seiner Meinung könnte aus Männlein und Weiblein nur dann ein gutes Paar werden, wenn beide in ihrem Gegenüber einen korrekten Menschen erkennen würden. Das war aus seiner Sicht der Fall. Und sie sagte ja auch, dass er ein richtig guter Kollege wäre. Aber dennoch wurde nichts daraus. Erst einige Wochen später erkannte er, dass sie schlicht und ergreifend auf andere Typen steht. Es war der Moment, indem er Edda in der Stadt mit ihrem neuen Freund sah. Ein wahrer Muskelprotz mit gegelten Haaren. Da konnte der schmächtige Maik leider nicht mithalten. Übel nahm er ihr aber, dass sie ihm eine erlogene Abfuhr erteilte. Hätte Edda mehr Mut zur Ehrlichkeit gezeigt, hätte er damit vermutlich besser leben können.

Bevor er weiter über Edda nachdenken kann, wird er aus seinen Gedanken gerissen. Er spürt unerwartet eine Hand auf seiner Schulter. Sofort dreht er sich um und sieht auf den ersten

Blick in dem schnell wechselnden Disco-Licht nicht viel. Erst bei näherem Hinsehen erkennt er seinen Kindergartenfreund Ben.

Maiks Gesicht beginnt sofort zu strahlen, als der den schwarz gelockten Freund sieht. Wenn sich schon rein damentechnisch an diesem Abend nicht viel reißen lässt, dann ist Ben ein Garant dafür, dass dieser Abend in die unvergessenen Annalen einer ganz dicken Freundschaft eingehen wird.

Ben ruft Maik sofort etwas zu, was dieser aber nicht versteht. Schuld daran sind die hämmernden Beats des an diesem Abend allmächtigen DJ TechnoJam. Als Ben bemerkt, dass Maik ihn nicht versteht, greift er zu dessen Ärmel und zieht ihn durch die anwachsende Menschenmenge hinter sich her zur Bar. Dort ist die Musik zwar immer noch laut, aber man kann sich, wenn man die Köpfe näher zueinander rückt, wenigstens etwas lauter unterhalten.

»Alter, ist das geil dich hier zu treffen. Was geht ab bei dir? Willst du was trinken?«, will Ben wissen.

Obwohl sich auch Maik über das Treffen mit Ben freut, ist er sehr überrascht von dessen Großzügigkeit. Solange sich die beiden kennen, hatte Ben nie Geld in den Taschen. Nach der Schule mit verpasstem Abschluss fand er auch keine Lehr- oder Arbeitsstelle. Woher kommt also das Geld für die angebotenen Getränke? Da schießt ihm ein Gedanke durch den Kopf, der ihn seit längerer Zeit beschäftigt. Denn vor einigen Wochen hatte er etwas gehört wonach er Ben unbedingt fragen wollte, wenn er ihn denn treffen sollte. An diesem Abend ist es dann so weit. Aber er muss bedächtig vorgehen, wenn er eine ehrliche Antwort von Ben haben möchte. Das weiß er nach so vielen Jahren der Freundschaft mit Ben ganz genau.

»Jau Alter, mir geht es voll gut. Geil, dass du auch hier bist. Ich nehme ein großes Pils«, brüllt er Ben an.

Dieser hat die Botschaft verstanden und ruft laut nach einem der vier Barkeeper, der auch sofort kommt. Laut bestellt er zwei große Pils und zwei Vodka-Energy Drinks. Das bekommt auch Maik mit und macht sich so seine erweiterten Gedanken, indem er anfängt zu rechnen. Die beiden großen Pils kosten zusammen sechs Euro. Dazu kommen die Drinks mit insgesamt 15 Euro. Der Eintritt an diesem Abend kostet zwölf Euro. Macht insgesamt 33 Euro, die Ben an diesem Abend mindestens auf den Kopf haut. Als Ben, während er die Bestellung aufgibt, auch noch eine vor kurzem angebrochene Schachtel Zigaretten aus der Jackentasche zieht, glaubt Maik seinen Augen nicht zu trauen. Die kostet fünf Euro am Automaten und lässt Bens ausgegebenes Geld an diesem Abend schon auf 38 Euro anschwellen.

Während der Barkeeper mit Hochdruck an der Bestellung arbeitet, bietet Ben seinem Freund Maik wortlos grinsend eine Zigarette an, indem er ihm die Schachtel locker entgegenhält. Doch dieser schüttelt ablehnend mit dem Kopf und kann sich eine Bemerkung dazu nicht verkneifen.

»Nein danke. Ich kann mir das Rauchen immer noch nicht angewöhnen.«

Die Antwort lässt bei Ben naturgemäß nicht lange auf sich warten.

»Was, du rauchst immer noch nicht? Junge, wie willst du denn den Geruch von Muttermilch verlieren, wenn aus dir nicht bald ein richtiger Mann wird?«

Bevor Maik antworten kann, steht der Barkeeper vor den beiden jungen Männern und stellt vor deren Augen die Getränke ab. Ben holt aus seiner Jackentasche die Verzehrkarte und reicht sie dem Barkeeper herüber, der sofort die zu zahlende Summe darauf notiert. Danach bekommt er seine Karte wieder, lässt sie ungeprüft in der Jackentasche verschwinden, greift nach dem Vodka-Energy Drink und hält das Glas prostend in Maiks Richtung. Der versteht die Aufforderung zum Trinken und nimmt auch seinen Drink. Vorsichtig lassen sie ihre Gläser aneinander klirren, um sich zuzuprosten. Bevor Maik trinken kann, hat Ben aber noch etwas zu sagen.

»Alter, beide Getränke gehen auf Ex direkt nacheinander runter. Wer das nicht schafft, der muss die nächste Runde latzen!«

Das hat Maik gut verstanden und sollte kein Problem für ihn darstellen. Es könnte aber für ihn zu einem Problem werden, wenn er die beiden Getränke nicht auf Ex herunter kippt. Also setzen die Freunde zum Trinken an und leeren ihre Gläser hastig. Fast zeitgleich setzen sie die geleerten Gläser auf der Bar ab und greifen zu den Halbliter-Bierhumpen. Auch die führen sie zu ihren Mündern und lassen die Gerstensäfte einfach professionell laufen. Ben hat sein Glas zuerst geleert und wieder abgestellt. Einige Sekunden später ist auch Maik fertig. Ben scheint richtig gut in Form zu sein. Cool steckt er sich die zuvor aus der Schachtel gezogene Fluppe in den Mund und gibt ihr eine Flamme. Dabei inhaliert er einen fetten Zug der nikotinhaltigen Giftmischung und schmettert sie so auf seine Bronchien, bevor er den Qualm aus Mund und Nase in die Umgebung entlässt. Danach beugt er sich wieder vor zu Maik.

»Gut gemacht, mein Freund. Wer von uns zahlt die nächste Runde?«

Maik weiß um seine finanzielle Situation an diesem Abend, was ihm gerade jetzt peinlich wird, da Ben eine Antwort auf seine Frage erwartet. Doch er gibt eine ehrliche Antwort.

»Ich kann auch so eine Runde reinschmeißen. Aber dann bekomme ich ein Problem, weil ich nicht viel Kohle dabei habe.«

Etwas ungläubig schaut Ben in Maiks Augen, bevor er seinen Arm hebt und den Barkeeper erneut zu sich ruft. Auch jetzt kommt dieser sofort dem Zuruf nach und nimmt die zweite Bestellung von Ben entgegen. Danach beugt sich Maik zu seinem Freund, denn er will endlich wissen, woher Ben so viel Geld hat und wie er es sich leisten kann so spendabel zu sein.

»Sag mal, ich habe da etwas über Thomas gehört. Da labert einer, dass du ihm Drogen in sein Glas getan haben sollst. Daraufhin ist der völlig ausgeflippt und hat ´nen Herzkasper gekriegt, bevor sie ihn ins Krankenhaus gebracht haben. Ist da was dran?«

Ben antwortet schlagfertig.

»Thomas ist nichts weiter als ein Schwätzer. Wenn der sein Maul aufmacht, hat er schon gelogen. Alter, du kennst mich. Ich habe nichts mit Drogen zu tun«, beruhigt Ben seinen Freund.

Einen Moment lang lässt Maik die Antwort sacken, um in das ihm ehrlich erscheinende Gesicht seines Freundes zu schauen, bevor er nachhakt.

»Aber warum sollte Thomas so eine Scheiße labern?«

»Ist doch klar. Der hat sich zuerst die Drogen reingepfiffen und dann schlapp gemacht. Weißt du wie den seine Eltern drauf sind? Die sind abartig streng. Wenn die mitkriegen, dass der Drogen schmeißt, dann klatschen die den locker mal eben aus dem Leben. Und damit das nicht passiert, sucht der sich ´nen Dummen, der die Suppe für ihn auslöffelt. Aber so eine Scheiße lasse ich mir nicht anhängen.«

Das alles klingt für Maik durchaus nachvollziehbar. Während er noch überlegt, ob er seinem Freund diese Darstellung wirklich glauben kann, wird es ihm etwas schummerig. Das ist das sichere Zeichen dafür, dass der Alkohol zu wirken beginnt. Doch er bekommt durchaus mit, dass der Barkeeper die nächsten beiden Halbliter-Bierhumpen inklusive der nächsten beiden Vodka-Energy Drinks vor seinen Gästen abstellt. Da Maik nach seiner Auffassung nun mit dem Bezahlen an der Reihe wäre, holt er ohne zu murren seine Getränkekarte aus der Tasche. Doch Ben winkt mit der einen Hand ab und gibt mit der anderen seine gezogene Karte erneut dem Barkeeper. Der zögert nicht darauf die aktuelle Summe zu vermerken und sie Ben zurückzugeben. Da Maik gut rechnen kann weiß er, dass 38

Euro plus sechs Euro für die Biere, plus 15 Euro für die beiden Vodka-Energy Drinks eine neue Summe in der Höhe von 59 Euro ergeben.

Beide greifen nach ihren Drinks, prosten einander erneut zu und schütten die Getränke wild in sich hinein. Die geleerten Gläser werden auf der Bar abgestellt, bevor sie zu den Humpen greifen und auch die zum Trinken ansetzen. Doch zumindest Maik fällt das zweite Bier nicht so leicht, wie das erste. Er bemerkt, dass sein Magen noch an der vorangegangenen Biermenge zu knacken hat. Um sich aber keine Blöße zu geben, zwingt er sich auch diesen halben Liter durch die Speisekammer in den Verdauungstrakt. Mit Mühe und Not gelingt ihm das, als er überrascht bemerkt, dass Bens Humpen schon auf der Bar steht und er erneut dem herbeieilenden Barkeeper die nächste Bestellung zuruft. Da der Barkeeper offensichtlich nicht an Alzheimer leidet, macht er sich sogleich an die Arbeit.

Maik hingegen spürt die steigende Wirkung des Alkohols und beginnt sich richtig wohlzufühlen. Dabei genießt er gerade sein Lieblingslied »Ballance«, welches DJ TechnoJam zum Star werden ließ. Parallel dazu wirken die vielen grellen Lichter auf ihn ein. Wieder einmal kommt er zu dem Ergebnis, dass das York kaum zu schlagen ist. Darum kommt er auch immer wieder gerne hier hin. Doch er spürt auch, dass seine Blase drückt. Dabei fasst er sich in den Schritt und schaut zu Ben hinüber. Dieser sieht diese Geste und weiß sofort Bescheid, was Sache ist, bevor er kurz zustimmend nickt.

Also macht Maik sich auf den Weg zur Toilette, was ihm nicht unbedingt leichtfällt. Im Laufe des Abends ist das York zu einem gut besuchten Ort geworden. Somit muss er sich zwischen den vielen Gästen hindurchzwängen und dabei auch den einen oder den anderen Rempler in Kauf nehmen. Schließlich schafft er es zum stillen Örtchen, an dem er sich seiner Notdurft entledigen kann. Nach einem als befreiend empfundenen

Gefühl, wäscht er sich die Hände und macht sich wieder auf den Weg zu seinem Freund Ben.

Gerade beginnt Maik dieses Gedrängel durch die Menschenmassen als lästig zu empfinden, als er Ben sieht. Doch der ist nicht allein. Drei etwa gleichaltrige Jungs stehen bei ihm. Das ist erst einmal nicht ungewöhnlich, weil Ben bekannt wie ein bunter Hund ist. Nachdenklich stimmt ihn aber, dass Ben mit solchen Techno-Kids nie etwas zu tun haben wollte. Nach seiner Meinung waren das immer arme Asis, die ihre Freundinnen mit dem Skateboard abholen. Über deren Frisuren machte er sich bei jeder Gelegenheit lustig. Ihre Schädel sind stets glattrasiert, bis auf einen kleinen Bereich auf dem Kopf. Dies kam Ben immer vor, wie ein Vogelnest auf der Birne. Ungewöhnlich findet Maik auch, dass einer von den Techno-Kids einige Geldscheine an Ben übergibt. Mühsam kämpft sich Maik weiter durch die Massen, als er bei Ben angekommen ist. Dort stehen bereits die nächsten beiden Vodka-Energy Drinks und auch zwei gepflegte Halbliter-Humpen.

Bei diesem Anblick der Getränke spürt Maik, wie der bereits aufgenommene Alkohol seine Wirkung weiter steigert. Aber auch seine Laune wird dadurch besser und vor allem die Lust auf mehr Alkohol noch viel größer. Die geile Musik mit ihren begleitenden Lichteffekten, runden das Gesamtpaket äußerst angenehm ab. Doch ihm gehen trotzdem die Techno-Kids nicht aus dem Kopf.

»Sag mal Alter, hast du neue Freunde gefunden? Was waren das denn für Typen?«, möchte er interessiert in Erfahrung bringen.

»Ach man, das waren vielleicht ein paar Spinner. Einer von denen hat mir noch Kohle geschuldet, die ich ihm vor längerer Zeit mal geliehen habe. Und nun hat er sie mir zurückgegeben. Davon habe ich gleich mal was zu schlucken für uns gekauft«, wiegelt Ben ab.

Schon wieder holt er seine Schachtel Zigaretten aus der Tasche und entnimmt daraus ein Stäbchen, das er sich in den Mund steckt. Elegant hält er die Flamme des Feuerzeugs daran, um es anzuzünden. Maik fragt sich etwas besorgt wie viele Zigaretten Ben täglich raucht und was das wohl kosten mag? Bei dem Wort »Kosten«, schaut er sich abermals die Getränke an. Ihm fällt ein, dass ein Bier drei Euro und ein Vodka-Energy Drink 7,50 Euro kostet. Zusammen macht das 21 Euro. Aber auf welche Summe ist nun Bens Gesamtbetrag geklettert? Vielleicht liegt es am Alkohol und dessen Wirkung, dass ihm kein Gesamtergebnis einfallen will und er sich deshalb nicht an seine bei der letzten Runde errechnete Summe erinnern kann. Aber ist das überhaupt so wichtig? Vermutlich nicht. Doch es erscheint Maik zunehmend anstrengender darüber nachzudenken. Somit beschließt er sich darüber keine Gedanken mehr zu machen.

Stattdessen fasst er seinem Freund mit einer Hand auf die Schulter und lächelt ihn zufrieden an. Dabei spürt er eine wohlige Wärme um sein Herz, die man nur dann kennt, wenn man einen echten Freund wie Ben hat. Mit der anderen Hand schnappt er sich seinen Drink und hält ihn hoch. Das lässt Ben sich nicht zweimal wortlos sagen und nimmt auch seinen Drink in die Hand. Schon wieder prosten sich die beiden jungen Männer zu, bevor sie ihre Gläser mit einem Zug leeren und die anschließend etwas unsanfter werdend auf der Bar abstellen. Dieser anständige Schluck schmeckte Maik bisher am besten. Das will er nicht für sich behalten.

»Junge, das ist so geil von dir, dass du mir mal einen ausgibst. Aber gleich bin ich dran, oder?«

Ben schaut seinen langjährigen Freund etwas verwundert an. Dabei spielt er mit seiner Mimik, bis die fast schon sentimental und gönnerhaft zugleich erscheint.

»Alter, lass´ stecken. Heute habe ich mal Geld und kann für uns bezahlen. Sonst haben wir doch auch alles miteinander geteilt. Und außerdem ist es scheißegal wie viel das kostet. Hauptsache du bist hier und wir haben zusammen einen geilen Abend«, stellt Ben fest und winkt erneut den Barkeeper heran, um ihm mit gespreiztem Zeigefinger und Daumen die nächste Bestellung zu signalisieren.

Das alles trifft bei Maik auf offene Augen. Ihm entgeht auch diese Bestellung von Ben nicht, da er weiß, was das Zeichen mit den gespreizten Fingern zu bedeuten hat. Und zwar hat Ben damit zwei bis zum Rand gefüllte Whiskeygläser der Hausmarke »Amsterdamer Hammer« bestellt. Hierbei handelt es sich um ein absolutes Geheimrezept des York. Man munkelt, dass wohl ordentlich Wodka, Korn, Kaffeeschnaps und Sahne darin enthalten sein sollen. Doch so ganz genau weiß das eben keiner. Was aber sehr wohl bekannt ist, ist der Preis für ein solch edles Getränk. Der wird mit glatten neun Euro veranschlagt. Die sind aber sehr gut investiert, da man nicht viel von dem Zeug braucht, bis der Hammer ordentlich auf die Hirnrinde drischt.

Während sich Maik auf den Amsterdamer Hammer freut, reicht der Barkeeper ihnen auch schon beide als »Spezialitäten des Hauses« verschrienen Getränke. Dieses Mal scheint sich auch der Barkeeper zu freuen, als er die neue Summe auf Bens Karte notieren darf. Ohne die neue Summe zu überprüfen, nimmt Ben abermals seine Karte entgegen und stopft sie in die Tasche. Dann schnappen sich beide ihr Glas und führen es zum Mund.

Bereits der erste Schluck weckt bei Maik eine gewisse Gier, die es ihm verbietet, den Amsterdamer Hammer zu genießen. Daher lässt er sofort nach dem Probieren seine Mundhöhle richtig volllaufen. Obwohl das hellbraune Getränk etwas dickflüssig ist, wird es von ihm durchaus als süffig empfunden. Erst den letzten Hub aus dem Glas beschließt Maik zu genießen. Er stellt das geleerte Glas ab und spielt etwas mit dem Getränk in seinem Mund, indem er es mit seiner Zunge verrührt. So dringt es in jeden noch so versteckten Winkel seines Mundraumes vor und beschert ihm das volle Aroma des Mixgetränkes.

Die beiden Freunde schauen einander an und lächeln dabei. Zumindest Maik spürt, dass der getrunkene Alkohol zunehmend heftiger seine Wirkung auf das Gehirn entlässt. Was geblieben ist, ist die jetzt stärker angewachsene Gier nach mehr. Also greift er sich seinen Humpen und beugt sich seinem Freund entgegen. Dabei unterbreitet er ihm leicht lallend einen Vorschlag.

»Junge, wer seinen Krug als Erster leer hat, der hat gewonnen. Der Verlierer muss dann zu Betina Nellinger gehen und versuchen sie abzuschleppen. Gilt der Deal?«

Dabei weiß Maik, dass Ben Betina eigentlich schon immer mochte. Nur hatte sein Freund in der Vergangenheit entweder nie den Mut gezeigt sie anzugraben oder aber er hatte Schiss vor ihrem Vater. Doch mit der bereits getrunkenen Menge würde Ben die Überwindung dazu sicherlich leichter fallen. Das Ganze wäre dann quasi auch noch ein Freundschaftsdienst, den er Ben nach seiner Einschätzung mit seinem Vorschlag erwiesen hätte. Aber er rechnet von vornherein nicht damit, dass er die von ihm selbst vorgeschlagene Wette auch verlieren könnte.

Ben überlegt kurz, als wollte er die Höhe des Risikos der Wette abschätzen, und nimmt seinen Krug auch in die Hand. Er schaut überprüfend, ob beide Trinkbehälter annähernd gleich gefüllt wurden, und nickt zustimmend. Dann holen beide tief Luft, stoßen die Humpen zusammen und schütten sich das Bier in den Hals, als gäbe es kein Morgen.

Vom Gedanken des Wettbewerbs angetrieben, gibt Maik alles. Das lässt sein Unterfangen kämpferisch wirken, da das Bier rechts und links an seinen Mundwinkeln entlang des Unterkiefers herunterläuft und kleine Rinnsale bildet. Diese Kollateralschäden tropfen gut sichtbar auf seine geliebte Jeansjacke. Dabei empfindet Maik diese Biertropfen noch nicht einmal als

Schmutz. Nein, jeder einzelne Tropfen hat in diesem Moment den Wert eines stattlichen Pokals für ihn.

Seine von ihm als heldenhaft empfundene Trinktechnik beschert ihm schließlich den Sieg, den er eindrucksvoll dadurch untermauert, dass er mit einem lauten Knall seinen Humpen auf die Bar schlägt. Er hat gewonnen und nun muss Ben seinen Wetteinsatz einlösen. Da wirkt es auch noch außerordentlich befreiend auf Maik, dass er mit aufgeblasenen Wangen mittels eines langen Rülpsers die Luft aus seinem Magen in den Raum entlässt. Dabei braucht er keine Angst zu haben, dass das ein anderer Gast hören könnte. Dazu ist der Geräuschpegel viel zu hoch. Doch selbst wenn jemand das mitbekommen hätte, wäre ihm das mittlerweile auch egal.

Einen Wimpernschlag später ist auch Bens Humpen geleert. Der bemerkt natürlich sofort, dass er verloren hat und weiß, dass Maik auf die Einlösung der Wette bestehen wird. Also setzt er in aller Ruhe den Humpen auf der Bar ab und schaut zu Maik hinüber.

»Glückwunsch, Alter. Hast gewonnen. Dann werde ich mir jetzt mal eben die Nellinger krallen. Bestell´ schon einmal drei Bier und drei Amsterdamer Hammer. Wenn ich die Braut abgeschleppt habe, ist sie bestimmt durstig«, sagt er selbstsicher und macht sich auf den Weg zu Betina. Dabei vergisst er nicht seinem Freund die Getränkekarte großzügig in die Hand zu drücken, auf der mittlerweile 98 Euro stehen.

Entspannt und vom Alkohol redlich berauscht, lehnt Maik sich rückwärts mit beiden Ellenbogen auf die Bar. Cool ruft er den Barkeeper zu sich und gibt seine Bestellung auf. Während der Barkeeper die Bestellung abarbeitet, schaut Maik erwartungsvoll zu Ben hinüber und ist gespannt, ob sich sein Freund eine saftige Abfuhr von der Nellinger einhandelt.

Gerade will er damit beginnen das Schauspiel zu genießen, als er merkt, dass etwas nicht stimmt. Die Musik erscheint ihm lauter als zuvor und die Lichteffekte wirken intensiver auf ihn.

Beides, dröhnende Musik und grelles Licht, lassen in ihm eine ungekannte Partystimmung aufkommen. Er schließt andächtig wirkend seine Augen und spürt dabei, wie das Blut durch seine Adern schießt. Genussvoll macht er dabei ein virtuelles Feuerwerk an den Innenwänden seiner geschlossenen Augenlider aus. Die als kräftig empfundenen Effekte lassen ihn stark ins Schwitzen kommen. Doch das alles ist Maik völlig egal. Er gibt sich vollkommen dem stark ansteigenden Rauschzustand hin. Dieses Gefühl kann ihm niemand nehmen, weil es ganz allein ihm gehört. So bekommt er auch nicht mit, dass der Barkeeper ihn anspricht und um die Getränkekarte bittet.

Erst als er Maik leicht anstößt, weil dieser auf den Zuruf nicht reagiert, wird er aus seiner schillernden Welt herausgerissen. Maik weiß ganz genau, worauf der Barkeeper wartet und reicht ihm fast schon instinktiv Bens Getränkekarte. Während der Barkeeper die Karte ausfüllt, beobachtet Maik ihn ganz genau. Doch plötzlich sieht er, wie aus einem Barkeeper zwei werden, die dicht nebeneinander stehen und sich synchron bewegen. Dann reichen ihm beide seine Karte, woraufhin er doch glatt nach der falschen Karte greift. Erst der Versuch, beim anderen Barkeeper die Karte entgegenzunehmen, verläuft erfolgreich. Ohne die Karte zu kontrollieren steckt Maik sie in seine Tasche und schaut wieder in Bens Richtung, der sich redlich um die Nellinger bemüht.

Dabei fühlt Maik sich pudelwohl, als sich ein leichter Schwindel einstellt und er stärker zu schwitzen beginnt. Doch das erscheint ihm immer noch nicht als wichtig. Stattdessen genießt er den weiteren Schub seines Alkoholkonsums in vollen Zügen. Er verspürt damit einhergehend plötzlich einen starken Bewegungsdrang, dem er bereitwillig nachgibt. Das ist sehr ungewöhnlich bei Maik, weil der sonst nie tanzt oder sich zumindest halbwegs rhythmisch bewegt. Normalerweise ist er eher der Typ, der rasch seinen Platz an der Bar findet und das Tanzen anderen überlässt. Doch das gelingt ihm heute nicht, weil der Drang nach Bewegung fast schon zur Sucht ausartet. Wie an der Schnur gezogen tänzelt Maik zur Tanzfläche, betritt sie und mischt sich mit einer nahezu undefinierbaren Bewegungsabfolge unter das tanzende Volk.

Dort bleibt er nicht unbemerkt, weil sich schnell der Begriff »Bewegungs-Legastheniker« herumspricht. Doch die Masse scheint ihren Spaß an Maik zu haben und unterbricht nach und nach den eigenen Tanz, um sich an den Rand der Tanzfläche zu begeben. Nun hat Maik richtig viel Platz für sich und befindet sich dort, wo er nach seiner Meinung eigentlich schon immer hingehörte: in den Mittelpunkt!

Die ihm geschenkte Aufmerksamkeit entgeht ihm nicht. Als die Leute auch noch mit dem Klatschen und Pfeifen beginnen, fühlt er sich erst richtig aufgeheizt. Die Tanzwut hat ihn fest in ihrem Griff und schüttelt ihn dabei wie eine Marionette durch. Dabei hopst er schnell von einem Fuß auf den anderen und schlägt dabei seine Arme und den Kopf wild durch die Luft. Welch ein wunderbares Erlebnis, ist dieser Abend für Maik. Die Menge johlt und er macht sich dabei weiter zum Affen. Das erkennt Maik mit seinen mittlerweile stark vernebelten Sinnen aber nicht. Er fühlt sich in diesem Augenblick wie der Gottkönig höchstpersönlich.

Die Bässe dringen tief in seine Ohren ein und lassen ihn zum Lichtspiel weitertanzen. Sein Herz pumpt wie ein Rennmotor und seine Kleidung ist nassgeschwitzt. Aber er macht weiter, wobei er von einer einsetzenden Kurzatmigkeit keinerlei Notiz nimmt. Auch das Schwindelgefühl ist merklich gestiegen. Aber darauf pfeift Maik. Er will diese Momente am liebsten für die Ewigkeit festhalten.

Noch einmal legt er an Geschwindigkeit zu, als es ihm kurz schwarz vor den Augen wird, er das Gleichgewicht verliert und nach hinten auf den Hosenboden fällt. Da sitzt er nun, der Affenkönig. Sein Volk krümmt sich vor Lachen und zeigt mit den

Fingern auf ihn. Aber das empfindet Maik noch nicht einmal als peinlich, weil er plötzlich mit sich selbst beschäftigt ist.

Seine Ohren scheinen ihm einen Streich zu spielen, da sie die Musik nur noch gedämpft zu ihm hineinlassen. Hell und Dunkel wechseln sich in rasender Geschwindigkeit miteinander ab, was nicht von der Lichtanlage herrührt. Vielmehr ist es sein Kreislauf, der sich bemerkbar macht. Er lässt den Kopf hängen und spürt, wie eine unbeschreibliche Macht ihm die eigene Kraft aus dem Körper zu saugen scheint.

Maiks miese Vorstellung bleibt auch dem York-Personal nicht verborgen. Aus der Menge heraus nähern sich zwei in schwarze Anzüge gekleidete Ordner. Professionell greifen ihm die muskulösen Glatzköpfe synchron unter die Arme und helfen ihm hoch. Da Maik wackelig auf den Beinen ist, geleiten sie ihn eher schleppend als gehend unter lautem Applaus des Publikums zur Kasse am Ausgang.

Dort angekommen wird er etwas gefragt, was er aber nicht versteht. Denn außer seinem pulsierenden Blut in den Ohren, hört Maik nichts mehr. Erst als einer der beiden Ordner Daumen und Zeigefinger aneinander reibt scheint er zu verstehen, was man von ihm will. Er soll endlich bezahlen. Mittlerweile fast schon unzurechnungsfähig, zückt er sein Portemonnaie und zieht daraus seine eigene jungfräuliche Getränkekarte hervor. Die Ordner nehmen diese Karte entgegen und betrachten sie kurz kopfschüttelnd. Dass er noch die nahezu volle Karte seines Freundes in der Tasche hat, kommt Maik nicht mehr in den Sinn. Danach spürt er eine Hand auf seinem Rücken, die ihn mit Nachdruck einige Meter nach vorne durch die geöffnete Eingangstüre auf den Bürgersteig schiebt. Diese Geste eines Rausschmisses hat er dann doch noch irgendwie verstanden. Für ihn ist an diesem Abend die Vorstellung im York vorbei. DJ TechnoJam wird wohl oder übel ohne Maik weitermachen müssen.

Nicht vorbei ist hingegen der anhaltende Rausch, der Maiks Denken ebenso in seinen Bann gezogen hat wie seine Wahrnehmung. So kann er es nicht mehr beurteilen, ob es warm oder kalt ist. Wie spät es ist, vermag er auch nicht einzuschätzen. Aber dass er jetzt besser nach Hause gehen sollte, ahnt er einigermaßen sicher. Also torkelt er schwer angeschlagen an einigen abgestellten Fahrrädern vorbei, bis er ein blaues Mofa erkennt. Das kommt ihm bekannt vor. Hat Ben nicht ein ähnliches Mofa? Vielleicht könnte es auch Bens Mofa sein. Wenn es Ben gehören würde hätte der sicherlich nichts dagegen, wenn Maik es sich bis zum nächsten Tag ausborgt.

Also setzt er sich locker auf das nicht abgeschlossene Fahrzeug und tritt kräftig in die Pedale, bis das Ding tatsächlich anspringt. Entschlossen umklammern seine Hände die Griffe, als er den Gasgriff des Automatik-Modells voll aufreißt und sich das Mofa rasch schneller werdend nach vorne schiebt. Doch es sind seine vom Rausch benebelten Sinne, die ihm eine Kontrolle über das Verkehrsmittel verweigern. In diesem Zustand schafft er es noch nicht einmal den Lenker gerade zu halten, was das Mofa stark schlingern lässt.

Das nimmt Maik aber nur ansatzweise wahr. Weitaus intensiver ist das Gefühl der zunehmenden Geschwindigkeit, als er den Radweg verlässt und auf die Straße gerät. Mit Volldampf rast er auf eine Kreuzung zu, was ihn aber nicht interessiert. Auch die rote Ampel, die er soeben überfahren hat und der sofort bremsende Krankenwagen hinterlassen keine Wirkung bei ihm. Sich nicht seiner Situation bewusst, genießt er einen zweiten Rausch – den der Geschwindigkeit. Doch beide Rauschzustände verschwinden, als er einen Schlag verspürt und vom Mofa gerissen wird. Dann gehen bei ihm die Lichter aus.

Schwester Eva hat genau zugehört, was der Patient zu berichten hatte. Seine Geschichte klingt glaubhaft und nachvollziehbar. Dabei tut er ihr schon gehörig leid, weil er nach seinen

Ausführungen offensichtlich unverschuldet in den ganzen Schlamassel hineingeraten ist. Dazu kann sie sich einen Kommentar nicht verkneifen.

»Ich habe fast den Eindruck gewonnen, dass Ben nicht der Freund ist, für den Sie ihn halten.«

Wortlos nimmt er vorerst ihre Worte zur Kenntnis, um sie zu verarbeiten. Dass er angestrengt darüber nachdenkt, kann er nicht verbergen. Tief zieht der Patient seine Augenbrauen herunter und verengt sein sichtbares Auge dabei zu einem kleinen Schlitz.

»Ich denke, dass Sie damit nicht ganz falsch liegen, Schwester. Dabei bin mir ganz sicher, dass Ben mir einige Pillen ins Glas getan hat, als ich pinkeln war. Und ich bin mir auch sicher, dass er an diesem Abend dealte.«

Nach diesen entschlossen wirkenden Worten muss die Schwester kräftig schlucken.

»Das ist eine schwere Anschuldigung, die noch schwerer zu beweisen sein wird«, gibt sie mit gerunzelter Stirn zu bedenken.

Locker kontert der Patient diese Bedenken.

»Das glaube ich mal eher nicht. Schließlich läuft seit über einem Monat eine fette Anzeige gegen Ben. Damals hat er sicher dem Thomas auch heimlich etwas ins Glas getan. Auch der landete nach dieser Sauerei im Krankenhaus. Nur war es das Pech von Ben, dass er dabei von einer Frau beobachtet wurde, die das später der Polizei verklickerte.«

Mit dieser Antwort kann die Schwester erst einmal leben. Doch sie spürt, dass die Geschichte irgendwo hakt. Das will sie geklärt wissen.

»Wenn Sie doch schon vorher wussten zu welchen Taten Ben imstande ist, warum begaben Sie sich dann leichtsinnig in diese Gefahr?«

»Schwester, Sie sagen das so einfach. Ich bin mit Ben aufgewachsen und habe viel Scheiße mit ihm durchgemacht. Er ist auch 17 Jahre alt. Und schließlich habe ich die Sache mit Thomas nur von Typen gehört, die selbst nicht besser sind als er es ist. Aber ich wollte das einfach nicht glauben, weil ich es mir beim besten Willen nicht vorstellen konnte, dass Ben so etwas Unkorrektes machen könnte. Da habe ich einfach gedacht, dass es nur fair sein kann, wenn ich ihn direkt selbst danach frage.«

Diese Worte nimmt die Schwester mit zwei gut funktionierenden Ohren wahr. Das eine Ohr verrät ihr, dass der junge Mann ihr gegenüber wie ein ganz normaler Jugendlicher spricht. Aus dieser Sicht betrachtet, und das vorangegangene Gespräch zwischen ihm und Doktor Brucks wohlwollend ausgeblendet, unterscheidet er sich vorerst nicht von anderen gleichaltrigen Patienten, die ihr bereits anvertraut wurden. Das andere Ohr meldet ihr zurück, dass er sich anscheinend über sein Tun im Vorfeld einige Gedanken zu machen schien. Das Gerede anderer Leute kritisch infrage zu stellen und einem in Verruf geratenen Freund die Erklärungen dafür in einem persönlichen Gespräch abzuringen, zeugt für sie von einer fairen Grundeinstellung und von einer gesteigerten geistigen Reife. Diese Erkenntnisse lassen sie, hinsichtlich der Warnungen des Chefarztes gegenüber den befürchteten charakterlichen Zügen des Patienten, weitere Ruhe finden.

»Ben danach zu fragen, war sicherlich richtig und auch anständig von ihnen. Hätten Sie das nicht getan, könnte man ihnen eine gewisse Leichtgläubigkeit vorwerfen. Aber so wie es gelaufen ist, haben Sie im Nachhinein sicherlich erkennen können, dass er Sie zu seinem zahlenden Kundenstamm bringen wollte. Aus meiner Sicht sind es aber genau diese Hintergedanken von ihm, die Sie in diese Schwierigkeiten gebracht haben.«

Der Patient schweigt erneut einen Moment lang, um danach weitere Bedenken zu äußern.

»Jetzt, da Sie das Wort ʹSchwierigkeitenʹ gesagt haben, fallen mir auch noch weitere Schwierigkeiten ein, die ich am

Hintern habe und die nur darauf warten mir da kräftig reinbeißen zu können.«

Weiterhin behält Schwester Eva den Augenkontakt zu dem Patienten. Offensichtlich hat auch er keine Probleme damit, obwohl beide Personen eigentlich einander fremd sind und sich noch nicht lange kennen. Doch es scheint auch bei dem Patienten so etwas wie Sympathie für die Gesprächspartnerin zu wachsen, die er deutlich zum Ausdruck bringt.

»Auf das viele Siezen komme ich irgendwie gar nicht klar, Schwester. Wenn Sie wollen, können Sie mich duzen und Maik zu mir sagen. So alt sehe ich doch noch gar nicht aus.«

Überrascht nimmt Schwester Eva das Angebot zur Kenntnis. Kurz überlegt sie, ob sie von diesem Angebot Gebrauch machen sollte, da die Annahme auch ein gewisses Risiko in sich bergen könnte. Natürlich weiß sie, dass das Duzen eine Hilfestellung beim Abbau vorhandener Distanzen im zwischenmenschlichen Bereich sein könnte. Eine unerwünschte Folge davon könnte aber distanzloses und somit unangemessenes Benehmen ihr gegenüber sein. Hierzu schwingen ihr doch noch die Warnungen des Dr. Brucks im Ohr herum. Daher erscheint ihr in diesem Fall naturgemäß guter Rat teuer zu sein.

Doch es gibt zwei Eigenschaften, die in ihr wohnen, auf die sie sich auch jetzt besinnt und auf die sie sich meistens verlassen konnte. Die heißen Menschenkenntnis und vor allem Menschlichkeit. Bisher hat sie noch keine schlechten Erfahrungen mit diesem Patienten gemacht. Stattdessen gelang es ihm, sie positiv mit seiner anscheinenden Ehrlichkeit und Redseligkeit zu überraschen. Folglich hätte er sich die Distanzverkürzung zumindest probeweise verdient. Sollte er sie missbrauchen, könnte sie immer noch die Reißleine ziehen. Wie das allerdings im Bedarfsfall ausschauen könnte, darüber würde sie sich erst Gedanken machen, wenn es so weit wäre. Also, mit Volldampf hinein ins Risiko.

»Ich nehme das Angebot mit dem Duzen gerne an. Nur kann ich dir das im umgekehrten Falle leider nicht anbieten. So etwas wird in diesem Hause nicht gerne gesehen. Aber vielleicht kannst du ja auch mit einem Sie und Schwester Eva leben.«

Ohne zu zögern, antwortet Maik. »Klar, kann ich damit leben.«

Nach dem Störfeuer durch die Klärung der Anrede besinnt sie sich wieder auf den Gesprächsverlauf, der für sie immer interessanter wird.

»Wir blieben eben bei den weiteren Schwierigkeiten stehen, die dich noch erwarten. Was genau meinst du damit?«

Tief atmet Maik ein, bevor er eine Erklärung dazu abgibt. Es wird für die Schwester deutlich erkennbar, dass er sich seelisch unwohl in seiner von Scherben zerschnittenen Haut fühlt.

»Auch der Chefarzt erzählte doch eben etwas von einem Mofa und der Schaufensterscheibe, richtig?«, will er zurückhaltend wissen.

»So habe ich das auch verstanden«, meldet sie gewiss zurück.

»Und genau da geht es weiter mit meinen Schwierigkeiten. Ich besitze nämlich weder ein Mofa und schon gar keine Fleppen dafür. Die Fahrerlaubnis hätte ich damals in der Schule machen können. Aber das wäre Quatsch mit Sauce gewesen, weil ich mir eh nie ein Mofa hätte leisten können.«

Nun fällt es der Schwester schon leichter, seine Situation nachvollziehen zu können. Wenn jemand einfach ein Mofa ungefragt nimmt, welches ihm nicht gehört, dann ist das Diebstahl. Wenn er auch dann noch ohne eine gültige Fahrerlaubnis damit fährt, dann ist das im Auge des Gesetzes Fahren ohne Führerschein und Fahren ohne Versicherungsschutz. Und das wird, so nach ihren eigenen Erfahrungen mit einem Jungen aus ihrer Nachbarschaft, zumindest mit Sozialstunden bestraft. Doch dieser Fall scheint ihr etwas anders zu liegen.

»Ich würde mir da nicht solche großen Sorgen machen, Maik. Wenn es dir gelingt zu beweisen, dass Ben dir ohne dein Wissen Drogen verabreicht hat, kann man dir kaum einen Vorwurf daraus machen.«

Diese erleichternden Worte lassen ihn hoffnungsvoll wirken.

»Das würde ich mir jedenfalls echt wünschen. Und ich fände das richtig geil, wenn er vor dem Richter den ganzen Scheiß erklären muss. Aber Ben ist gut abgekocht. Wenn man dem heißes Wasser ins verlogene Maul kippt, pinkelt der unten Eiswürfel.«

Amüsiert nimmt sie lächelnd seine bildliche, aber auch schärfer werdende Darstellung, zur Kenntnis. Die Anwendung seiner sprachlichen Mittel wirkt auf sie äußerst erfrischend und gesprächsfördernd zugleich. Doch zeigt der Inhalt seiner Aussage ihr auch unmissverständlich, dass er vor einer sicherlich stattfindenden Gerichtsverhandlung eine gehörige Portion Angst oder zumindest einen großen Respekt hat. Warum ist das so? Alles Geschehene erscheint ihr laut seinen Darstellungen auch weiterhin erklär- und vor allem nachvollziehbar.

»Ist Ben denn wirklich so ein schlimmer Finger?«, fragt sie nach.

»Das war er eigentlich immer. Schon damals im Kindergarten mussten seine Eltern ständig antanzen, weil er immer Stress machte. Und später auf der Penne gab es noch viel mehr Stress. Aber der Sack hat sich immer irgendwie da rausgelogen. So hat er die Scheiße gebaut und andere mussten dadurch laufen. Und wenn er mal keinen üblen Mist gebaut hat, waren seine Eltern öfter auf der Schule als er, weil er dauernd blaugemacht hat. Und selbst da hat die ganze Familie so gelogen, dass es sogar dem Teufel peinlich gewesen wäre.«

Ihr bleibt nicht verborgen, dass Maik offensichtlich richtig sauer auf Ben ist und sich seine Wut auf ihn steigert. Warum sonst sollte er ihr gegenüber ihn mit Schimpfworten betiteln, alle Tricks und Kniffe von Ben offenbaren und nicht zuletzt sämtliche schlechten Eigenschaften von ihm schildern? Da er das ungebrochen sprachlich interessant darstellt, bemerkt sie kaum, dass sie immer tiefer in eine Unterhaltung hineingerät, die sie als mitreißend empfindet.

»Da du Ben und seine Tricksereien schon so lange kennst, glaube ich es dir, dass du genau weißt, welche Kniffe Ben auf Lager hat. Und obwohl du das wusstest, gab es für dich in der Vergangenheit wirklich keine Möglichkeit Abstand gegenüber ihm zu gewinnen?«

Die Antwort lässt nicht lange auf sich warten.

»Heute würde ich von solchen Typen meine Griffel lassen. Aber damals war ich noch ein Kind, als wir in ein Mehrfamilienhaus am Stadtrand zogen. Da wir nebeneinander wohnten, waren wir immer irgendwie in Kontakt. Später, wenn die Schule aus war, haben wir auch immer zusammen abgehangen. Da gammelten wir in Internet-Cafés vor uns hin oder machten andere Sachen. Nur zwischendurch haben wir uns mal aus den Augen verloren. In dieser Zeit musste er für sechs Monate in eine Klinik und ich wanderte ins Heim.«

Nach diesem letzten Satz stoppt sein bisher so sicher wirkender Redefluss auffällig abrupt, als wäre er abgeschnitten worden. Die Folge davon ist eine leere Stille. Maik kann der Schwester durch seine ergänzende Mimik den entstandenen Eindruck nicht nehmen, als hätte er etwas gesagt, dass er eigentlich gar nicht sagen wollte. Scheinbar hat er sich dabei in eine Sackgasse hineinmanövriert, aus der er ohne eine rasche Hilfestellung allein nicht mehr herauskommt. An der Bereitschaft, eine solche Hilfestellung zu geben, soll es bei Schwester Eva nicht scheitern. Doch erst einmal gilt es mit einem Schuss ins Blaue hinein zu klären, ob sie mit ihrer Vermutung richtig liegt.

»Du musst nicht über Dinge mit mir sprechen, über die du nicht mit mir sprechen möchtest, Maik. Wenn dir etwas unangenehm ist oder du dich für irgendetwas schämst, habe ich dafür volles Verständnis.«

Ohne den Blick von der Schwester abzuwenden, schaut er in ihr glaubhaft mitfühlend wirkendes Gesicht hinein. Sollte Maik, wie von Eva vermutet, vor einer Hemmschwelle stehen, könnte er vermutlich gerade daran arbeiten sie zu überschreiten oder aber davor stehen zu bleiben. Was in seinem Kopf aber gerade tatsächlich geschieht, das weiß nur er. Es ist aber auch der Punkt, an dem der Jugendliche entscheiden muss, ob und wie es mit dem Gespräch weitergeht. Es wäre ihm gegenüber ungerecht ihn durch weitere Fragen in Aussagen zu hetzen, die er eigentlich gar nicht von sich aus geben möchte. Also lässt sie die Stille wirken und gibt ihm damit die Ruhe, die er benötigt, um eine völlig ungezwungene Entscheidung treffen zu können.

Etwas lauter zerreißt seine Stimme nach wenigen Sekunden die umgebende Stille in dem Krankenzimmer. Laut muss aber nicht automatisch aggressiv heißen. Das weiß auch die Schwester.

»Scheiße«, fährt es aus ihm glaubhaft verärgert über sich selbst heraus.

»Ich brauche mich für gar nichts zu schämen, weil ich nix Schlechtes gemacht habe. Und dass ich im Heim lebe, dafür kann ich auch nix.«

Diese Standpunkte hinterlassen aufgrund der angewandten Lautstärke, ihrer überzeugend klingenden Vehemenz und ihrer Aussagekraft einen starken Eindruck bei der Schwester. Der Eindruck steht nicht allein dar, sondern befindet in bester Gesellschaft einer gefühlt auf sich geladenen Schuld. Ist sie vielleicht unabsichtlich zu weit gegangen? Hat sie sich von dem Druck ihrer Dienstanweisung antreiben lassen? Das vermag sie bei sich nicht sicher zu erkennen. Klar steht die Dienstanweisung, von der Maik nichts weiß, unausgesprochen im Raum. Klar ist ihr auch, dass sie sich aufgrund ihrer üblichen Aufgaben niemals zu einem solchen Gespräch mit einem Patienten hätte hinreißen lassen können, weil sie dazu innerhalb ihres Arbeitsalltags gar keine Zeit gehabt hätte. Aber was sie ihm entgegenbrachte, war ein ehrliches Interesse an seiner Person und vor allem an seinem körperlichen Zustand. Dies gilt es aus ihrer Sicht zu unterstreichen und ihm gegenüber somit deutlich spürbar zurückzurudern.

»Ich hoffe, dir mit meinen Fragen nicht auf den Schlips getreten zu sein. Aber ich weiß, dass nicht wenige Kinder in Kinderheimen leben. Nur kann ich mir darunter nicht viel vorstellen. Ich weiß auch nicht, ob du Eltern hast. Aber noch einmal: Wenn du darüber nicht sprechen möchtest, ist das für mich in Ordnung. Sollte ich dir zu nahe getreten sein, tut es mir aufrichtig leid. Dann bitte ich dich um Entschuldigung.«

»Nein Schwester, das alles geht schon so in Ordnung. Sie brauchen sich bei mir auch nicht zu entschuldigen, weil ich so doof war mich zu verplappern. Sie müssen sich darüber auch keine Sorgen machen, ob ich Eltern habe. Logisch, habe ich Eltern. Aber ich kann im Moment einfach nicht bei denen leben. Verstehen Sie, was ich damit meine?«

Schwester Eva versteht gar nichts mehr und getraut sich aus Rücksicht auf eine vielleicht geschundene Jugendseele und deren Verwundbarkeit auch keine Frage zu stellen. Sie ist verunsichert, weil alles, was sie jetzt sagen oder machen würde, von Maik falsch ausgelegt werden könnte.

Dabei fällt ihr ein großer Fehler auf, den sie begangen hat. Natürlich wurde sie vom Chefarzt darüber informiert, dass Maik in einem Heim lebt. Aber sie hatte sich im Vorfeld darüber gar keine Gedanken gemacht, wie sie sich verhalten sollte, wenn das Gespräch genau in diese Richtung zielt. Stattdessen hatte sie nur Angst vor dem Umgang mit einem solchen Menschen, und damit untrennbar verbunden auch Angst vor den Konsequenzen, falls sie bei der Erfüllung ihres Auftrages patzen sollte. Schließlich hatte sie niemals in der Vergangenheit mit einem Menschen gesprochen, der auf so eine

Vergangenheit zurückblicken konnte. Aber gab es für solche Gedankenspiele freie Zeiträume? Nein, die gab es eben nicht! Demnach kann sie nicht einschätzen, ob sich ihre Unüberlegtheit nicht vielleicht in irgendeiner Weise rächen könnte. Also zieht sie die Notbremse, indem sie ein ratloses Gesicht aufsetzt, die Schultern hebt, sich dabei zurücklehnt und Maik ihre Handflächen zeigt. Dieser sollte auch nach ihrem Verständnis diese eindeutige Geste und deren Bedeutung zu verstehen wissen.

»Aha, ich sehe schon, dass Sie es sich nicht vorstellen können, warum Kinder nicht bei ihren Eltern leben können. Ich gebe ja zu, dass das nicht normal ist. Aber in meinem Leben verlief nichts normal, weil sich eine Katastrophe an die nächste reihte. Doch diese ganze Scheiße habe nicht ich verzapft. Dafür stand ich aber immer ganz vorne, wenn es darum ging, dafür die Backpfeifen zu kassieren und alles ausbaden zu müssen.«

Schwester Eva spürt jetzt ganz genau, dass jedes Wort von ihr falsch sein würde. Dabei schleicht sich bei ihr der Gedanke ein, dass dieser junge Mensch jetzt reden möchte. Die Gründe für dieses Redebedürfnis kann sie zwar noch nicht feststellen, aber sie beschließt ihm während seiner Ausführungen einfach ganz genau weiterhin zuzuhören. Während er zu erzählen beginnt, stellt er noch nicht einmal sich in den Vordergrund, sondern erzählt von seiner Mutter Monika und deren Eltern. Er erzählt von seiner Familie, bei der er einfach momentan nicht leben kann.

K 3 - ALLES BEGANN SO FRÜH

Es ist ein märchenhaft schöner Sonntagmorgen. Die Luft fühlt sich durch die wärmenden Sonnenstrahlen angenehm auf der Haut an und riecht förmlich nach Sommer. Bunte Blumen in den Kästen am Rande der Terrasse des Reihenhauses blühen in leuchtenden Farben und locken damit einige Insekten an, die von dem süßen Nektar der einladenden Blüten ausgiebig naschen. Es ist nichts zu hören außer dem Gezwitscher der Vögel, die damit beschäftigt sind, genügend Futter für ihren Nachwuchs zu sammeln.

Ein besonders mutiges Singvogelpärchen überwindet seine natürliche Scheu vor den Menschen und nimmt nach einem steilen Landeanflug auf dem gefliesten Terrassenboden der Familie Faber Platz. Dort schaut es neugierig aus sicherem Abstand heraus, ob vielleicht etwas Futter für sie zu holen wäre. Das Vogelpärchen blickt dabei auf drei Personen, die an einem reichhaltig gedeckten Frühstückstisch sitzen und denen jegliche Hektik fremd zu sein scheint.

Die fünfzehnjährige Monika schaut an ihren Eltern Karl und Lena entlang des Frühstückstisches vorbei, über dem die wohligen Gerüche von frischem Kaffee und leckeren Brötchen liegen. Langsam nimmt sie sich ein Glas und stellt es vor sich hin. Der nächste Griff geht zum frisch gepressten Orangensaft, mit dem sie ihr Glas zur Hälfte füllt, um danach die kunstvoll geschwungene Glaskaraffe wieder auf dem Tisch abzusetzen. Mit sich selbst beschäftigt, lehnt sie sich in ihrem blauen Terrassenstuhl auf der gelben Stoffauflage zurück und nippt an ihrem Saft. Doch der scheint ihr an diesem Morgen nicht so recht zu schmecken, was ihr zur angewiderten Grimasse verzogenes Gesicht verrät. Das entgeht den aufmerksamen Augen der Mutter nicht, während sie zur Erdbeermarmelade greift, aber in der Bewegung verharrt.

»Monika, greif zu. Da wird doch bestimmt etwas für dich dabei sein. Ich habe extra für dich Frühstücksfleisch eingekauft, weil du das doch immer so gerne isst.«

Monika liebt diese mütterliche Stimme, die ihr schon immer wie eine schützende Hand vorkam, unter der sie sich geborgen fühlte. Wenn ihre Mutter so sprach, meinte sie es stets gut mit ihrer Tochter und wollte, dass es der an nichts fehle.

»Nee, danke Mama. Das ist ganz lieb von dir. Aber heute Morgen ist es mir nicht ganz so gut.«

Sofort verändern sich Lenas Gesichtszüge und bringen eine gewisse Sorge um ihre Tochter zum Ausdruck. Sollte sie vielleicht irgendetwas tun können, damit es ihrer Tochter bald besser gehen würde?

»Du bist doch wohl nicht ernsthaft krank, Mäuschen? Gestern Abend hast du auch nichts Anständiges gegessen. So langsam mache ich mir wirklich Sorgen um dich. Hast du vielleicht Fieber?«

»Es ist schon alles in Ordnung, Mama. Fieber habe ich keines. Ich mag einfach nichts essen. Vielleicht habe ich mir nur mal wieder eine Magen- und Darmgeschichte eingehandelt. Das wird sich in den nächsten Tagen bestimmt schnell wieder verziehen«, versucht sie die Mutter zu beruhigen.

Das hört auch Vater Karl, der, während dieser Worte seiner Tochter, einen Moment lang in die Augen seiner Frau schaut. Nur leicht wendet der 60jährige Frührentner den Kopf von seiner Frau ab, um sich seiner Tochter widmen zu können. Dabei wirken seine Augen in der Vormittagssonne fast schon teuflisch funkelnd.

»Dann scheint es aber eine Magen- und Darmgeschichte zu sein, die dir jeden Morgen zu neuen Höchstgeschwindigkeiten verhilft«, meldet er etwas ungläubig klingend und zugleich eine Antwort erwartend zurück.

Monika wird nach diesen Worten ihres Vaters schlagartig unsicher, was eine einsetzende Blässe in ihrem Gesicht verrät. Denn sie weiß, dass immer wenn ihr Vater mit einer versteckten Ironie solche Situationen provozierte, es danach riesigen Ärger für sie hagelte. Leider war dieser Ärger dann auch begründet, weil er immer etwas fand, das ihm missfiel. Seiner Tochter ist dabei klar, dass er an sieben Tagen in der Woche rund um die Uhr wachsam wie ein Bluthund ist, den man nicht an der Nase herumführen kann. Denn gerade von diesen Hunden ist hinlänglich bekannt, dass sie ständig und überall herumschnüffeln. Haben sie irgendwann den kleinsten Hauch einer Spur wahrgenommen, folgen sie der hartnäckig, bis die Spur immer stärker wird und den Hund zu seinem Ziel führt. Koste es was es wolle, wird der Bluthund danach unerbittlich das Opfer an der Kehle packen und es mit absolut überlegener Kraft stellen.

Es ist genau dieser Atem eines solchen Tieres, den sie jetzt in ihrem Nacken spürt. Er bewirkt, dass ihre Hände schwitzen und sie leicht zu zittern beginnen. Dies lässt Monika zu Recht befürchten, dass sie sich ihrem Vater gegenüber durch die eigene Stimmung verraten könnte. Dann würde ein mittlerweile täglich verdrängtes Problem von ihr zur Sprache kommen, was sie unbedingt verhindern will.

Bevor es so weit kommen kann, stellt sie ihr Glas Orangenlimonade auf dem Tisch ab, was ihr einen Wimpernschlag lang etwas von dringend benötigter Contenance verschafft. Erst da bemerkt sie, dass diese Handlung falsch gewesen sein könnte, da sie das Glas augenscheinlich zu heftig abgestellt hat. Denn für alle deutlich sichtbar, schwappt das Fruchtsaftgetränk in dem Trinkbehältnis aufgeregt von links nach rechts und erinnert so an den sprichwörtlichen »Sturm im Wasserglas«, der sich kaum beruhigen will.

Da Monika daran nun nichts mehr ändern kann, bleibt ihr kaum etwas anderes übrig, als ihre Hände unschuldig wirkend, wie zu einem Gebet, ineinander zu falten und verschämt zu lächeln. Dabei hinterlässt sie fast schon einen demütigen Eindruck bei ihrem Vater. Sollte sich so der Bluthund vielleicht auf eine falsche Fährte locken lassen? Würde es funktionieren und könnte sie sich so mit diesem Trick der beklemmenden Situation irgendwie entziehen?

»Wie meinst du das, Papa?«, fragt sie zurückhaltend mit einem gespielten Lächeln auf den Lippen.

Karl bleibt auch in diesem Moment gelassen, was keinerlei Rückschlüsse Monikas auf seine Gefühlslage oder seine Gedankengänge erlaubt. In aller Ruhe lässt er diese Frage auf sich wirken und schaut dabei seine mit einer dicken Scheibe Salami belegte Brötchenhälfte an. Appetitlich öffnet er seinen Mund und beißt ein herzhaftes Stück davon ab, um es leise knisternd zu kauen. Betont langsam legt er danach die angebissene Brötchenhälfte auf seinem Frühstücksbrettchen ab, um sich kurz die Handflächen und den Mund abzureiben. So kann er sich schnell aller lästigen Krümel entledigen. Dabei schaut er konzentriert auf Monikas abgestellten Orangensaft, der sich mittlerweile in seinem Glas beruhigt hat.

So schafft er über Momente hinweg eine stark angespannte Stimmung bei seiner Tochter und bei ihrer Mutter, die für beide nur schwer zu ertragen ist. Denn Karls Verhalten sagt nichts darüber aus, ob sich der Bluthund auf Monikas Fährte befindet. Demnach ist seine Tochter auf Vermutungen angewiesen, die ihr ein sorgenvolles Gefühl vermitteln.

»Nachdem du dich am vergangenen Montagmorgen das erste Mal mit nüchternem Magen übergeben musstest, brauchtest du bis zum Klo noch ziemlich lange. Weil du dich aber immer nur morgens übergibst, klappt es mit der Wegstrecke zum Klo immer schneller. Nachdem du dich dann dort übergeben hast, machst du bis zum nächsten Morgen einen kerngesunden Eindruck. Es ist jetzt ungefähr 16 Jahre her, als es deiner Mutter ähnlich erging. Damals konnte der Hausarzt ihr nur eine Überweisung zum Gynäkologen geben, der dann auch prompt feststellte, dass ihr ein zweites Paar Ohren gewachsen war.«

Nun faltet auch Karl seine Hände ineinander und lehnt sich locker in seinem Gartenstuhl zurück. Damit steigert er Monikas Ungewissheit zur Verunsicherung. Ihr ist bewusst, dass er sie nun genau anschauen und darauf achten würde, wie sie sich wohl verhält. Ohne eine Miene zu verziehen, verharrt er regungslos weiter in seinem Stuhl und hält so die für Monika zunehmend bedrückende Situation aus. Keine einzige Schweißperle weist in seinem glatt rasierten Gesicht auf Unruhe hin. Dies deutet unmissverständlich in die Richtung, dass er eine Stellungnahme von seiner Tochter erwartet. Es bedeutet aber auch, dass der Bluthund ihre Fährte aufgenommen hat. Das alles potenziert Monikas Verunsicherung zusehends und löst großen innerlichen Druck in ihr aus. Die so entstandene innere Unruhe versucht sie dennoch weiterhin zu verbergen, indem sie sich bemüht, so natürlich wie nur möglich auf ihren Vater zu wirken. Um sich abzulenken und vielleicht Sicherheit zu gewinnen, stellt sie sich ihre Mutter mit einem zweiten Paar Ohren vor. Während sie weiterhin gequält lächelt, fällt ihr ein, dass sie noch nie von einem Menschen hörte, der vier Ohren hatte. So wachsen ihre Unsicherheit und der Wunsch ihr Geheimnis verbergen zu können, rasch an.

In ihrem Kopf entsteht wieder einmal das Bild, welches sie dort schon so oft sah und das sie mittlerweile abgrundtief hasst. Es ist ein Bild von ihr selbst, das sie während ihrer Flucht vor dem Bluthund im kalten Halbdunkel vor einer unendlich langen Mauer zeigt, an der es für sie kein Weiterkommen gibt. Hier steht sie stets mit geschlossenen Augen und hofft, dass dieser Angst einflößende Riesenköter nicht hinter ihr steht und das verdammte Biest irgendwo anders abgeblieben ist - nur nicht hinter ihr! Um das abwenden zu können, beschließt sie ihre kindlich naive Rolle mit einem gequälten Lächeln weiterzuspielen.

»So ein Quatsch. Mama hat doch keine vier Ohren. Ich sehe nur zwei.«

Auch Karl setzt ein Lächeln auf, das aber auf alles andere als auf Humor schließen lässt. Dazu zieht er seine schlohweißen Brauen tief über die Augen, was auf Monika beängstigend wirkt. Zusätzlich wird seine Stimme auch noch abrupt streng, womit er es auf die Spitze treibt:

»Natürlich sehe ich auch nur zwei Ohren bei deiner Mutter. Die anderen beiden Lauscher sah damals nur der Gynäkologe auf dem Ultraschallbild. Und du wirst es mir nicht glauben, liebes Töchterlein, aber zwischen den Ohren war dein Köpfchen und darunter dein winzig kleiner Körper zu sehen. Spätestens da wussten wir beide, dass Mama mit dir schwanger ist. Und nun denke ich, sollten wir dieses blöde Katz- und Maus-Spiel beenden und auf das gespannt sein, was du uns zu erzählen hast!«, fordert er.

Um die Ernsthaftigkeit seiner Aufforderung zu unterstreichen, schlägt er dabei noch krachend mit der flachen Hand auf den Tisch. Der dadurch entstandene Knall lässt sowohl Tochter als auch Mutter sofort ehrfürchtig zusammenzucken und das beobachtende Singvogelpärchen aufgeschreckt davonflattern.

Monika selbst wagt sich nach diesen Worten und der schlagenden Geste zuerst nicht, auch nur einen einzigen Mucks von sich zu geben. Stattdessen schaut sie ihrem Vater direkt in die Augen. Dabei entsteht das nächste Bild in ihrem Kopf. Es zeigt sie, wie sie vor der Mauer steht und sich umdreht, um direkt in die blutunterlaufenen Augen des riesigen Hundes zu schauen.

Dieser scheint wie jedes Mal nur auf diesen Augenkontakt zu warten, um sie dann mit seinem massigen Körper anzuspringen, zu Boden zu reißen und seine mächtigen Reißzähne in ihren Hals zu schlagen. Ihr ist jetzt klar, dass der Köter sie wieder einmal erwischt und sie gegenüber ihrem Vater den Kürzeren gezogen hat.

Als hätte in diesem Moment jemand die Zeit angehalten, scheint sich die Welt nur um Monika zu drehen. Auf der einen Seite erwarten ihre Eltern eine schlüssige Erklärung von ihr, während Monika auf der anderen Seite eventuelle Konsequenzen zu erwarten hätte. Sie weiß daher im ersten Moment nicht was sie sagen kann und was sie sagen darf, um sich nicht selbst in Gefahr zu bringen. Es ist genau diese Situation, die für sie zur inneren Zerreißprobe wird und der sie zu erliegen droht.

Gerade eben will sie unter dem angestauten Druck eine Generalbeichte ablegen, als sie das Gefühl beschleicht, einen Faustschlag in den Magen bekommen zu haben, der ihr die Luft zum Sprechen raubt. Sogleich beginnen sich ihre Augenlider zu röten und sichtbar feucht zu werden, bis sich rasch kleine Tränen bilden. Schnell kommen weitere Tränen, die die vorderen aus den Augenwinkeln drücken und sich ihren Weg an der Nase entlang bahnen, um auf ihren Schoß zu tropfen. Ohne zu wissen woher er kommt, fühlt sie auch noch in ihrem Hals einen dicken Kloß, der ihr das Atmen zusätzlich erschwert. Da es jetzt kein Zurück mehr gibt beschließt sie, sich zusammenzureißen und so den nicht mehr auszuhaltenden Druck loszuwerden. Weg mit dieser empfundenen Last, die sie seit Wochen mit sich herumträgt. Viel zu lange sehnt sie sich schon nach Erleichterung. So legt sie ihre Hände vor das Gesicht, um ihre Scham wenigstens ein bisschen gegenüber ihren Eltern wahren zu können. Unter weinendem Schluchzen entrinnen ihrer zugeschnürten Kehle einige undefinierbare Silben, die völlig ungeordnet erscheinen. Doch das ist Monika in diesem Moment egal. Sie versucht, auch wenn ihre Emotionen gerade völlig mit ihr durchgehen, sich alles erleichternd von der Seele zu reden.

Einen Augenblick lang schauen sich ihre Eltern das Trauerspiel an, um dann einander zuzunicken. Diese gegenseitige Geste wissen beide nach so vielen Ehejahren sehr wohl zu deuten. Es ist das Zeichen dafür, dass sie jetzt als Eltern entschlossen zu handeln haben. Dieses Zeichen bedeutet aber auch, dass sich ihre schlimmsten Befürchtungen mit an Sicherheit grenzender Wahrscheinlichkeit realisiert haben. So erheben sie sich gleichzeitig von ihren Stühlen. Während sich Lena zu ihrer Monika herab kniet, wirkt Karl emotionslos und verlässt die Terrasse in Richtung des Wohnzimmers. So findet als erstes Lena einige Worte, die vielleicht Trost spenden könnten. Sich sehr wohl bewusst, dass sie als Mutter immer einen Weg fand, ihre Tochter zu erreichen.

»Mein kleiner Schatz. Komm mit uns in die Wohnung. Es wird dir nichts geschehen. Lass uns über alles in Ruhe sprechen was passiert ist, mein Kind. Aber lass uns das nicht hier draußen machen, wo es die Nachbarn mitbekommen.«

Ohne ihre schützenden Hände von ihrem Gesicht zu nehmen, steht Monika auf. Widerstandslos lässt sie sich wie eine Blinde von ihrer Mutter laut schluchzend, weinend und anscheinend wirr redend durch die Terrassentüre in das Wohnzimmer führen. Dabei spürt sie Lenas warme Umarmung, die in diesem Moment so wertvoll und mit keinem Geld der Welt zu bezahlen ist. Das schafft bei ihr wenigstens etwas der dringend benötigten Kraft, um den vor ihr liegenden und so steinigen Weg bewältigen zu können. Ganz behutsam geleitet Lena ihre Tochter zu einem Sessel, während Karl die Terrassentüre verschließt, die Gardinen zuzieht und anschließend auf dem Sofa Platz nimmt. Nun ist die Familie unter sich. Souverän greift Lena zu den auf dem runden Holztisch mit der grünen Marmorplatte liegenden Taschentüchern und legt die geöffnete Packung ihrer Tochter auf den Schoß.

»Nimm dir ein Taschentuch, Monika. Du kannst es jetzt sehr gut gebrauchen.«

Nach diesen Worten ihrer Mutter nimmt sie die Hände von ihrem verheulten Gesicht, greift sich ein Taschentuch und beginnt sich damit die Tränen abzuwischen. Da es sofort mit Tränenflüssigkeit durchtränkt ist und sie weiter weint, knüllt sie das nasse Tuch zusammen und nimmt sich gleich das nächste. Mit zittrigen Händen führt sie es über ihre roten und zugleich stark geschwollenen Augen. Dieses Gesicht zeigte die wohlerzogene und sonst so lebensfrohe Monika nur ganz selten, sodass es auf ihre Eltern schon fast verfremdet wirkt.

Tief verzweifelt stülpt sie sich das Taschentuch über die Nase und schnäuzt kräftig hinein, bevor sie auch das zusammenknüllt und sich das dritte Taschentuch nimmt. Erst jetzt ist es ihr möglich beherzt Luft zu holen. Obwohl sie sich etwas zu beruhigen scheint, stammelt sie weiterhin nur Wortsalat, der aber Satz für Satz verständlicher wird. Jetzt endlich kann sie sich auch überwinden und bringt die Kraft auf, ihren Eltern in die Gesichter zu schauen. Dabei atmet sie noch einmal tief ein, um ihren Eltern das zu erzählen, was sie sicherlich schon wissen.

»Ich muss euch etwas beichten. Ich glaube, dass ich schwanger bin und weiß nicht mehr weiter«, schluchzt sie.

Nun ist das raus, was beiden Elternteilen nicht gefallen kann. Natürlich wissen sie, dass Kinder eigene Kinder bekommen können. Aber immer, wenn sie davon hörten, schien das Schicksal anderer Mütter im Jugendalter so weit weg von der eigenen Familie zu sein. Niemals hätten sie sich träumen lassen, dass auch sie einmal mit diesem Problem hätten konfrontiert werden können. Doch Monikas Beichte ist noch nicht beendet. Denn zu ihrer Schwangerschaft plagen sie auch noch ganz andere Befürchtungen.

»Fliege ich jetzt hier raus?«, will sie tief bestürzt und sorgenvoll in Erfahrung bringen.

Während Karl ihr gefasst und zugleich streng ins Gesicht schaut, greift sich nun Lena ein Taschentuch und wischt damit fürsorglich ihrer Tochter weitere Tränen aus dem Gesicht.

»Beruhige dich erst einmal, Monika. Wir werden über alles sprechen. Hab keine Angst. Wir sind eine Familie und werden als Familie für alles eine Lösung finden«, kommt es ermutigend aus dem Mund der stets fürsorglichen Mutter.

Sicherlich empfindet Lena in diesem Augenblick so etwas wie Enttäuschung und Unverständnis. Aber dennoch ist und bleibt Monika ihre Tochter – ihr eigen Fleisch und Blut, welches sie gebar, erzog und immer liebte. Nun braucht Monika die Unterstützung ihrer Mutter mehr, als das in ihrem kurzen Leben jemals der Fall war. Das ist Lena bewusst und dementsprechend will sie handeln. So beugt sie sich etwas nach vorne und legt ihre Hände sanft auf die Wangen ihrer Tochter, um ihr dann zärtlich einen Kuss auf die Stirn zu hauchen.

Diese gezeigte Empathie bewegt einiges in Monika. Das mütterliche Mitgefühl lässt sie ihre schlimmsten Ängste und Befürchtungen wenigstens zum Teil verlieren und schafft Vertrauen in ihr, für ein tiefer gehendes Gespräch. Was dieses Gespräch für Konsequenzen haben und wohin es führen könnte, bleibt für Monika vorerst im Dunkeln. Denn schließlich ist ja noch ihr Vater Karl mit von der Partie, den sie nur fragend aus ihrer Hilflosigkeit heraus anschauen kann.

Karl erkennt diesen Blick sofort und weiß ihn auch zu deuten. Obwohl er von der Situation alles andere als begeistert ist, findet er doch wie immer zu gewohnt deutlichen Worten.

»Monika, warum sollten wir dich rauswerfen?«, will er von seiner Tochter überrascht wissen.

Schluchzend kommt nach einem kurzen Moment die Antwort. Dabei spüren die Eltern, wie schwer diese Situation auf Monikas immer noch kindlich geprägter Seele lastet.

»Ach Papa, ich komme mir so dreckig vor, als hätte ich ein Verbrechen begangen, das ich vor euch geheim halten müsste.

Ich glaube die ganze Zeit über, dass ihr in mir nur eine kleine Nutte sehen könntet. Aber das bin ich wirklich nicht. Es ist direkt beim ersten und einzigen Mal passiert. Bitte, das müsst ihr mir glauben. Ich wollte das alles nicht. Was wird jetzt mit mir geschehen?«

Beiden Elternteilen wird etwas deutlicher, was Monika in diesem Moment alles beschäftigt. Aber wie Monika zu der Annahme kommen konnte, dass ihre Eltern in ihr eine »Nutte« sehen könnten, ist für beide nicht nachvollziehbar. Denn zu einer Nutte haben sie ihre Tochter nie erzogen und die haben sie auch nie in ihr erkennen können. Selbst als es darum ging, dass Monika anrüchig wirkende Freundinnen zu sich nach Hause einlud, warnten sie ihre Tochter vor denen. Monika zeigte dabei stets Einsicht und beherzigte die elterlichen Warnungen. Das geschah bei Monika zwar nicht immer ohne zu murren und zu knurren, aber es geschah wenigstens. Letztlich ist es diese Folgsamkeit, die dazu beiträgt, dass Monika auch in den Augen von Lehrern und Freunden als wohl erzogen gilt. Und da Karl noch nie jemand war, der seinen Kopf in den Sand steckte, fühlt er sich gerade jetzt zuständig, auch diese Situation zu meistern oder wenigstens das Beste aus ihr herauszuholen und so seiner Tochter beizustehen.

»Du brauchst keine Angst zu haben, dass dich hier jemand rauswirft. Das Gegenteil ist der Fall: Du bist in erster Linie unsere Tochter und wirst es auch immer bleiben. Wir sind stolz auf dich und sehen dich nicht als Nutte an, weil du keine Nutte bist. Das bedeutet für dich, dass du dich auf uns verlassen kannst, was immer auch geschieht. Aber die Voraussetzung dafür ist, dass wir alle drei auch weiterhin ehrlich miteinander umgehen und uns an getroffene Absprachen halten. Bist du dazu bereit, Monika?«, entfährt es streng seinem Mund.

Es ist nicht nur ein Stein, der Monika nach diesen Worten vom Herzen fällt, sondern ein ganzer Berg, der ins Rutschen gerät. Mit einer solchen Reaktion ihres Vaters hätte sie im

Leben nicht gerechnet. Letztendlich war es immer Karl, der mit beißend verletzender Kritik nicht gerade sparsam war und auch mitunter Strafen verhängte. Aber vielleicht ist es ja das Problem an sich, das ihre Eltern so reagieren lässt. Es geht hier ja nicht um eine fehlende Hausaufgabe oder um ein Fahrrad, welches sie sich mal unabgeschlossen hat klauen lassen. Hier geht es um etwas ganz anderes, was das Leben der gesamten Familie Faber für immer verändern wird.

Monika spürt ganz genau, dass ihre Eltern begriffen haben, worum es geht. Sie vermitteln der Tochter durch ihre Art, dass ihr Interesse geweckt wurde und sie wissen möchten, was geschah. Das war auch nicht der richtige Zeitpunkt für irgendwelche von Monikas kleinen Spielchen. Lügen würden sofort erkannt und gnadenlos zurückgeschlagen; das fühlt und weiß sie. Also stimmt sie etwas erleichtert und kopfschüttelnd zu; auch wenn es vielleicht peinlich wird die Hosen herunterlassen zu müssen. Denn eins ist klar: sie braucht die Hilfe ihrer Eltern – jetzt!

»Bin ich, Papa. Ich bin bereit für alles. Was möchtest du von mir wissen und was soll ich tun?«

Nach diesem offenen Gesprächsangebot schaut Karl schon nicht mehr ganz so streng zu seiner Tochter herüber. Als hätte er ihre Gedankengänge hören können, kauft er ihr ihre Gesprächs- und Handlungsbereitschaft sofort ab.

»Gut, dann möchte ich zuerst einmal von dir wissen, in welchem Monat der Schwangerschaft du dich befindest und ob es dir, abgesehen von der morgendlichen Übelkeit, gut geht?«

»Ja, gesund fühle ich mich schon, obwohl ich vor lauter Angst vor der Wahrheit nicht beim Frauenarzt war. Ich bin mir ganz sicher, dass ich im vierten Monat schwanger bin.«

Erneut greift sie zu den Taschentüchern, um sich ein weiteres aus der Verpackung zu ziehen. Das reicht aus, um sich damit die letzten Tränen abzuwischen und überhaupt etwas in der Hand zu halten. So verschafft sie sich zumindest das

Gefühl, gegenüber ihren Eltern nicht mit ganz leeren Händen dazustehen.

Karl lehnt sich derweil auf seiner Couch zurück und macht ein in sich gekehrtes Gesicht. Das bedeutet bei ihm immer, dass er das Gehörte verarbeitet und bereits gedanklich nach einer Richtung sucht, die er einschlagen kann. Meistens fällt ihm dann auch etwas ein. Aber was ihm in diesem Moment einfallen würde, ist von Monika nicht einzuschätzen. Dafür ist die Lage zu ernst. Doch ihr kommt die Frage in den Sinn, was er eigentlich von ihr verlangen würde? Vielleicht würde diese ganze Geschichte für sie völlig harmlos ausgehen und sie bräuchte das Kind nicht zu bekommen. Dann hätte sie auch keine Probleme mehr. Wenn jemandem ein Weg aus dieser Misere einfallen würde, dann wäre dieser Jemand ihr Vater! Das steht für Monika fest.

»Gut, soweit ich informiert bin, kommt eine Abtreibung nicht mehr infrage. Das bedeutet, dass du das Kind austragen musst. Da du noch nicht beim Frauenarzt warst, wirst du das sofort morgen in Begleitung deiner Mutter nachholen. Das ist wichtig, weil nur der Arzt uns sagen kann, ob mit dir und mit dem Kind alles in Ordnung ist. Wer ist der Vater und weiß er von der Schwangerschaft?«

Die Worte des Vaters, und vor allem seine Feststellung, das Kind austragen zu müssen, treffen sie wie eine schallende Ohrfeige. Niemals hätte sich Monika vorstellen können ein Kind austragen zu müssen und wie schnell man schwanger werden kann. Das ist ein Schicksal, welches sie höchstens den »leichten Mädchen« von ihrer Schule zugetraut hätte. So bezeichnete sie schon immer die, die kaum Bekleidung am Körper, aber dafür umso mehr Schminke im Gesicht tragen und schon fast wie besessen bei jeder sich bietenden Gelegenheit mit ihren Freunden schlafen. Und nun trifft es in Sachen Schwangerschaft ausgerechnet sie, die es mit dem Sex nur ein einziges Mal ausprobieren wollte. Das alles kommt Monika wie eine schreiende

Ungerechtigkeit vor. Sie wollte doch eigentlich nur wissen, wie es ist, wenn man mit einem Jungen schläft. Nicht mehr und nicht weniger.

Gar nicht möchte sie darüber nachdenken, was ihre Mitschülerinnen über sie sagen werden, wenn sie von ihrer Schwangerschaft erfahren. Bestimmt wird man über sie tuscheln, dass sie selbst zum Poppen zu blöde wäre. Zu alledem muss sie Karl nun auch noch sagen, wer der Vater ihres Kindes ist. Das fällt ihr zwar nicht unbedingt leicht, weil es beschämend ist, aber die mittlerweile verständnisvoll anmutende Art ihres Vaters ebnet ihr den vertrauenswürdig erscheinenden Weg weiter.

Dennoch ahnt sie schon, dass sich mit ihrer Schwangerschaft viele Dinge in ihrem Leben verändern werden. Doch in welche Richtungen diese Veränderungen gehen, das kann sie bei weitem noch nicht abschätzen. Ganz sicher merkt sie aber, dass sie sich zum ersten Mal in einen Umstand hineinmanövriert hat, dessen Konsequenzen sie gnadenlos und hart treffen werden. Es ist auch das erste Mal, bei dem ihre Eltern keinen Schaden von ihr abwenden können und sie allein die Suppe auslöffeln muss, die sie sich eingebrockt hat.

»Der Vater ist Alexander Harms und gerade 17 Jahre alt geworden. Er wohnt gar nicht so weit weg, im Eichenweg 16«, antwortet sie knapp.

»Alexander Harms? Ist das nicht der Junge, der dich immer zum Schwimmverein abgeholt hat? Er hat bei mir keinen schlechten Eindruck hinterlassen, als wir uns unterhielten, während du deine Schwimmsachen gepackt hast«, entfährt es Karl entrüstet.

»Ich habe auch gedacht, dass der ganz nett ist. Da wir öfter gemeinsam beim Schwimmen waren und ich ihn schon länger kenne, habe ich gehofft, dass ich ihm vertrauen könnte. Aber das war wohl ein Fehler. Nachdem ich ahnte, was mit mir los ist, wollte ich ihm das sagen. Also bin ich mit dem Fahrrad zu ihm gefahren und habe alles erzählt. Aber der fackelte gar nicht lange und sagte, dass er keinen Bock auf ein Kind hätte. Und wenn ich das Kind nicht wegmachen würde, es mit uns aus wäre. Dem war es auch völlig egal, ob ich Angst habe oder nicht. Er sagte letztlich nur noch, dass ich mich »aus seinem Leben verpissen« sollte. Dann schmiss er mich aus der Wohnung und knallte mir die Türe vor der Nase zu.«

»So ein mieses Schwein«, entfährt es in diesem Augenblick hasserfüllt der sonst so mitfühlenden Lena.

»Das bringt uns jetzt nicht weiter, Lena«, fährt Karl ihr streng über den Mund.

Er legt die Handflächen auf seine Oberschenkel und richtet den Blick zur Decke. Sein Gesicht verrät Mutter und Tochter, dass man ihn jetzt besser nicht ansprechen sollte, weil sein Gehirn auf Hochtouren arbeitet. In solchen Momenten hasst er es nun einmal, wenn er gestört wird. Karl ist dabei, die Geschehnisse und Gegebenheiten in seinem Kopf zu sortieren und zu bewerten. Unter seiner Schädeldecke muss es dabei zugehen, wie in einer Postsortierungsstelle. Unzählige leere Fächer, die nur darauf warten gefüllt zu werden, damit alles abgearbeitet werden kann.

Währenddessen schauen sich Monika und ihre Mutter tief in die Augen. Sie reichen einander die Hände, wobei Lena ihre Tochter anlächelt. Während sich die Handflächen gegenseitig zärtlich streicheln, scheint Karl mit seinen Überlegungen fertig zu sein.

»Das ist natürlich alles andere als anständig, was Alexander gemacht hat und wie er damit umgeht. Aber hinsichtlich seines Charakters und eurer Zukunft ist sein Verhalten sehr aussagekräftig. Doch wie die Sache weiterläuft, wird nicht zuletzt beim Jugendamt entschieden. Woher weißt du, dass du im vierten Monat schwanger bist?«, will Karl in Erfahrung bringen.

Monikas Blick weicht beschämt in Richtung des Fußbodens aus, wofür sie einen guten Grund hat. Sie braucht nicht lange zu überlegen, welche Antwort sie jetzt zu geben hat. Aber sie denkt darüber nach, wie sie diese Antwort einigermaßen gesichtswahrend und respektvoll gegenüber ihren Eltern formulieren könnte. Denn diese Frage des Vaters berührt bei Monika nun einmal einen sensiblen Punkt, weil es dabei nicht nur um Sexualität geht. Also entschließt sie sich, demütig den Kopf gesenkt zu halten, während sie über das spricht, was ihr so schwerfällt.

»Es war an einem Tag, als unser Schwimmtrainer krank war. Anstatt nach Hause zu gehen sind wir zu Alexander gefahren, wo es passierte. Ich habe nur dieses eine Mal mit Alexander und mit einem Jungen überhaupt geschlafen. Dabei hat er mit einem Kondom verhütet. Denn schließlich wollten wir beide nicht, dass ich schwanger werde. Aber dabei passierte der Unfall, weil das Kondom gerissen ist. Als wir das bemerkt haben, war es bereits zu spät.«

Stark erleichtert fühlt sich Monika nach dieser Beichte. Nun ist es endlich raus. Jetzt schafft sie es auch wieder, ihren Eltern in die Augen zu schauen. Aber sie schaut auch sehr erwartungsvoll und wartet ab, was jetzt wohl geschehen wird. Dabei ist sie positiv davon überrascht, dass ihr Vater gar nicht mehr streng schaut. Ist ihm vielleicht eine Lösung eingefallen?

»So wie ich das sehe, hattest du natürlich ausgesprochenes Pech, dass es gleich beim ersten Mal geschah. Aber daran können wir jetzt nichts mehr ändern. Da Alexander bereits über den Sachstand von dir in Kenntnis gesetzt wurde, werden wir in dieser Angelegenheit nicht weiter auf ihn zugehen. Es sei denn, er wünscht ein Gespräch mit uns. Da ihr beide aber noch nicht volljährig seid, werde ich das Gespräch mit seinen Eltern suchen. Ich bin sehr gespannt darauf, wie die reagieren werden und ob sie diese Angelegenheit ähnlich sehen, wie ihr Sohn.«

Das soll es gewesen sein? Monika kann ihren Ohren nicht trauen. Das alles war noch nicht einmal im Ansatz so schlimm, wie sie es im Vorfeld befürchtet hatte. Das ist eben ihr Vater:

unberechenbar bis in die Haarspitzen. Kein Rauswurf, keine verbale Backpfeife und noch nicht einmal ein einziges Wort der Kritik. Alles scheint ihr plötzlich so einfach, weil ihre Eltern Verständnis zeigen. In ihr wächst Zuversicht, dass sie nicht allein mit ihren Problemen gelassen würde. Das empfindet sie als Balsam für ihre junge Seele, die derartig viele Ängste und Druck in den vergangenen Monaten hatte aushalten müssen. Denn nicht zuletzt vermitteln ihr ihre Eltern, dass man sie und ihr Problem ernst nimmt. Dennoch spürt sie ein drückendes Bedürfnis, das von ihrer Blase ausgeht.

»Ich würde gerne kurz zum Klo gehen, Papa.«

»Geh nur Monika, geh. Wir warten auf dich«, sagt er mit ruhiger Stimme.

Während Monika aufsteht und den Raum verlässt, nimmt Karl die Hände von seinen Oberschenkeln und legt sie gut ausgebreitet auf die Marmor-Tischplatte. Das ist dem rüstigen Vorruheständler eine gute Hilfe beim Aufstehen.

»Bitte warte einen Moment, Lena. Ich hole mir eine Tasse Kaffee von der Terrasse. Bis jetzt sind wir ja noch nicht zum Kaffeetrinken gekommen, bei solchen Neuigkeiten. Möchtest du auch eine Tasse Kaffee trinken?«, fragt er seine Frau liebevoll.

»Nein danke, Karl. Ich habe den Kaffee auf.«, kommt es zynisch zurück.

Lena mustert ihren Mann bei seinem Gang auf die Terrasse auffallend genau und vernimmt sehr wohl, dass er sich gelassen gibt. Keine Aufregung, keine Wut über die Schwangerschaft der Tochter, deren Folgen oder über das Verhalten von Alexander. Sollte das ihr Mann sein, der ihr eben diese hilfsbereite Frage stellte? Ist das ihr Karl, den sie bereits seit der gemeinsamen Kindergartenzeit kennt? Was ist nur los mit ihm, fragt sie sich. Diese Gelassenheit gegenüber Monika angesichts solcher Brisanz, hätte sie ihm nicht zugetraut. Viel eher rechnete sie mit bohrenden Fragen von ihm, die unausgesprochen massive Vorwürfe enthalten, um dem eigenen Ärger Luft zu machen.

Karl war nie ein Familientyrann gewesen. Das Gegenteil war immer der Fall. Mit ihm als Oberhaupt fuhr die Familie gut und sicher. Mutter, Tochter und auch Karl selbst wussten stets genau, was sie zu tun und zu lassen hatten. Sollte etwas einmal aus dem Lot geraten sein, ließ es ihn nicht zur Ruhe kommen, bevor es im Sinne der Familie geregelt war. Dabei hinterfragte er zuerst jedes Detail und kam später immer als Sieger ins Ziel. Ad hoc fällt ihr keine einzige Situation ein, der er sich nicht gestellt hätte. So hatte er sich immer an allem abgearbeitet und letztendlich alles gemeistert.

Es schleicht sich daher bei Lena der Gedanke ein, dass Karl vielleicht langsam aber sicher alt werden würde und er sich aufgrund dessen mit dieser Geschichte nicht mehr mit der gekannten Intensivität auseinandersetzen möchte. Doch diesen Gedanken verwirft sie schnell wieder. Es erscheint ihr wahrscheinlicher, dass die Erde vielleicht doch eine Scheibe sein könnte, als dass ihr Mann ein familiäres Problem von solchem Format nicht klärend in die eigenen Hände nehmen würde. Mit diesen Gedanken wächst Misstrauen in Lena heran. Misstrauen in das, was da noch auf sie als Mutter und vor allem auf Monika als die gemeinsame Tochter zukommen wird.

Karl betritt wieder das Wohnzimmer und geht an seiner Frau vorbei. Mit seinen 60 Jahren ist er immer noch ein schlanker und attraktiver Mann von anmutender und sehr gepflegter Erscheinung. Schlohweißes Haar, akkurat in Reih und Glied gekämmt. Die Ohren immer halb bedeckt, wie schon zu seiner Volksschulzeit. Er änderte sich eben nie und diese Beständigkeit liebt sie auch heute noch an ihm.

Ungebügelte Kleidung gab es in seinem Leben nicht. Er sieht es auch nicht gerne, wenn Lena sie ihm bügelt. Ohne sie zu kritisieren, baut er in solchen Fällen das Bügelbrett erneut auf und findet immer noch eine Stelle zur Korrektur der

Bügelfalte in seiner Hose, dem Hemd oder der Weste. Sogar seine Schuhe putzt er täglich mit viel Hingabe selbst.

Schon oft verfluchte sie diese Pingeligkeit ihres Mannes, war dann aber doch froh, dass er so selbständig ist. Andere Frauen wissen ganz andere Dinge über ihre Männer zu berichten, die ihr fremd an ihrem Karl sind.

Vor unzähligen Jahren fragte sie ihn einmal, warum er seine Kleidung lieber selbst bügelt. Er schaute sie damals an und meinte nur, dass er nicht damit leben könnte, nicht das zu können, was auch sie kann. Das meinte ihr Karl todernst.

Während er sich wieder auf seinen Sofaplatz setzt und das Kaffeegedeck auf dem Tisch abstellt, keimt bei Lena Neugierde auf. Was kommt am Ende dabei heraus, wenn es fertig ist? Danach zu fragen, wagt sie aber nicht. Stattdessen ist sie sicher, dass ihre Neugierde bald befriedigt werden wird.

Sofort schenkt er ihr mit einem Blick seine ungeteilte Aufmerksamkeit, ohne dabei das Rühren des Kaffees zu vernachlässigen. Aber er zögert mit einem Kommentar, da ihn das weitere Vorgehen doch sehr zu beschäftigen scheint. Langsam rührt er seinen Kaffee weiter um, was von dem melodischen Klimpern des Löffels am Tassenrand begleitet wird, bis der Kaffee genau die Farbe hat, die sein Kaffee immer hat. Er hebt den Löffel aus der Tasse und lässt ihn geduldig abtropfen, um ihn auf der Untertasse abzulegen, als Monika den Raum betritt.

Sie nimmt ihren alten Platz gegenüber ihrem Vater ein und schaut ihn aufgeschlossen, aber weiterhin auch erwartungsvoll an.

»Ich habe die Erkenntnis gewonnen, dass uns als Familie ein gewaltiger Kraftakt bevorsteht, liebe Monika.«

Gespannt wie ein Flitzebogen schauen ihn die Familienmitglieder an. Karl nimmt seine Tasse in die Hand und führt die zum Mund, ohne sofort von dem dampfenden Getränk zu nippen. Stattdessen pustet er leicht hinein, um das Getränk mit dem eigenen Atem abzukühlen. Dabei entstehen weiche

Wellen auf der Oberfläche des Kaffees, die eine gewisse Ruhe vermitteln.

»Hast du dir bereits Gedanken darüber gemacht, wie sich dein Leben mit einem Säugling abspielen könnte?«, fragt er seine Tochter interessiert.

Ein gut hörbares Ein- und Ausatmen von Monika signalisiert ihm dabei, dass diese Frage von ihr nicht leicht zu beantworten sein würde. Dennoch versucht es Monika, sich ihr zu stellen.

»Du hast gerade gesagt, dass ich das Kind bekommen muss. Dann werde ich versuchen eine liebe Mutter zu sein und es irgendwann später selbst zu erziehen, wenn ich das auch darf und der Vater sich nicht darum kümmert.«

Karl nimmt diese Worte reglos zur Kenntnis und beginnt dann damit, vorsichtig an seinem Kaffee zu nippen. Dabei entgeht ihm die kindliche Naivität, die naturgemäß noch in seiner Tochter wohnen muss, nicht. Aber woher sollte sie wissen wie schwer und auch sorgenreich es sein kann, ein Kind zu erziehen und es in die richtigen Bahnen lenken zu müssen? Er hatte es seit ihrer Geburt ununterbrochen versucht, einen geraden Weg bei Monika vorzuzeichnen. Aber nun erkennt er, dass ihm das erst einmal missglückt ist. Doch ein Aufgeben kommt für ihn nicht infrage. Nach seinem Verständnis ist es nun seine väterliche Pflicht, den vorgezeichneten Weg der Tochter unter erschwerten Bedingungen weiter begleitend zu beschreiten. Dieser Herausforderung stellt er sich entschlossen. Wie sonst sollte aus seiner Tochter einmal ein tüchtiger Mensch werden, der auf seinen eigenen Beinen stehen kann?

»Das ist richtig, aber unvollständig, liebe Monika. Richtig dabei ist, dass du das Kind austragen wirst, sofern es keine medizinischen Bedenken gibt, die dagegen sprechen. Richtig ist auch, dass du eine gute Mutter sein wirst, wie es deine Mutter für dich auch immer war. Dass der Vater sich drücken will, ist im ersten Moment zwar ärgerlich, aber dennoch hilfreich.

Wenn er sich nicht kümmert, brauchen wir uns auch nicht mit ihm und seinen väterlichen Rechten herumzuärgern, da er offensichtlich nichts taugt. Folglich sollten wir ihm sogar in einer gewissen Art und Weise dankbar sein, weil seine Einstellung die Bewältigung unserer Arbeit erleichtert, indem er sie nicht behindert.«

Monika erscheinen diese väterlichen Worte wie altägyptische Hieroglyphen. Was redet ihr Vater da und was hat das alles mit dem Vater des Kindes zu tun? Nach ihrer Ansicht hat sie das Kind zwar mit Alexander gezeugt. Aber da er nichts davon wissen will, hat er nach ihrer Einschätzung damit nichts zu tun. Gespannt folgt sie ihrem Vater weiter.

»Aber was wird aus dir und deiner Zukunft? Du würdest auf der Stelle treten und im Leben nicht weiter vorankommen. So kann es nicht laufen. Daher bekommst du zwei Arbeitsaufträge von mir. In erster Linie wirst du dich darum kümmern, dass du deine Schwangerschaft bis zur Geburt des Kindes in aller Ruhe durchlebst. Wenn du müde bist, dann schlafe. Wenn du hungrig bist, dann iss, und wenn du Termine beim Frauenarzt hast, nimmst du sie wahr. Das alles entbindet dich aber nicht von deiner Schulpflicht und den Hausaufgaben, denen du ohne Ausfälle zu haben weiter nachgehst. Das heißt für dich, dass ich auch weiterhin einen ordentlichen Hauptschulabschluss von dir erwarte.«

Soweit hört sich das für Monika erst einmal verständlich und machbar an. Auf den Hauptschulabschluss bestand ihr Vater auch schon vor der Schwangerschaft. Vielleicht würde er jetzt etwas weniger Stress machen, da sie ja schwanger ist. Und nun könnte sie sich nach der Schule auch mal hinlegen, wenn ihr danach wäre, ohne dass er ständig auf die lästige Erledigung der Hausaufgaben bestehen würde. So ließe sich diese Schwangerschaft auf den ersten Blick wie in einem Traum durchleben. Aber ihr ist in diesem Moment noch nicht bewusst, dass es schöne Träume ebenso gibt, wie wahre Albträume.

»Da dann noch genügend gemeinsame Zeit für uns übrig bleibt, werden wir uns dem Schreiben von Bewerbungen widmen. Den Zeitpunkt des Ausbildungsbeginns werden wir dabei auf den nächstmöglichen Zeitpunkt nach der Geburt des Kindes datieren.«

Lena weiß nach diesen Worten im ersten Moment gar nichts mehr zu sagen; ihr fällt einfach nur die Kinnlade herunter. Dass da noch eine dicke Kröte zu schlucken wäre, wenn er die Sache in die Hand nimmt, war ihr klar. Aber dass die so dick werden würde, hätte sie nicht gedacht. Nach ihrem Verständnis lassen seine Vorstellungen die physische und psychische Belastbarkeit ihrer Tochter völlig außer Acht. Daher muss sie das Gesagte kommentieren und dabei ihren Bedenken Ausdruck verleihen, wenn sie nicht daran ersticken will. Leider geht das nicht ohne hektische Erregung, die sie nicht verbergen kann. Denn schließlich geht es hier um ihre Tochter und auch um ihr Enkelkind.

»Karl!«, fährt sie ihn aufgebracht an.

»Wie stellst du dir das vor? Was soll Monika mit einem Ausbildungsplatz, wenn sie sich um ihren Säugling zu kümmern hat? Der braucht in den ersten Lebensjahren seine Mutter in jeder Wach- und Schlafphase so dringend, wie die Luft zum Atmen. Alles, was er in dieser Zeit an emotionaler Zuwendung versäumt, kann er nicht wieder aufholen und wird sich unweigerlich zu seinem Nachteil entwickeln, unter dem unser Enkelkind ein Leben lang zu leiden haben wird.«

Karl erkennt sofort den Ton seiner Frau und die damit zum Ausdruck gebrachte Unzufriedenheit mit seinen Planungen. Doch er schaut auf seine Tasse und nimmt sie halb geleert vom Mund, um sie auf der Untertasse abzustellen. Erst dann widmet er sich gut vorbereitet den Bedenken seiner Frau. Das bleibt nicht unbeobachtet von Monika, was ein schlechtes Gewissen in ihr auslöst. Hat sie vielleicht nun einen heftigen Streit zwischen ihren Eltern entfesselt? Wie wird ihr Vater reagieren?

Dabei weiß sie nur zu gut, dass er Widerworte weder mag noch duldet. Aber Karl behält seine Fassung. Er weiß, dass ein Streit zwischen ihm und Lena jetzt alles andere als zweckdienlich wäre.

»Beruhige dich, Lena. Unser Enkelkind wird nichts vermissen oder vielleicht sogar vernachlässigt werden. Im Gegenteil! Es wird besser behütet und erzogen werden als so manches andere Baby, weil rund um die Uhr jemand für den Nachwuchs da sein wird.«

»Und wie soll das zu bewerkstelligen sein, wenn Monika sich mit ihrer Ausbildung beschäftigen muss? Ich erkenne wenig Sinn in deinen Überlegungen«, kritisiert sie hartnäckig.

Die Antwort lässt nicht lange auf sich warten.

»Ein weiser Mann sagte einmal, dass wenn du einen armen Mann einen Tag lang satt machen willst, du ihm einen Fisch schenken sollst. Willst du aber, dass er dauerhaft satt wird, dann schenke ihm eine Angel.«

Wütender werdend fährt sie ihn an.

»Karl, wir sind hier nicht beim Angeln. Es geht hier um nichts Geringeres, als um unsere Tochter und um unser gemeinsames Enkelkind. Versteh das doch endlich! Ich will nicht, dass sie überfordert wird«, legt sie entschlossen nach.

Doch Karl geht auf diese Intervention seiner Frau nicht ein. Er hat sein Konzept in der Schublade liegen und ist überzeugt davon, dass es alternativlos ist.

»Was ich meine, bedeutet nichts anderes, als dass Monika ihre Ausbildung absolviert und wir beiden Großeltern uns um das Kind kümmern, während Monika in der Firma ist oder an den Hausaufgaben sitzt. Die Zeiträume dazwischen wird sie sich ausnahmslos um ihr Kind kümmern. Sie wird in dieser Zeit nicht in Diskos gehen, sich nicht alleine mit Männern treffen oder ohne Kind mit irgendwelchen Freundinnen ausgehen. Monika wird sich ausschließlich mit unserer vollen

Unterstützung auf ihre Ausbildung und auf die Erziehung ihres Kindes konzentrieren.«

Nach diesen Worten spürt Lena die Ernsthaftigkeit, die ihr Mann in seine Ausführung gelegt hat. Ihn zu unterbrechen, wagt sie sich nicht. Stattdessen wartet sie gespannt auf sein Schlussplädoyer.

»Dahinter steht die Überlegung, dass Monika irgendwann selbst einmal auf eigenen Beinen stehen muss. Bis zu diesem Zeitpunkt hat sie einen Beruf erlernt, ist eine erwachsene Frau und Mutter geworden und kann ihr Leben eigenverantwortlich gestalten. Selbst wenn wir beide dann nicht mehr unter den Lebenden weilen, wird sie die Geschicke ihrer Familie in eigene Hände nehmen können. Genau das geschieht dann in diesem Haus, das sie einmal erben wird. Und nur darauf kommt es an. Hat jemand von euch eine bessere Idee, wie wir das alles sonst unter einen Hut bekommen könnten, dann soll er es jetzt sagen oder schweigen und handeln, anstatt dumm zu diskutieren und die Zeit ungenutzt verstreichen zu lassen. Die Zeit läuft ab jetzt, sofort!«

Während dieser letzten Worte wurden Karls Stimme und sein Gesichtsausdruck zunehmend strenger. Mutter und Tochter merken zweifellos, dass jedes Wort ihm absolut ernst und ebenso gut durchdacht ist.

Lena schaut Karl am Tisch stumm an und traut sich mangels besserer Ideen auch nicht zu widersprechen. Hätten Widerworte denn einen Sinn gehabt? Das bezweifelt sie. Sie beginnt sich vorzustellen, wie der Tagesablauf ihrer Tochter ab sofort aussehen wird. Das gefällt ihr nicht, weil ihre Befürchtungen, einer Überforderung Monikas, anscheinend keine Beachtung in Karls Ausführungen fanden. Aber sie beginnt zu verstehen, dass die Bewältigung der zu erwartenden Aufgaben ein Kraftakt werden wird, der auf dem Gemeinschaftsgedanken basiert. Jeder wird seine Rolle haben und jeder wird sie ordentlich ausfüllen. Darauf würde ihr Karl schon achten. Somit beginnt sie zu begreifen, dass sich auch ihr Leben, an das sie sich so sehr gewöhnt hat, stark verändern wird. Aber sie kann sich damit trösten, dass dieses Kind ja nicht das erste ist, das sie großzieht. Das verleiht ihr eine innere Sicherheit.

Etwas anders ergeht es ihr bei einem Blick in das Gesicht ihrer Tochter, der ihre mütterlichen Instinkte schärft. Ihr fällt auf, wie jung Monika doch ist und unter welch tragischen Umständen sie ihre Unschuld durch die Aktivitäten eines charakterlichen Schweins verlor. Vorgegaukelt hatte Alexander ihr etwas, um an sein niedriges Ziel zu gelangen. Doch sie zweifelt nicht daran, dass auch dieser Drecksack einmal das bekommt, was er verdient.

Hin- und hergeworfen in ihren eigenen Empfindungen, ist sie gedanklich fest bei ihrer Tochter. Die hatte wohl alles gehört, aber kaum etwas verstanden. Das steht für Lena fest. Wie sollte sich auch ein 15-jähriges Mädchen die Umsetzung der Pläne ihres Vaters vorstellen können? Auf sie warten mindestens drei Jahre der Pflichterfüllung und Arbeit bis zum Abwinken. Das Thema »Jugend« hat sich in den Augen der Mutter bereits zu diesem Zeitpunkt für Monika erledigt. Darauf würde Karl schon achten, woran es für sie nichts zu bezweifeln gab.

In Lena wechseln sich Zweifel und Mitgefühl gegenüber der Situation ihrer Tochter ab. Aber ändern kann sie daran nichts mehr. Auch wenn bei ihr der Wunsch erwacht, tief in einem Traum zu stecken, ändert es doch nichts an der Realität, die ihre Stimmung aber nicht ganz in den Keller sinken lässt. Denn schließlich reift unter Monikas Herz ihr Enkelkind heran, was Lenas Gedanken in eine ganz andere Richtung katapultiert. Wächst dort ein Mädchen oder ein Junge heran? Werden Mutter und Kind nach der Entbindung gesund sein? Schließlich stellt sie fest, dass dieses Haus schon so lange nicht mehr das Schreien, Weinen und auch das Lachen eines Kleinkindes gehört hat. Mit dem Kind zu spielen, es zu baden und zu wickeln, darauf stellt sich vorsichtige Freude bei Lena ein. Selbst auf den

Geruch von Puder und Babycreme beginnt sie sich insgeheim zu freuen. Aber bis dahin wird es nach ihrer Einschätzung noch ein langer, und vor allem ein steiniger Weg werden.

K 4 – TIEFE ERNIEDRIGUNG

Am nächsten Morgen weckt Karl seine Tochter pünktlich um sieben Uhr. Wie gewohnt, klopft er an ihrer Tür an, erhält die Bitte zum Öffnen und tritt in ihr Zimmer ein. Da es im Souterrain des Hauses liegt und über keinerlei Rollos verfügt, erwartet Karl ein vom Sonnenlicht bescheiden durchfluteter Raum. So betätigt er den Lichtschalter und kann danach alle Eindrücke ungefiltert wahrnehmen, die er braucht, um die aktuelle Situation in Monikas Zimmer einschätzen zu können.

Ihm bietet sich das Bild einer soeben erwachten Tochter, die ihn schläfrig anschaut. Noch bevor sie ihn begrüßen kann, reißt sie ihre Augen weit auf. Wie von der Tarantel gestochen, wirft Monika ihre Bettwäsche weg und springt in panischer Hektik aus ihrem Bett. Karl betrachtet das mit Argusaugen und tritt wortlos einen Schritt beiseite, da er richtig annimmt, dass seine Tochter ganz fix an ihm vorbeirennen würde. Dabei spürt er noch den Luftzug, den Monika hinter sich herzieht, als er bereits das Aufschlagen der Türe zum Klo wahrnimmt. Das folgende und mittlerweile typische Würgegeräusch nimmt er seit dem vorangegangenen Tag gefasst zur Kenntnis; er kennt es ja nun schon seit einiger Zeit.

Karl widmet sich der auf dem Boden liegenden Bettdecke, indem er sie aufhebt und kräftig durchschüttelt. Mit preußisch anmutender Gründlichkeit legt er sie gefaltet auf das Bett. Ebenso akkurat platziert er das von ihm aufgeschüttelte

Kopfkissen an das Ende der Liegefläche, wobei er nicht vergisst, es in der Mitte mit einem Handkantenschlag stilvoll einzuknautschen. Während er zuerst die Klospülung und dann die Geräusche von Monikas Zahnbürste vernimmt, hat er alle Zeit der Welt, um den Raum zu lüften und die Gardinen in Form zu zupfen. Beim Rundblick durch das sonst ordentliche Zimmer bleiben seine Augen an Monikas Schreibtisch hängen, auf dem ein handgeschriebener Brief liegt.

Da in diesem Augenblick aus dem Badezimmer das Prasseln des Duschwassers zu hören ist, geht Karl zu dem Schreibtisch und schaut auf den Brief, ohne ihn jedoch anzufassen. Die etwas kantige Schrift weckt sogleich seine ungeteilte Aufmerksamkeit. Unschwer ist für ihn zu erkennen, dass dieser Brief von Alexander stammt, zumal der ihn unterschrieben hat. Daneben liegt der zugehörige Umschlag mit einem Poststempel, der vier Tage alt ist.

Obwohl Karl sonst sehr auf die Achtung der Privatsphäre bedacht ist, beschließt er in diesem Augenblick seine Prinzipien etwas zu dehnen und den Brief zu lesen. Während seine Augen über die Zeilen gleiten, ziehen sich nicht nur seine Augenbrauen hoch. Dieser Brief versetzt ihn sogleich in einen Mix aus Erstaunen und Sprachlosigkeit.

»Monika, Du kleine miese Hure. Während Du das liest, bin ich bereits weg. Ich habe auf der Kirmes einige Leute kennengelernt, denen ich mich angeschlossen habe. Das ist die beste Art, den ganzen Scheiß mit dir loszuwerden.

Nachdem wir uns das letzte Mal bei mir gesehen haben, habe ich viel über dich nachgedacht. Dabei fiel mir auf, was für ein dreckiges Stück Scheiße Du doch bist. Erst hast Du mir irgendeinen Dreck von Liebe vorgelabert, um mich herumzukriegen, damit ich endlich auf dich steige. Dabei warst nur Du zu dämlich gewesen vorher die Pille zu fressen. Da das Gummi gerissen ist, kannst Du jetzt ja jedem erzählen, dass es meine Schuld ist. Aber bei diesen Spielchen von dir

mache ich nicht mit. Wenn Du beim Poppen alles richtig gemacht hät-
test und feucht geworden wärst, wäre gar nichts gerissen. Und komm´
mir jetzt nicht mit der ängstlichen »Ich-Bin-Noch-Jungfrau-Gewe-
sen-Tour« um die Ecke. Mädel, Du bist zu nichts zu gebrauchen.
Noch nicht mal für eine Abtreibung. Hättest Du das Kind wegge-
macht, wären wir bestimmt noch zusammen. Aber da Du das nicht
wolltest, hast Du eben Pech gehabt.

Ach übrigens: Wer weiß denn überhaupt, ob Du es danach nicht
noch trocken-fröhlich mit anderen Kerlen getrieben hast und jetzt nur
einen Dummen suchst, der für dich die Karre aus dem Dreck zieht?
Aber ich werde für dich gar nichts aus dem Dreck ziehen. Ist das
klar?! Das kannst Du alles schön allein machen. Dabei wünsche ich
dir viel Vergnügen – Alexander«

Während Karl beim wiederholten Lesen buchstäblich erschlagen ist, geht dies auf Kosten seiner Aufmerksamkeit. Erst
als seine fertig geduschte Tochter, eingehüllt in einen flauschi-
gen Bademantel, ihr Zimmer betritt, nimmt er sie wahr. Beiden
ist die Situation sichtlich unangenehm: Karl, weil er die Privatsphäre seiner Tochter verletzte, und Monika wegen des
Briefinhaltes. Doch dieses Mal findet Monika, die ein deutlich
schlechteres Gewissen hat, beschämt die ersten Worte:

»Ich wollte den Brief nicht vor dir verheimlichen, Papa. Gestern habe ich es einfach nur vergessen, euch diesen Brief zu zeigen, weil wir mit so vielen Dingen beschäftigt waren. Erst
abends ist er mir wieder eingefallen. Darum habe ich ihn für
heute Morgen auf den Schreibtisch gelegt.«

Diese ehrlich erscheinenden Worte von Monika helfen ihr
dabei, die Situation zu entspannen.

»Darf ich diesen Brief bitte behalten? Ich gedenke ihn Alexanders Eltern zu zeigen. Es wäre immerhin möglich, dass sie
sich für die Denk- und Sichtweisen ihres Sohnes interessieren,
falls er sie nicht schon häufiger ihnen gegenüber gezeigt hat.«

»Kein Problem, Papa. Behalte ihn. Diesen Brief will ich nie wieder in meinem Leben sehen, weil er mir echt weh tut. Ich habe auch noch nie jemanden getroffen, der so gemein zu mir war«, gibt sie ehrlich zu verstehen.

»Das glaube ich dir sofort, Monika. Zieh dich jetzt an und komm nach oben. Wir möchten gerne frühstücken, bevor deine Mutter mit dir zum Frauenarzt geht.«

Daraufhin dreht Karl sich um und verlässt wortlos das Zimmer, wobei Monika die Türe hinter ihm schließt. Von gemischten Gefühlen beseelt, setzt sie sich auf ihr Bett. Dabei schießen ihr Gedanken durch den Kopf, die sie zu dem Ergebnis kommen lassen, dass es falsch war sich mit Alexander einzulassen. Aber wen hätte sie vorher fragen sollen? Die Sache mit ihm begann ebenso schnell, wie sie auch schon wieder beendet war. Und nun kümmert er sich um nichts, beleidigt sie auch noch und haut einfach ab, als ob er nichts getan hätte. Dabei realisiert sie zunehmend, dass sie gemeinsam mit ihren Eltern auf sich gestellt ist. Zum ersten Mal spürt sie dabei, dass künftige Erlebnisse auch mit erheblichen Unannehmlichkeiten verbunden sein könnten. Das beginnt schon mit dem Gang zum Frauenarzt, vor dem sie sich entblößen muss.

Dr. Wiedmann war zwar immer recht nett zu ihr, aber das zählt in diesem Augenblick nicht viel. Was würde er dazu sagen, dass sie bereits mit 16 Jahren Mutter wird? Was würde passieren, wenn mit ihr oder mit dem Kind etwas nicht in Ordnung wäre? Müsste sie sich dann auch noch einer schmerzhaften Operation unterziehen? Diese unbeantworteten Fragen lassen in Monika zu ihrer ohnehin schon lange anhaltenden Verunsicherung noch zusätzliche Ängste heranwachsen.

Eher zögerlich geht sie zu ihrem Kleiderschrank und öffnet ihn. Er ist gut gefüllt mit allem, was eine Jugendliche benötigt. So greift sie hinein und holt eine Jeanshose heraus, die sie bereits seit längerer Zeit nicht mehr getragen hatte. Dazu nimmt sie sich einen beigefarbenen BH mit dem passenden Höschen und ein Paar weiße Socken heraus. Ein rotes T-Shirt müsste nach ihrer Meinung eigentlich am besten dazu passen.

Mit dem Kleiderpaket auf dem Arm geht sie zu ihrem Bett und legt es darauf ab. Sie zieht an der Kordel ihres Bademantels, um so die Schleife zu öffnen und die Morgenkluft abstreifen zu können. Der gegenüber angebrachte Spiegel zeigt ihr ein pubertierendes Mädchen, welches sich auf dem vorgezeichneten Weg befindet, eine Frau zu werden.

Monika schlüpft in den Slip und zieht sich den BH an, was sie an diesem Tage als ausgesprochen unangenehm empfindet. Der BH scheint ihre Brüste einzuquetschen. Dies verursacht bei ihr einen leicht drückenden Schmerz. Da sie mit diesem Schmerz nicht den ganzen Tag über herumlaufen möchte streift sie den BH, ohne sich darüber weitere Gedanken zu machen, wieder ab. Aus dem Schrank nimmt sie sich ein etwas größeres Exemplar gleicher Farbe und legt ihn an. Damit fühlt sie sich schon viel wohler.

Sie steigt in ihre Jeanshose und will sie gerade zuknöpfen, als sie feststellt, dass dies mit einem für sie ungewohnt höheren Kraftaufwand als sonst verbunden ist. Irgendwie will sich dieser blöde Hosenknopf nur schwer zum Loch ziehen lassen. Also zieht sie ihren Bauch ein, damit die Hose sich zuknöpfen und der Reißverschluss sich schließen lässt. Damit sitzt die Hose zwar ungewohnt eng, aber ihr Spiegelbild verrät ihr, dass sie in dieser Hose doch knackig ausschaut. Genau diese Sichtweise schmeichelt ihrer weiblichen Eitelkeit enorm.

Monika setzt sich auf ihr Bett, um sich den linken Socken anzuziehen, als es geschieht. Der Reißverschluss platzt auf und verurteilt somit die Hose zum Tode und zur anschließenden Entsorgung durch die Müllabfuhr. Unter Fluchen zieht sie sich die Hose vom Leib und wirft sie aufs Bett. Aus dem Schrank nimmt sie sich ein neues und zugleich etwas größeres Beinkleid, das sich wesentlich leichter schließen lässt. Das geht zwar nach ihrer Meinung auf Kosten der Knackigkeit, ist aber immer noch in einem von ihr festgelegten grünen Bereich.

Nachdem sie auch den zweiten Socken und das T-Shirt angezogen hat, widmet sie sich erneut ihrem Spiegelbild. Dies zeigt ihr, dass sie eine zweifellos hübsche Jugendliche ist. Ihre Kleidung sitzt irgendwie enger, als ihr einfällt, was das denn für eine Ursache haben könnte. Sowohl die Brüste als auch ihr Leibesumfang haben etwas zugenommen. Das war schon ein sehr sicheres Zeichen dafür, dass in ihrem Bauch etwas heranwächst. Gesehen hat es noch niemand, aber bereits jetzt steht es im Mittelpunkt.

Nachdem Monika ihr Zimmer verlassen hat, geht sie schnurstracks die Treppe hoch und dann ins Esszimmer. Dort sieht sie ihre Eltern auf deren angestammten Plätzen sitzen. Aber irgendetwas erscheint ihr an diesem Morgen anders zu sein, als an allen vorangegangenen Tagen. Monika beschließt nichts zu sagen und sich erst einmal auf ihren Platz zu setzen. Bedächtig schaut sie dabei ihre Eltern an und bemerkt die Veränderung, die an diesem Tage vorherrscht. Und zwar frühstückt ihre Mutter nicht. Obwohl der Tisch mit allen Dingen reichhaltig gedeckt ist, beschäftigt sich Lena mit ganz etwas anderem. Es ist der Brief, den Alexander ihrer Tochter schickte. Während Lena ihn aufmerksam liest, lässt Karl sich davon das Frühstück nicht verderben.

»Guten Morgen. Hast du keinen Hunger, Mama?«, will sie vorsichtig wissen.

Lena hebt ihren Kopf und schaut an diesem Tage zum ersten Mal in das Gesicht ihrer jungen Tochter.

»Guten Morgen, mein Schatz. Ich habe dich gar nicht bemerkt, weil ich mit diesem Brief so sehr beschäftigt bin. Dazu fehlen mir, ehrlich gesagt, die Worte.«

Was soll Monika darauf nur entgegnen? Zu der Ratlosigkeit kommt auch noch eine ordentliche Portion Schamgefühl hinzu, die diese Situation für Monika sehr peinlich werden lässt. Was hatte sie ihren Eltern nur angetan, beginnt sie sich mit Schuldgefühlen behaftet zu fragen. Doch damit möchte sie sich eigentlich nicht auseinandersetzen. Sie möchte nur eins: raus aus dieser Situation. Dazu bemüht sie einen Trick.

»Mama, ich habe gar keinen Hunger. Könnten wir nicht jetzt schon zu Dr. Wiedmann gehen? Dann habe ich es hinter mir.«

Lena schaut ihren Mann an, der sich weiterhin das Frühstück schmecken lässt. Dabei nickt er seinen Damen zu, um so sein Einverständnis zu signalisieren. Denn letztendlich möchte auch er eine Gewissheit darüber erlangen, ob seine Tochter nun schwanger ist, und aus dieser Erkenntnis heraus die nächsten Schritte abarbeiten.

Gattin und Tochter erkennen diese Geste als solche und erheben sich. Lena beugt sich zu ihrem Mann herüber, um ihm einen Abschiedskuss auf die Stirn zu geben. Dann geht sie ihrer Tochter hinterher in den Flur zum Mantelstock. Dort schlüpfen sie in ihre Jacken, verabschieden sich noch mit einem knappen Zuruf vom Vater und verlassen die Wohnung in Richtung des Dr. Wiedmann. Übrig bleiben nur noch Karl und eine bohrende Stille in der Wohnung, die für jeden anderen nur schwer zu ertragen wäre. Also sucht er nach dem Eintritt des Sättigungsgefühls etwas Ablenkung beim Abräumen des Tisches.

Entschlossen steht er auf und greift nacheinander zu den Frühstücksutensilien, um sie auf ein Tablett zu stellen und in die Küche zu tragen. Dort verstaut er alles im Kühlschrank, der Brotbox und in den vorgesehenen Schubladen der Küchenzeile. Von ihm benutztes Geschirr und Besteck stellt er in der Spülmaschine ab. Danach geht er wieder zurück ins Esszimmer, um dort erneut Platz zu nehmen. Dabei übermannen ihn Erinnerungen aus längst vergangenen Tagen, die weitaus glücklicher waren, als es dieser Tag ist.

Er besinnt sich des Momentes, in dem er erfuhr, dass er Vater werden würde. Damals waren die Zeiten noch ganz andere und alles war komplizierter. Richtig ist, dass er erst mit 44 Jahren Vater wurde und es sich bei Lena aufgrund ihres fortgeschrittenen Alters um eine Risikoschwangerschaft handelte. Mit ihren 44 Jahren war Lena erstgebärend und stellte damit für Mediziner eine echte Herausforderung dar. Aber bei Monika handelt es sich um ein Wunschkind. Dies fehlte nach ungezählten missglückten Versuchen, um ihrer Ehe das Maximum an Glück und an Perfektion zu verleihen. Als Monika dann unterwegs war, konnten die Eheleute ihr Glück kaum fassen. Jetzt, nachdem eigentlich schon jegliche Hoffnung auf Nachwuchs begraben war. Doch mit der Gewissheit von Lenas Schwangerschaft, begann auch eine sorgenvolle Zeit, die mit großen Ängsten verbunden war. Es gab keine Stunde, in der Karl nicht um das Wohlergehen seiner Frau und seiner ungeborenen Tochter von Kummer und Gram zerfressen wurde. Er wich seiner Lena dabei nicht von der Seite. Lediglich wenn er im Büro war, durfte er etwas Ablenkung erfahren.

Als Monikas Geburt deutlich verfrüht mit einem Not-Kaiserschnitt eingeleitet werden musste, starb er fast vor Angst. Aber das alles hatte sich gelohnt. Seine Frau brachte eine gesunde Tochter zur Welt, der es an nichts fehlen sollte – so viel stand unausgesprochen fest.

Nachdem die Eltern in den darauf folgenden sechs Wochen viel Zeit im Krankenhaus an dem Brutkasten verbracht hatten und Monika sich hervorragend entwickelte, durfte das Ehepaar sein Kind endlich mit nach Hause nehmen. Dieser Moment war fast noch schöner für Karl, als Monikas Erblicken des Lichtes der Welt. Fortan genoss er jeden freien Moment mit dem gemeinsamen Kind. Er liebte es sie zu füttern, zu versorgen, sie zu pflegen und auch sie zu wickeln. Mit alldem hatte Karl nie ein Problem gehabt. Er fragte sich noch nicht einmal, ob er für das alles zuständig sei. Nach seiner Meinung war er es als Vater und lebte diese Zuständigkeit auch.

Alles taten die Eltern für ihre Tochter. Sie erfuhr Frühförderung in allen erdenklichen Bereichen, so dass sie für ihre künftige Entwicklung bestmöglich ausgestattet sein sollte. Aber mit sechs Jahren kristallisierte sich heraus, dass sie noch sehr verspielt war. Auf Anraten von Fachleuten gönnten sie ihrer Monika noch ein weiteres Jahr im Vorschulkindergarten. Jedoch auch der etwas verspätete Eintritt in den Schulbetrieb verschaffte nicht den insgeheim herbeigesehnten Erfolg beim Schulstart. Nur mühsam kämpfte sich Monika durch die Fächer Mathematik und Lesen und später auch noch durch die naturwissenschaftlichen Lernbereiche. Trotz intensiver Begleitung der Hausaufgaben durch die Eltern und auch durch ungezählte Nachhilfestunden, konnte Monika leider nur eine Hauptschulkarriere einschlagen. Das bedeutete eine große Enttäuschung für Karl, der natürlich von Anfang an nichts anderes als die gymnasiale Laufbahn für seine Tochter vorsah.

Lange dauerte es, bis er dieser Realität ins Auge blicken konnte. Aber das ließ er Monika niemals spüren. Denn das kindliche Heranreifen besteht ja nicht nur aus der schulischen Entwicklung. Da waren Monikas Lachen, ihre Art mit den Eltern zu kuscheln und auch das Trösten des eigenen Kindes in verschiedenen Situationen, was Karl schon immer bewegt hat. Das waren Freuden, die Eltern auch erfahren dürfen. Selbst wenn es mal ungemütlich wurde, nahm Karl sich diesen Umständen selbstverständlich an. Zeigte Monika unerwünschte Verhaltensweisen, fand er stets die richtigen Worte und gegebenenfalls auch entsprechende Konsequenzen, um sie lenken zu können. Körperliche Gewalt kam dabei nie für ihn infrage. Dafür stattete ihn der Herrgott mit einem analytischen Verstand, glänzender Rhetorik, gebotener Ruhe und der entsprechenden Durchsetzungskraft aus. Mehr benötigte Monika nicht auf dem Wege vom Kind zur Jugendlichen. Begleitet wurde die elterliche Liebe zur Tochter stets von Verständnis und von

Hingabe – letzteres zu zeigen, gelang Lena aber stets besser. Das weiß Karl und dazu kann er stehen.

Aber ist es nicht die Tugend, an guten und an schlechten Tagen für den Nachwuchs da zu sein, auf die es ankommt? Immer dazu zu stehen, was man(n) in die Welt gesetzt hat? Diese Fragen schien ihm Alexander zu verneinen. Felsenfest ist Karl davon überzeugt, dass es diesem jungen Mann in seinem Alter nur auf die Befriedigung eigener Bedürfnisse und auf das eigene Vergnügen ankam. Mit solchen Absichten auf der Suche, kam ihm die unerfahrene und auch ungeschützte Monika gerade recht.

Während dieser Gedankengänge schleichen sich Selbstzweifel ein. Hätte die Schwangerschaft vielleicht durch elterliche Prävention verhindert werden können? Was ist mit der Pille oder ähnlichen Verhütungsmitteln? Natürlich wussten er und Lena, dass die Themen Sexualität und Verhütung irgendwann einmal auf den Tisch kommen mussten. Aber beide hielten den Zeitpunkt noch nicht für gekommen. Um ihn bestimmen zu können, orientierten sie sich an Monikas Verhalten und an ihren Aussagen. Ihre Interessen gingen in Richtung des Schwimmsportes, den verhältnismäßig seltenen Treffen mit wenigen Freundinnen und der Dekoration ihres Zimmers. Dabei vernachlässigte sie die offene Konversation mit ihren Eltern nicht. Auf elterliche Fragen, die auf das andere Geschlecht abzielten, winkte Monika stets ab. »Haben wir in der Schule schon längst besprochen«, war ihre Antwort hierzu. Was also wäre richtig gewesen, versucht Karl sich zu fragen. Das Kind jetzt schon mit Antibabypillen vollzustopfen hätte die Schwangerschaft vermutlich verhindert, lautet eine Erkenntnis. Aber dafür fehlt den Eltern im Nachhinein betrachtet jeglicher Anhaltspunkt, ist ein gewichtiges Gegenargument. Jedoch gelangt er inmitten dieser Fragen zu der Einsicht, dass es an mangelndem Willen zur Verhütung bei Monika und Alexander nicht gelegen hat. Denn es wurde verhütet, aber die Verhütung lief schief.

Das ist anderen auch schon mit dieser und anderen Verhütungsmethoden passiert, hat er sich sagen lassen.

Diese selbstkritischen Gedanken gehen Karl noch nicht weit genug, weil sie Alexander nicht eng genug einbeziehen und ihn, lässt man den Brief in der Betrachtung einmal außen vor, als fast unschuldig dastehen lassen. Einmal hatte Karl ihn gesehen, als er gerade den kleinen Rasen vor dem Haus mähte. Plötzlich stand Alexander vor ihm und sprach ihn an. Er stellte sich namentlich vor und fragte nach Monika, da er sie zum Schwimmen abholen wollte. Der junge Mann trug Sportsachen, wie so viele Gleichaltrige mit sportlicher Ausrichtung. Er zeigte sich gegenüber Karl im Rahmen eines kurzen Gespräches höflich, freundlich und wusste sich ordentlich auszudrücken. Genau an diesem Punkt bringt Karl in sein Gedankenspiel den Brief ein, den er Monika geschickt hat. Den scheint, vor diesem Hintergrund betrachtet, ein völlig anderer Mensch verfasst zu haben. Diesem Gedanken folgend gesteht er sich ein, dass er sich von Alexander hat Sand in die Augen streuen lassen. Deshalb hält er ihn im Nachhinein betrachtet für einen Blender, der genau so auch seine Tochter an der Nase herumführte. Das steht für ihn nun unzweifelhaft fest! Karl versäumte es den Jungen in ein tieferes Gespräch einzubinden, um nähere Einblicke in seine Person zu bekommen. Dann hätten bei ihm vielleicht die Alarmglocken geschrillt, wie schon so oft in seinem Leben, wenn es um die Einschätzung von Menschen ging. Darauf hatte er sich meistens verlassen können. Stattdessen ging er nur kurz ins Haus, rief seine Tochter und widmete sich danach wieder dem Rasen. Karl kommt zu dem Schluss, dass das einer der Fehler in dieser gesamten Verkettung unglücklicher Umstände ist. Hätte er diese Situation mit der erforderlichen Ernsthaftigkeit abgearbeitet, wäre es vielleicht gar nicht zu einer Schwangerschaft Monikas gekommen. Denn wäre sein Misstrauen geweckt worden, hätte er seine Tochter unter Umständen warnen können. Diese Einsicht löst eine gehörige Portion

Ärger über sich selbst in ihm aus. Doch der bleibt in diesem Moment nicht das einzige Gefühl, das in Karl Faber wohnt.

Hinzu kommt ein Bedauern, das die Folgen von Monikas Schwangerschaft betrifft. Bereits jetzt ist mehr als deutlich, dass das Kind von Alexander abgelehnt wird. Nach dessen Brief an Monika macht Karl sich keinerlei Hoffnungen, dass diese Haltung sich jemals in andere Bahnen lenken ließe. Das bedeutet: das Kind wird ohne Vater aufwachsen. Weitreichende Konsequenzen hieraus können eventuell auftretende Streitigkeiten beim Umgangsrecht ebenso sein, wie nicht gezahlter Unterhalt und das Waschen von schmutziger Wäsche in der Kleinstadt. Daran reihen sich weitere Zweifel:

Mit Kind wird es für viele Mütter nicht leichter werden einen Partner zu finden, der sich verantwortlich fühlt und ein nicht von sich gezeugtes Kind annimmt. Damit einher geht die Frage nach einem eigenen Lebensunterhalt, da Kinder immer auch mit Kosten verbunden sind. Würde dieser Mann auch dann zu Monika und ihrem Kind stehen, wenn Lena und er aus Alters- und Gesundheitsgründen einmal nicht mehr in jeder Lebenslage Hilfe leisten können? Wenn Monika vielleicht deswegen irgendwann nicht arbeiten gehen kann, ist dieser Umstand automatisch mit der Frage verbunden, wer das Haus unterhält, in dem die Familie wohnt.

Es wird Karl klar, dass die familiären Schicksale untrennbar miteinander verbunden sind. Gedanken hatte er sich darüber noch keine gemacht. Dafür fehlte letztlich ein Grund, der jetzt aber mit an Sicherheit grenzender Wahrscheinlichkeit vorhanden ist. Aufgeben war für ihn freilich noch nie eine Option gewesen, und das ist auch in diesem Fall nicht anders. Wenn alles optimal laufen soll, muss man etwas dafür tun und dazu ist Karl Faber bereit.

Ohne es zu bemerken, grübelt Karl schon über zwei Stunden und schwelgt dabei zum Teil in Erinnerungen. Die ersten Worte seiner Tochter, deren Einschulung, die erste

Siegerurkunde im Sport und familiäre Urlaubserlebnisse gehen ihm durch den Kopf. Die Zeit verging dabei wie im Fluge, als durch die Haustüre seine Frau und die Tochter eintreten. Ohne ihre Jacken an den Mantelstock zu hängen, kommen sie zu ihm. Es reicht ihm der Blick auf Monikas blasses Gesicht, um zu erkennen, dass sie schwanger ist.

»Monika und dem Kind geht es gut. Aus medizinischer Sicht brauchen wir uns erst einmal keine Sorgen zu machen«, informiert Lena kurz und knapp ihren Mann.

Nach diesen Worten seiner Frau ist für Karl der Zeitpunkt gekommen, an dem der nächste Schritt getan werden muss. Er erhebt sich von seinem Stuhl, schiebt ihn an den Tisch und schaut beide Familienmitglieder an. Dann greift er nach dem immer noch auf dem Tisch liegenden Brief Alexanders, faltet ihn und steckt ihn in die Brusttasche seines Hemdes.

»Lasst bitte eure Jacken an, geht schon einmal zum Auto und wartet dort kurz. Ich komme sofort nach«, entfährt es ihm ernst.

Lena und Monika drehen daraufhin sofort auf den Absätzen um und setzen sich in Richtung der Wohnungstüre in Bewegung. Fragend und unsicher schauen sie sich dabei einen kurzen Moment lang an. Was hatte Karl, der sich am Mantelstock die Jacke überstreift, jetzt vor? Während er seinen Autoschlüssel nimmt und zu den Fahrzeugpapieren greift, sind Lena und Monika bereits an dem vor der Haustüre stehenden Auto angekommen. Zu warten brauchen sie nicht lange, bis auch Karl eintrifft. Obwohl dieses Auto über eine Zentralverriegelung verfügt, schließt er immer die Beifahrertüre zuerst auf, um sie für Lena zu öffnen. Ist sie eingestiegen, schließt er die Türe vorsichtig und entriegelt die Fahrertüre. Während Monika hinten Platz nimmt, steigt Karl auf der Fahrerseite ein. Nachdem alle Türen geschlossen sind und die Familie angegurtet ist, startet Karl den Motor, blickt über die Schulter nach hinten, setzt den Blinker und gibt Gas.

»Wo fahren wir hin«, fragt Lena vorsichtig nach.

»Zum Eichenweg 16 natürlich.«, antwortet ihr Ehemann knapp.

Während Monika noch im Tal der Ahnungslosen verweilt, meint Lena sofort erkannt zu haben, was die Stunde der Zeit geschlagen hat. Karl will vermutlich, gemeinsam mit Mutter und Tochter, zu Alexanders Eltern fahren, um die mit den Neuigkeiten ganz persönlich und direkt zu konfrontieren. Dabei will er bestimmt auch in Erfahrung bringen, was das für Leute sind. Ob sie diese Leute aber überhaupt antreffen würden, erscheint ihr keineswegs als sicher. Denn schließlich hat an diesem Montag eine neue Arbeitswoche begonnen. Das mag für Karl nicht mehr gelten, aber für andere, die sich noch nicht im Vorruhestand befinden. Sollte niemand zu Hause sein, dann würde Karl, und da ist sie sich sicher, so oft mehrmals täglich dorthin fahren, bis er jemanden antrifft.

Aber der Gedanke einer Begegnung mit Alexanders Eltern versetzt Lena auch in eine Stresssituation. Sie beginnt unruhig zu werden, bekommt schweißnasse Hände und ihr Herzschlag beschleunigt sich spürbar. Das kommt von der Angst, die sie plötzlich entwickelt. Wie würden diese fremden Leute reagieren, wenn Karl sie ungeschminkt mit den Fakten konfrontiert? Würde es dann ein konstruktives und positiv gewichtetes Gespräch werden? Falls nicht, was geschieht dann? Müsste vielleicht die Polizei gerufen werden? Wird diese Sache womöglich kostenpflichtig vor Gericht enden? Das alles sind Fragen, die Lena von niemandem in diesem Moment beantwortet bekommt, während Karl in den Eichenweg einbiegt.

Schnurstracks fährt er auf die Nr. 16 zu – dem einzigen Hochhaus in der Kleinstadt. Diesen Ort kennt Lena nur vom Hörensagen, da sie hier noch nicht gewesen ist und eigentlich auch nie hinwollte. Weder das Haus noch die Bewohner dieser 64-Parteien-Anlage genießen einen guten Ruf. Es ist mitunter zu hören, dass die Polizei ab und an zu diesem Ort gerufen wird, um für Ruhe und Ordnung zu sorgen. Manchmal liest man dann einen Tag später davon im Lokalteil der hiesigen Zeitung.

Vom Hörensagen ist ihr bekannt, dass in diesem Haus viele Arbeitslose und Familien mit niedrigem Einkommen bei noch schlechterem Auskommen leben. Dazu kommt ein auffallend hoher Migrantenanteil, was für weitere Unruhe in ihr sorgt. Hier, in diesem Umfeld, sollte sich ihre Tochter aufgehalten haben? Dieser Gedanke beängstigt sie zusätzlich. Als Monika am Vortag diese Adresse nannte, hätte es eigentlich schon bei ihr dämmern müssen – hat es aber nicht! Dafür haben sie die Neuigkeiten viel zu sehr mitgerissen.

»Sag mal, mein Schatz, hier hat es dich hingezogen?«, will Lena von ihrer Tochter wissen.

»Ich war nur einmal hier, als es passierte, Mama«, erklärt sie ihrer Mutter knapp.

In diesem Moment hat das Auto sein Ziel erreicht. Karl parkt den Wagen am Straßenrand und steigt aus. Seine Familie tut es ihm gleich. Alle drei schauen sich um und fühlen sich nicht wohl dabei. Die Front des grün gehaltenen Hauses ist mit Graffiti beschmiert. »Keine Macht den Nazis« und »Bullenschweine« ist dort zu lesen. Das Bild eines offensichtlichen Graffiti-Anfängers zeigt eine auf dem Rücken liegende, nackte vollbusige Frau, die dem Betrachter lächelnd und erwartungsvoll ihre Beine gespreizt entgegen hält. Selbstredend ist das, was sich zwischen ihren Beinen befindet, im Mittelpunkt des Bildes. Das alles entspricht nicht Lenas Vorstellungen von dieser Welt und das ist auch nicht ihre Welt – das alles widert sie einfach nur an. Sie hängt sich in den rechten Arm ihres Mannes, um so wenigstens ein gefühltes Bisschen an Sicherheit und Geborgenheit in dieser Gegend zu erlangen.

Weiter lässt sie ihre Blicke schweifen, die überall auf Müll treffen. Kein Wunder bei den hoffnungslos überfüllten Mülltonnen, die sehnlichst auf ihre Leerung warten. Bei genauerem

Hinsehen erkennt sie, wie eine dicke bräunliche Ratte durch den Unrat huscht, was einen großen Ekel bei ihr auslöst. Das alles ist zu viel für sie.

»Komm, Karl. Lass uns reingehen. Hier draußen finde ich es ziemlich ungemütlich.«

Ohne eine Regung zu zeigen und wortlos kommt Karl dieser Bitte seiner Frau nach. Sicherlich kann er ihr Unwohlsein durchaus verstehen. Etwas anders sieht das Monika. Auch sie bemerkt natürlich, dass diese Gegend ziemlich verwahrlost dasteht. Aber auf sie wirkt das alles nicht fremd, weil sie viele von den jungen Leuten, die hier wohnen, aus der Schule kennt. Dennoch bleibt sie in der unmittelbaren Nähe ihrer Mutter.

Zügig bewegen sich alle drei Personen auf den Hauseingang zu. Dort angekommen sehen sie viele Klingelknöpfe und Namensschilder, die angesengt sind. Vermutlich wurden Feuerzeugflammen daran gehalten. An anderen Klingelknöpfen klebt getrockneter Speichel. Hier würde Lena niemals klingeln und steckt demonstrativ bei diesem Gedanken ihre Hände in die Jackentaschen. Dennoch bleibt sie mit dem Arm bei Karl eingehakt.

Die Klappen der Briefkastenfront vermitteln kein anderes Bild. Auch die sind zum Großteil dem Feuerzeug zum Opfer gefallen, wobei manche Klappen mutwillig abgerissen wurden. Zeitungen und Werbeprospekte quellen aus den Briefkästen heraus. Viele davon wurden einfach aus den Schlitzen gezogen und auf den Boden geworfen. Einige von ihnen flattern, vom lauen Wind getragen, über den Boden des Grundstückes.

Während Karl nach dem richtigen Klingelknopf sucht, sieht Lena aus einem wenige Meter entfernten Busch Rauch aufsteigen. Erleichtert stellt sie fest, dass der Busch nicht brennt. Aber bei näherem Hinsehen erkennt sie drei etwas ältere Kinder, die anscheinend heimlich rauchen. Aber was und wie die Kinder dort rauchen, erschließt sich ihr nicht. Die »Zigaretten« sind oben dick, während sie zum Mund hin immer dünner werden.

Wie diese Kinder ihre Rauchwaren in ihren kleinen Fäusten halten und dann daran ziehen, wirkt auch ungewöhnlich auf die nicht mehr ganz so junge Lena. Sie wendet den Blick ab und beschließt nicht weiter darüber nachzudenken, als sie den Türsummer hört. Karl scheint den richtigen Knopf gefunden zu haben und drückt die Türe auf. Die Sprechanlage ist vermutlich defekt, da man keine Stimme hörte, die Familie Faber zum Eintritt auffordert.

Im Treppenhaus selbst ist es durch im Hausflur spielende Kinder auf verschiedenen Etagen verhältnismäßig laut. In der ersten sichtbaren Ecke scheint vor einigen Tagen jemand seinen Mageninhalt entleert zu haben. Darauf wurde offensichtlich einiges Altpapier gelegt, damit man das Angerichtete nicht sofort sieht. Lena schüttelt es bei diesem Anblick, aber sie beschließt hier nichts mehr zu hinterfragen. Warum auch? Dieses Treppenhaus wurde seit Ewigkeiten nicht gereinigt und niemand stört sich daran. Unter diesen Umständen betrachtet, wird die reinliche Lena nicht mit dem Hinterfragen anfangen.

Vor dem Aufzug stehend, wartet Familie Faber darauf, dass sich die Türen öffnen. Diesen Gefallen tun sie den Fabers aber nicht, als ein kleiner Mann vorbeikommt. Ungeniert spricht er die Fabers an. Wissend darum, dass diese Menschen nicht von hier sind. Er lebt schon lange hier und weiß ganz genau, dass sich niemand von der Mieterschaft so kleidet und so bewegt, wie die Fabers es tun.

»Der ist defekt. Hat vorgestern gebrannt«, erklärt er kurz im Vorbeigehen.

Da die Fabers endlich zum Ziel kommen möchten, bleibt ihnen nur noch die Treppe übrig, die sie ins dritte Geschoss führt. Unterwegs empfängt alle drei derselbe Anblick wie unten: überall Müll und Papier, getrocknete klebrige Flüssigkeiten, die die Schuhsohlen beim Durchschreiten schnarren lassen und dazu allgegenwärtig eine Brise Ammoniak, die von getrocknetem Urin herrührt. Unter diesen Umständen legt

Familie Faber einen Gang beim Treppensteigen zu, um alldem schnell zu entgehen. Selbst als man in der dritten Etage angekommen ist, verschnaufen alle drei nicht. Dort holt niemand freiwillig tief Luft, der über funktionierende Geruchsrezeptoren verfügt. Nachdem die Familie das Treppenhaus verlassen hat, steht sie vor einer halb geöffneten Wohnungstüre, an deren Zarge mit einem dicken Filzstift »Harms« geschrieben steht. Dort erwartet man nach dem vorherigen Klingeln bereits jemanden. Aber es empfängt die drei niemand. Also wahrt Karl den Anstand, bleibt mit seiner Familie vor der Türe stehen und klopft an.

»Komm rein!«, ruft eine ungewöhnlich hohe Männerstimme.

Aber Karl denkt nicht daran einzutreten. Also klopft er erneut und etwas vehementer an die Türe, als er jemanden kommen hört, der die Türe aufreißt.

»Bist du taub? Du sollst doch reink...«, unterbricht er seinen Satz beim Anblick der ihm fremden Fabers. Sein Blick fällt aber schnell auf Monika, die er auch auf Anhieb erkennt.

»Ach du bist es und hast Besuch mitgebracht. Na, dann mal hinein mit euch in die gute Stube«, lädt er ein.

Der freundlich wirkende Mann mit der hohen Stimme ist von merkwürdiger Erscheinung. Das bemerkt nicht nur Lena. Die verbliebenen fettigen schwarzen Haare seiner Halbglatze hängen schulterlang fransig herunter. Ein Schnurrbart wuchert in seinem Gesicht, das wohl schon länger einen Rasierer vermisst. Barfuß steht er im Türeingang. Deutlich sind seine schmutzigen Zehennägel zu erkennen. Die Füße sehen nicht anders aus. Es bedarf keiner Lupe, um zu erkennen, dass der Mann ausgesprochen fettleibig ist, was er anscheinend mit einem übergroßen schwarzen T-Shirt zu verbergen versucht. Aber dieses T-Shirt sehnt schon lange ein Bad in der Waschmaschine herbei. Es glänzt speckig - außer im Bereich der Achseln. Dort sind weiße Ringe zu erkennen, die vom Achselschweiß

herrühren. Seine schwarze Jeanshose unterstreicht den unge-
pflegten Eindruck. Auch sie ist schmutzig und zudem abge-
wetzt. Ihre besten Tage hat diese Hose schon vor vielen Jahren
hinter sich gelassen. Über ihren Bund hängt der Bauch des
Mannes, der unter dem Rand des T-Shirts zu sehen ist. Damit
ist der erste Eindruck bei dem Ehepaar Faber komplett. Allen
Eindrücken zum Trotze zeigt zuerst Monika Haltung und bewahrt bei diesem Anblick den Anstand, den sie zu Hause erlernt hat.

»Guten Tag, Herr Harms«, begrüßt Monika den Hausherren
wohlerzogen und reicht ihm die Hand.

»Hallo Monika. Es ist schön, dass du dich mal wieder bei
uns blicken lässt«, freut er sich und erwidert den Handschlag.

Auch auf Karl und Lena wartet dieser Körperkontakt zur
Begrüßung. Aber der fällt beiden durch die gewonnenen Ein-
drücke und die gesammelten Emotionen alles andere als leicht.
Sie müssen sich schon überwinden, die ausgestreckte Hand des
Herrn Harms anzunehmen. Aber beide besinnen sich auf ihre
Werte und zollen ihm den Respekt, den er als Hausherr verdient. In solchen Dingen wollen sich die Eheleute Faber nichts
nachsagen lassen und dieser Grundsatz hilft ihnen auch bei der
Überwindung des eigenen Ekels. Schließlich gelangen beide zu
der Erkenntnis, dass dieses Wohnumfeld und auch die äußere
Erscheinung des Mannes keinerlei Schlüsse darauf zulassen,
was Herr Harms denn für ein Mensch ist. Vielleicht ist er ein
von der Vernunft getriebener Mensch, mit dem man reden
kann. Das würde ein unmittelbar bevorstehendes Gespräch
wesentlich vereinfachen. Also reicht Karl Herrn Harms die bereits ausgestreckte Hand. Dabei stellt er sich und seine Frau
vor.

»Guten Tag, Herr Harms. Mein Name ist Karl Faber. Das
hier ist meine Gattin Lena Faber. Wir als Eltern von Monika
danken ihnen, dass Sie uns empfangen, weil wir einiges besprechen müssen.«

»Kommt rein, Leute. Ich bin der Horst Harms. Aber ihr könnt mich Hotte nennen. Das machen hier alle«, erklärt er kurz und freundlich.

Auch Lena ergreift die ausgestreckte Hand und bewahrt Haltung, obwohl sie diesen Menschen aufgrund seiner Erscheinung als äußerst abstoßend empfindet. Entgangen ist ihr außerdem nicht seine Distanzlosigkeit. Nach ihrer Ansicht duzt man sich nicht, wenn man sich nicht näher kennt. Und hier steht es außer Frage, dass einander fremde Menschen gegenüberstehen. Dass sie Herrn Harms überhaupt einmal so sehr in ihr Herz geschlossen haben könnte, um ihm das Du anzubieten, kann sie sich auch beim besten Willen nicht vorstellen.

Herr Harms indes bleibt seiner gastfreundlichen Linie treu. Er bittet seine Gäste darum, ihm zu folgen, schließt aber nach deren Eintreten erst einmal die Wohnungstüre. Jetzt nehmen die Fabers eine bitterlich-süßlich wirkende Geruchsmischung wahr, die verdorbenen Lebensmitteln, Körperausdünstungen, Zigarettenrauch und Neigen geleerter Bierflaschen zugeordnet werden kann. Das Einrasten der Türe in Verbindung mit den ersten Eindrücken aller örtlichen Gegebenheiten, lassen bei Lena das Gefühl entstehen, in einer Mausefalle gelandet zu sein, aus der es ohne Weiteres kein Entrinnen gibt. Es bleibt ihr nun nicht mehr übrig als darauf zu vertrauen, dass ihr Karl auch diese Situation souverän meistern wird.

Dem Hausherrn folgend gehen alle Beteiligten einen etwas längeren Flur entlang, von dem nach rechts und nach links die einzelnen Zimmer der Wohnung abgehen. Die Türen zu diesen Zimmern sind geöffnet und erlauben Einblicke, die Lenas Unbehagen steigern. In jedem Raum herrscht das blanke Chaos. So liegt überall schmutzige Wäsche herum, sind verramschte Zeitungen und Zeitschriften zu finden, und auch benutztes Geschirr nebst Besteck sind allgegenwärtig. Lena beginnt sich zu fragen, ob Herrn Harms es nicht peinlich sein könnte, seine Gäste in so einen Saustall zu bitten. Aber von so einer

Peinlichkeit kann sie noch nicht einmal im Ansatz etwas spüren. Eher wirkt dieser Mann so auf sie, als wäre es das Normalste der Welt überhaupt, dass eine Wohnung so aussieht und auch so stinkt. Anders kann sie es sich nicht erklären, dass bei Herrn Harms nichts von Scham festzustellen ist. Zu diesem Zeitpunkt kann Lena noch nicht ahnen, dass das noch nicht alles war, was diese Wohnung zu bieten hat.

Am Ende des Flures befindet sich das Wohnzimmer, in dem sich alle versammeln. Der kleine Raum hat nicht viel zu bieten: Ein Tisch, ein Sofa, zwei Sessel, ein gegenüber dem Sofa stehender Fernsehtisch mit eingeschaltetem TV-Gerät darauf und ein riesiger Kratzbaum, auf dem drei Katzen schlummern.

So weit, so gut, könnte man sich denken. Aber auch dieser Raum wirkt auf Lena schwer verwahrlost. Die ehemals weißen Tapeten sind mittlerweile gelblich-braun gefärbt vom Tabakrauch. Das große Wohnzimmerfenster wurde seit Jahren nicht geputzt, was sie dem vergilbten Rahmen und der dreckigen Glasfläche entnimmt. Der Teppich sieht nicht viel besser aus. Verschlissen, schmutzig und dreckig wirkt er auf die reinliche Hausfrau.

Als wirklich schlimm empfindet sie den Müll, der sich überall in diesem Zimmer ausbreitet. So steht unter dem Fenster eine erhebliche Menge an geleerten Bierflaschen. Kleidungsstücke wurden in die Ecken geworfen und auf dem Tisch türmen sich so viele Gegenstände, dass er als Ablagefläche noch nicht einmal mehr für einen Autoschlüssel taugt. Unter dem Tisch stehen etliche leere PET-Flaschen. Einige davon sind bereits platt getreten.

Auf dem Sofa liegt eine offensichtlich krankhaft adipöse Frau, die damit beschäftigt ist, eine große Tüte Chips und eine 1,5-Liter-PET-Flasche Cola zu leeren. Von den Fabers nimmt sie gar keine Notiz. Lena fragt sich bei diesem Anblick, ob diese Frau sich bei ihrer Leibesfülle wohl unbegleitet in der Wohnung bewegen kann.

»Das ist meine Frau, die Sanne«, stellt Herr Harms vor.

Doch Sanne blickt weiterhin gebannt auf die Mattscheibe und hebt nur kurz die Hand zur Begrüßung.

»Monika stattet uns mit ihren Eltern einen Besuch ab. Die heißen Karl und Lena.«

Erschrocken nimmt Lena zur Kenntnis, dass sie und ihr Mann als Fremde mit Vornamen vorgestellt werden. Doch sie ahnt, dass auch hier noch nicht das Ende der Fahnenstange erreicht sein wird.

»Möchtet ihr euch setzen?«, bietet Hotte die beiden Sessel als Sitzgelegenheiten an.

Doch wie man darauf sitzen kann, erschließt sich dem Ehepaar Faber nicht, weil auch die Sessel voller Gegenstände liegen.

»Nein danke«, erwidert Karl. »Das ist sehr freundlich. Wir sind nur vorbeigekommen, weil wir kurz mit ihnen sprechen möchten.«

»Da bin ich aber mal gespannt«, entgegnet Hotte interessiert und aufmerksam.

Lena hat ihren Mann zu diesem Zeitpunkt genau im Auge und ist sich ziemlich sicher, dass er gleich deutlich wird. Sie kennt ihn lange genug, um zu wissen, dass auch er sich hier nicht wohlfühlt, hier keine Freunde sucht und hier auch keine Freunde finden wird. Für sie steht jetzt die Frage im Raum, ob er es schafft das Gespräch souverän zu führen und ob es sein Gegenüber schafft das alles auszuhalten.

»Gehe ich richtig in der Annahme, dass Sie der Vater von Alexander Harms sind?«, fragt er interessiert.

»Das ist richtig. Hat er schon wieder etwas angestellt, der Bengel?«, hakt Herr Harms nach.

»Nun, Monika und er haben miteinander geschlafen und jetzt ist meine Tochter schwanger. Darüber möchte ich Sie in Kenntnis setzen.«

Das Gehörte lässt Herrn Harms schweigen. Zu hören ist nur noch, was der Lautsprecher des TV-Gerätes von sich gibt. Die Frau davor scheint das alles nicht zu interessieren. Schließlich findet Alexanders Vater zu Worten, die im Unterton etwas von Betroffenheit ausstrahlen.

»Alexander ist nicht hier. Wir, als seine Eltern, wissen nicht wo er steckt. Angeblich ist er mit irgendwelchen Leuten von der Kirmes mitgereist und verdient bei denen ein wenig Geld. Und plötzlich, nach wenigen Wochen, wenn die Kohle verbraten ist, liegt er morgens wieder hier in seinem Bett, um sich auszupennen und sein Ding durchzuziehen. Irgendwann, wenn es mal wieder Ärger gibt, ist er dann wieder für Tage oder Wochen verschwunden.«

Während der Vater authentisch wirkt und einen Hauch von Empathie ausstrahlt, kommt von der Mutter nichts. Es scheint ihr scheißegal zu sein, was ihr Sohn angestellt und wen er mitgerissen hat. Das Schlimmste, das jetzt in ihrem Leben passieren könnte, wäre, dass der Strom weg ist und die Mattscheibe schwarz wird. Das muss auch ihr Mann bemerkt haben. Aber er unternimmt nichts, um das zu ändern. Warum das so ist, wird sein Geheimnis bleiben. Lena kann für sich ausschließen, dass Herr Harms das Sagen in der Wohnung hätte. Vielmehr kommt es ihr so vor, als hätte er bereits vor längerer Zeit resigniert, weil er seine Frau nicht ändern kann. Offensichtlich ist sie aufgrund ihrer Fettleibigkeit auf seine Hilfe angewiesen. Damit, mit der Führung des Haushalts und zusätzlich noch mit der Erziehung von Alexander, scheint er restlos überfordert zu sein. Obwohl sie Herrn Harms als abstoßend empfindet, kann sie mit viel Mühe und Überwindung erkennen, dass er sich als einziges Familienmitglied zumindest in diesem Moment angesprochen fühlt. Dennoch möchte sie grundsätzlich nichts mit ihm zu tun haben, da sie nicht erkennen kann, wie er, der mit sich und seinem Leben total überfordert wirkt, hier eine tragende und helfende Rolle übernehmen könnte. In diesem

Moment greift Karl in die Brusttasche seines Hemdes und holt den Brief heraus, den Alexander an Monika geschrieben hat. Er übergibt ihn seinem Gesprächspartner wortlos, der ihn aufmerksam liest.

»Das ist nicht in Ordnung, wie sich Alexander jetzt verhält. Aber ich habe die große Befürchtung, dass er es ernst damit meint, mit dem was er geschrieben hat«, erklärt er sich.

»Wollen Sie mir damit sagen, dass er sich mit ihrem Einverständnis als Erziehungsberechtigter vor der Verantwortung drücken kann? Was gedenken Sie jetzt zu tun und wie ist ihre Haltung dazu?«, fragt Karl sachlich und emotionslos nach.

Hotte kann in diesem Moment nur ratlos schauen und verlegen die Schultern hochziehen.

Das wirkt bei Lena ziemlich bitter. Ihre Emotionen kochen hoch, während das gerade eben gewonnene Verständnis für Hotte und seine Situation buchstäblich zu Staub zerfällt. Sie fühlt sich in ihrer Annahme bestätigt, dass von dieser Seite nichts zu erwarten ist. Doch Lena getraut sich keine Einmischung in dieses Gespräch. Zu groß ist die Furcht, dass durch eine emotionale Explosion ihrerseits das Gespräch in eine unkalkulierbare Richtung laufen könnte. Das würde Karl ihr dann vorwerfen und dann hätte sie ein Problem mit ihm. Das alles gilt es zu vermeiden.

»Bitte versteht mich nicht falsch. Das, was Alexander getan hat und was er jetzt bei Monika abzieht, ist eine Sauerei. Aber ich kann das nicht ändern. Alexander wird auf alles scheißen und abhauen. So hat er es immer gemacht, wenn es ihm zu heiß wurde«, gerät Hotte zunehmend in Erklärungsnot und wirkt dabei ungeduldig.

Bis zu diesem Punkt hat Lena nicht viele Neuigkeiten über Alexander erfahren. Eigentlich geht das alles doch schon für sie aus dem Brief hervor, den Herr Harms an Karl zurückgibt, weil der ihn wortlos mit ausgestreckter Hand einfordert. Karl nimmt ihn entgegen und steckt ihn zurück in die Brusttasche seines Hemdes. Das ist für Lena der Augenblick, an dem sie ein Ende dieses Besuches dringlich herbeisehnt, weil ihr eine gewisse Schärfe im Unterton des Herrn Harms nicht entgeht. Er wirkt auf sie, wie ein in die Ecke getriebenes Wildtier, das dann beißt, um zu entkommen. Gottlob hat Karl einen ähnlichen Eindruck und setzt diesem Spuk ein Ende.

»Gut, dann kommen wir hier nicht weiter. Ich möchte Sie darum bitten ihren Sohn über alles zu informieren, wenn Sie ihn treffen. Sollte er sich danach nicht mehr bei uns melden, wird er auf postalischem Wege über die Geburt seines Kindes informiert werden. Ich wünsche ihnen noch einen schönen Tag. Den Ausgang finden wir übrigens alleine.«

Nach diesen deutlichen Worten bewegt sich die Familie Faber auf die Eingangstüre zu und verlässt die Wohnung, als sie Alexanders Vater rufen hört:

»Es tut mir alles sehr leid, Monika. Aber wenn das Kind da ist, kannst du ja mal damit vorbeikommen.«

Lenas Zuschlagen der Türe hinter sich ist ihre Antwort und ihre emotionale Entladung der in ihr angestauten Wut, Empörung und auch Verzweiflung. Sie kann es nicht fassen, was Alexander doch für ein Mensch ist, und dass sein Verhalten auch noch durch die Untätigkeit der Eltern gedeckt wird. Wer sollte denn jetzt für Gerechtigkeit sorgen, wenn noch nicht einmal Alexanders eigene Eltern es versuchen? Lena fühlt sich in diesem Augenblick von ihrem Schicksal erniedrigt. Mit gesenktem hochrotem Kopf, wie man ihn selten bei Lena gesehen hat, geht sie zum Auto. Nachdem ihr Mann die Türe für sie geöffnet hat, steigt sie ein und wartet wortlos deren Schließen ab. Als alle drei angegurtet im Auto sitzen, meldet sich zuerst Karl zu Worte, der eine gewisse Überzeugung mitklingen lässt.

»Ich finde, dass es wie geplant gelaufen ist und wir gehöriges Glück haben, weil weder Alexander noch seine Eltern ein Interesse an dem Nachwuchs zeigen. Sollte das so bleiben, was ich nach dem Erlebten stark zu hoffen beginne, wären wir drei mit allem allein gelassen. Das bedeutet, dass Hilfestellungen nicht zu erwarten sind und wir drei ein Plus an Mehrarbeit aufgebürdet bekommen. Aber wenn sich Harms nicht kümmern, können wir ungefragt alles das machen, was wir für richtig halten. Und genau das ist unserem Enkelkind nur zu wünschen.«

Lena hört sich das an, braucht aber eine gewisse Zeit, um es zu verarbeiten. Im Vordergrund steht für sie die ausgemachte Ungerechtigkeit, dass in der heutigen Zeit anscheinend niemand mehr für sein Handeln Verantwortung zu übernehmen braucht und anderen damit ungestraft Schaden zufügen darf. Erst im zweiten Gedankengang erkennt sie langsam aber sicher, dass ihr Karl doch ein Fuchs ist. Würde das stimmen, was er sagte, bräuchte sie niemals wieder jemanden von dieser Familie Harms zu ertragen. Niemals müsste sie diese Leute in ihrem Zuhause empfangen. Nun beginnt es für Lena fast zu schön zu klingen, um wahr zu sein.

Übrig bleiben auf dem Rücksitz Monika und ihr ungeborenes Kind. In ihr rauschen Gedanken und Empfindungen verschiedenster Couleur durch den Kopf. So empfindet sie Scham darüber, dass sie ihre Eltern mit den doch so ganz andersartigen Harms in Verbindung brachte. Ärger reift in ihr heran, weil sie diese verwahrloste Wohnung nicht wieder sofort verlassen hatte, als sie dort war und noch die Zeit dazu hatte. Stattdessen hat sie sich zu Alexander ins schmutzige Bett gelegt. Zum Schluss überkommen sie noch Unsicherheit und Angst. Unsicherheit darüber, was die Zukunft bringen würde. Angst bekommt sie bei dem Gedanken an die Geburt, weil sie sich fragt, ob eine Geburt vielleicht mit Schmerzen verbunden sein könnte.

Schwester Eva ist nach diesen Schilderungen ergriffen. Sie kann es kaum glauben, was kindliche Naivität in unbeobachteten Momenten alles auslösen und was das für Konsequenzen haben kann. Eine Schuld kann sie der heranwachsenden

Monika noch nicht einmal geben. Zu deren Naivität kamen die sexuelle Neugierde und die Unbedarftheit. Damit traf sie zur falschen Zeit am falschen Ort auf Alexander, der das alles ausnutzte und was mit ernstzunehmenden Folgen für sie verbunden sein wird. Dennoch ist sie mit der Familie Harms noch nicht ganz fertig. Hier entdeckt sie bei sich Klärungsbedarf.

»Die Eheleute Harms sind deine Großeltern von väterlicher Seite, richtig? Was lief dort schief? Das, worauf die Fabers stießen, hat ja mit einer Normalität im herkömmlichen Sinne erst einmal nichts zu tun.«

Maik überlegt kurz, bevor er antwortet. Er möchte nichts Falsches sagen.

»Mit den Harms gab es nie wieder Kontakt. Daher kenne ich die nicht. Meine Mutter hat mir erzählt, dass beide Großeltern nie arbeiten gingen und von Tag zu Tag lebten. Trinkfest sollen sie gewesen sein. Was meinen Vater Alexander betrifft, fiel der Apfel nicht weit weg vom Pferdearsch. Seine Eltern haben sich nie viel für ihn interessiert. Denen war es egal, ob er zur Schule ging oder nicht. Es war ihnen auch völlig egal, ob er zu Hause war oder nicht. Daher ist es kein Wunder, dass ich ihn nie sah.«

Auch von solchen Phänomenen hatte Schwester Eva schon gehört. Es ist ihr bekannt, dass Menschen sich normalerweise durch ihre Arbeit verwirklichen und die Arbeitswelt ein fester Bestandteil des Familienlebens ist – mit allen Höhen und Tiefen. Fällt die Arbeit für längere Zeit oder für immer weg, entsteht oft ein großes Vakuum bei den Betroffenen, das kaum zu füllen ist. Häufig ist das untrennbar mit dem sozialem Abstieg verbunden.

Nicht selten ist damit auch, wenn alle finanziellen Reserven aufgebraucht sind, ein Wechsel in Wohngegenden verbunden, die alles andere als förderlich für die Entwicklung einzelner Personen oder aber ganzer Familienverbände sind, weil dort viele Menschen mit identischen Problemen leben, die zueinander finden. Da solche Armutsviertel wachsen ist das der Beweis für Schwester Eva, dass die Anzahl von Schicksalen wie dem der Harms, stetig steigen. Oft ist dann zu hören, dass die Betroffenen den Glauben an sich selbst verlieren, Wert- und Normvorstellungen fallen lassen und sich das auch nicht ändert, weil sie irgendwann keinen Zugang mehr zum Arbeitsmarkt haben möchten. In der Folge sind sie somit dauerhaft auf staatliche Transfers angewiesen.

Wenn im Laufe der Zeit zu dieser Hoffnungslosigkeit auch noch Alkohol hinzukommt, ist das für viele mit einem Genickbruch zu vergleichen. Dann wird diesen Menschen oft alles gleichgültig. Viele von denen verwahrlosen in ihrem Wohnumfeld, Probleme nehmen zu, vielleicht kommen gesundheitliche und / oder altersbedingte Beeinträchtigungen hinzu, Ehen und Familien zerbrechen, Kindererziehung wird zur Nebensache und somit gerät das ganze Leben aller Beteiligten aus den Fugen. Hoffnung auf Besserung verschwindet mit jedem Monat der Arbeitslosigkeit, weil Sinn und Zweck des Arbeitslebens zusehends infrage gestellt werden und die Anzahl an Enttäuschungen wächst. Unter solchen Bedingungen kann man bei den Betroffenen nicht immer von Faulheit sprechen, obwohl es die sicherlich auch gibt; davon ist sie überzeugt.

Ein weiteres gewichtiges Problem an diesen elterlichen Schicksalen ist, dass vielen dieser Kinder solche Zustände als eine Art der Normalität vermittelt werden. Darin wachsen sie auf, um die dann später unreflektiert zu übernehmen und auch weiter zu tragen. Es ist dann niemand da, der ihnen beibringt, was es bedeutet den Anforderungen einer Arbeitswelt entsprechen zu müssen – mit allen Rückschlägen und mit allen Erfolgen. An dieser Stelle schließt sich der Teufelskreis, in dem Schwester Eva die Familie Harms gefangen sieht. Sie kann es in diesem Augenblick nachvollziehen, warum Harms keinen Kontakt zur Familie Faber aufgenommen haben und Maik daher seine Familie auf väterlicher Seite nie kennen lernte. Zu verschieden sind beide Familien in ihren Ansichten und in ihren

Ansätzen, was das Familienleben ausmacht und worauf es beruht.

K 5 – FOLGENREICHE EREIGNISSE

Nachdem Schwester Eva sich ein sehr genaues Bild der von Maik beschriebenen Lage hat machen können, bleibt ihr Interesse an seinen Darstellungen ungebrochen hoch. Sein ganz persönlicher Werdegang und auch die Erlebnisse der von ihm benannten Protagonisten werfen in ihr Fragen auf, die sie ihrem Patienten stellen möchte.

»Jetzt, nachdem du berichtet hast, dass du niemanden der Familie Harms persönlich kennst, stellt sich mir die Frage, ob der Plan von Karl, Monika durch Schule und Ausbildung zu bringen, aufging?«, fragt sie interessiert nach.

Dem Patienten geht noch lange nicht die Puste des Erzählens aus, womit er weiteres Licht ins Dunkel bringt.

»Die Zeit nach dem Besuch bei Harms lief exakt so ab, wie Opa Karl es bestimmte. Immer halfen er und Oma Lena meiner Mutter bei den Hausaufgaben und übten mit ihr für Klassenarbeiten. Das brachte ihr einen guten Hauptschulabschluss ein. Außerdem schrieben sie Bewerbungen ohne Ende, die auf den Zeitpunkt nach meiner Entbindung datiert waren. Obwohl meine Mutter so manches Mal unter diesem heftigen Druck litt, zogen meine Großeltern das knallhart durch. Aber es lohnte sich. Eines Tages hatte sie außer einem guten Hauptschulabschluss auch noch einen Ausbildungsvertrag in der Tasche. Aber einfacher wurde es danach für sie nicht.«

Dieser letzte Satz verwundert Schwester Eva etwas. Denn aus ihrer Sicht hatte Monika nicht nur einen gewaltigen Schritt nach vorne gemacht. Viele andere gleichaltrige Mädchen wären wohl unter solchen Vorgaben an den elterlichen Erwartungshaltungen und dem damit verbundenen Druck zerbrochen.

»Warum wurde es für sie nicht einfacher? Ein Schulabschluss und ein Ausbildungsplatz sind doch schon das Maximum, das Monika in ihrer Situation und in ihrem Alter erreichen konnte. Dann sollte doch auch der Druck abnehmen, der auf ihr lastete und endlich so etwas wie dringend benötigte Entspannung bringen«, stellt sie fest.

Hier weiß Maik zu kontern, womit er Schwester Evas Verständnis ins rechte Licht lenkt.

»Meine Mutter hatte gar keine Entspannung, weil kurz nach meiner Geburt ihre Ausbildung begann. Damit schaute Opa Karl noch strenger hin, dass alles so lief, wie er es sich vorstellte. Sicherlich entlastete er meine Mutter überall dort, wo sie Entlastung benötigte. Aber das hatte seine Grenzen. Wenn sie mit allem für Schule und Ausbildung fertig war, musste sie sich um mich kümmern.«

»Das hat dein Opa ja im Vorfeld angekündigt«, bemerkt die Schwester.

»Richtig, aber meine Mutter konnte es sich nicht vorstellen, was das für sie bedeutete, als er ihr das sagte. Sie musste ab diesem Zeitpunkt nur arbeiten und immer ihr Bestes geben. Wenn sie mit den Noten absackte, merkte Opa Karl das sofort. Dann wurde das Lernpensum von ihm umgehend erhöht, bis sich die Noten wieder besserten.«

»Führte dieser, mir sehr diszipliniert erscheinende Drill, denn zu ordentlichen Ergebnissen?«, fragt Schwester Eva nach.

»Das alles lohnte sich auf jeden Fall für meine Mutter. Sie schaffte ihre Facharbeiterprüfung zur Schneiderin auf Anhieb und wurde sogar nach der Ausbildung übernommen.«

Mit spürbarer Erleichterung lässt sich Schwester Eva gegen die Rückenlehne ihres Stuhles fallen und klatscht dabei einmal in die Hände. Endlich gab es einmal eine positive Wende im Leben der noch so jungen Monika, für die die Schwester sich sichtlich freut.

Nach ihrer Einschätzung hatte Maiks Mutter bemerkenswert viel unter unsagbar schweren Vorgaben geleistet und erreicht. Mit ihren 19 Jahren war sie Mutter eines nun dreijährigen Jungen, hatte einen ordentlichen Schulabschluss, erfolgreich eine Ausbildung absolviert und sogar einen Arbeitsplatz in dem Ausbildungsbetrieb bekommen. Das ist nach Meinung der Schwester aller Ehren wert. Ab da konnte es aus ihrer Sicht für Monika nur noch bergauf gehen, wie sie etwas lautstark feststellt.

»Das hört sich doch hervorragend und nach einem Happy End an. Deine Mutter hat mit der Unterstützung ihrer Eltern in nahezu aussichtsloser Lage so viel erreicht, dass es durchaus lobens- und anerkennenswert ist. Ich ziehe meinen Hut vor ihr und vor deinen Großeltern. Damit ist eine vielversprechende Zukunft doch perfekt in die richtigen Wege geleitet worden, weil sie sich nun ein eigenes Leben aufbauen konnte.«

»Da wäre ich etwas vorsichtiger«, mahnt Maik an.

Es fällt der Schwester schwer sich vorstellen zu können, was denn jetzt noch schieflaufen könnte im Leben der jungen Monika. Sie erscheint ihr doch auf der Sonnenseite des Lebens angekommen.

»Meine Mutter kam sich oft wie eine Gefangene vor. Gemäß den Vorgaben von Opa Karl durfte sie in dieser Zeit nicht feiern gehen und nur in Ausnahmefällen mal von einer Freundin besucht werden. Männer kamen gar nicht ins Haus. Diskos waren tabu und Zeit für sich selbst fiel komplett flach. Im Sommer auch nur an das Freibad zu denken, war ganz und gar unvorstellbar. Es sei denn, dass sie von ihren Eltern begleitet wurde.«

Hierin erkennt Schwester Eva die Kehrseite der Medaille, weil sie weiterhin Mitgefühl für Monika entwickeln kann, das ihre Freude über das Erreichte eintrübt. Obwohl Monika die Scharte mit der frühen Schwangerschaft respektabel hat auswetzen können, scheint der Schwester nicht mehr alles so rosig zu sein, weil die dabei herrschenden Bedingungen ihr nahezu haftähnlich vorkommen. Und das immerhin über einen Zeitraum von mehr als drei Jahren hinweg – eine lange Zeit, wie sie findet. Das provoziert sogleich die nächste Frage.

»Aber wo blieb dabei deine Mutter? Obwohl sie Mutter und Auszubildende in einer Person war, musste sie sich doch wenigstens ab und zu mal nach einer Abwechslung sehnen. Wie ging sie damit um?«

»Sie ließ es über sich ergehen, wie sie mir einmal erzählte. Es hätte eh keinen Sinn gehabt, ihrem Vater zu widersprechen. Dafür war sie ihm nicht gewachsen. Aber nach der Ausbildung hatte sie einen riesigen Nachholbedarf. Meine Mutter war zu diesem Zeitpunkt knapp 20 Jahre alt und ging dann natürlich auch gerne mal feiern. Oma und Opa ließen ab da die Zügel etwas lockerer, weil meine Mutter alle vorgeschriebenen Ziele erreicht hatte. Sie begannen damit den Keller ihres Hauses für Mama und für mich zur Wohnung ausbauen zu lassen. Es dauerte dann ein knappes Jahr, bis sie mit 21 Jahren den 30-jährigen Manni kennenlernte. Entgegen den Ratschlägen von Opa und Oma, zog er ratzfatz zu uns in den ausgebauten Keller und heiratete sie ein knappes Jahr später. Meine Mutter war zu diesem Zeitpunkt erneut schwanger und bekam mit 22 Jahren ihr zweites Kind – meinen Bruder Pascal. Das alles passte meinem Opa überhaupt nicht, weil er Manni grundsätzlich misstraute, obwohl der sich erst einmal von seiner besten Seite zeigte.«

»Die erneute Schwangerschaft sollte doch nach der Eheschließung und der abgeschlossenen eigenen Ausbildung kein so großes Problem mehr darstellen. Ging dieser Manni denn einer geregelten Arbeit nach und konnte er seine junge Familie davon ernähren?«, setzt die Schwester nach. Dabei hängt sie förmlich an Maiks Lippen, der es tatsächlich schafft, sie mit seiner Lebensgeschichte weiterhin zu fesseln.

»Anfangs tat er das. Er arbeitete auf dem Bau und zog dort als Schlosser genug Kohle an Land. Aber dann, kurz nach der Geburt meines Bruders, änderte sich alles schlagartig. Manni fing eines Tages wie ein Tier das Saufen an. Er schüttete alles an Alkohol in sich rein, was irgendwie schädelte. Dann dauerte es auch nicht lange, bis er seinen Job verlor. Meiner Mutter laberte er irgendetwas vom Schließen der Firma vor, was aber gelogen war. Als sie Wochen später seinen ehemaligen Chef beim Einkaufen traf, erzählte der ihr, was geschehen war. Und zwar war Manni während der Arbeitszeit mal wieder besoffen und wurde dabei vom Chef erwischt. Als der ihn darauf ansprach, kam es zum Streit, in dessen Verlauf Manni seinen Boss einfach umhaute. Daraufhin flog er sofort aus der Firma.«

Schwester Eva ist erschrocken über diesen Verlauf, der sie sehr betroffen macht. Dabei erkennt sie, dass solche Ereignisse sich unmittelbar und vor allem negativ auf ein Familienleben auswirken. Denn schließlich schien Manni der Hauptverdiener zu sein, während Monika als Hausfrau und Mutter mit der Erziehung und der Betreuung der beiden Kinder rund um die Uhr beschäftigt ist. In dieser Rolle gefangen, muss sie sich eigentlich auf die Kooperation ihres Ehemannes verlassen können.

»Ich muss gestehen, dass sich das alles besorgniserregend anhört. Es ist mir durchaus bewusst, dass eine Schlägerei mit dem Chef nicht toleriert werden konnte und auch Konsequenzen nach sich ziehen musste. Da gibt es gar nichts zu diskutieren. Aber war Manni nicht klar, dass eine solche Lüge weiteren Schaden anrichten würde?«

»Zum Lügen hatte dieser Penner allen Grund. Genau dieser Chef hat ihn damals ausgebildet, als er bereits ein dickes Alkoholproblem hatte. Weil er aber damals ein junger Mann und vor allem ein Supermann in seinem Beruf war, schickte die Firma ihn in eine Entziehungskur. Ich glaube, dass man einfach die Schnauze davon voll hatte, dass er auf der Arbeit gesoffen hat und es dann meistens Zoff gab.«

Eva entgleisen die Gesichtszüge, weil sie durchaus in der Lage dazu ist, diese Gesprächsinhalte und auch deren Folgen zu interpretieren.

»Maik, verstehe ich es richtig, was du mir zu erklären versuchst? Hat deine Mutter etwa unwissend einen trockenen Alkoholiker geheiratet, der rückfällig wurde und unter Alkoholeinfluss zu starken Aggressionen neigt?«

»Bingo! Treffender hätte man das gar nicht sagen können, Schwester. Aber das Chaos mit Manni war noch nicht beendet. Denn er holte binnen kürzester Zeit das nach, was er in seiner trockenen Phase nicht getrunken hatte. Unmengen von Alkohol schüttete er in sich rein, sodass er täglich voll wie eine Haubitze war. Erst war es immer nur Bier und dann kamen die harten Sachen auf den Tisch. Anstatt etwas dagegen zu tun, gab es fast jeden Abend Ärger mit ihm, weil er meistens auf meine Mutter und auf mich im Suff losging. Obwohl ich noch ein Kind war, kann ich mich an einen Abend ganz besonders gut erinnern. Es war während eines Fußballländerspiels, als er bereits einige Dosen Bier und fast eine Flasche Weinbrand intus hatte. In Unterhose und mit einem T-Shirt bekleidet, saß er damals vor der Glotze, während er der deutschen Fußball-Nationalelf beim Verlieren zuschaute:

»Was ist das für ein jämmerlicher Haufen voller Unfähiger, da auf dem Platz? Anstatt sich für Deutschland den Arsch aufzureißen, stehen die da nur doof auf dem Rasen herum und glotzen dämlich, wie die anderen denen eine Kirsche nach der anderen reintun. Und wenn wir schon über Unfähigkeit reden, dann frage ich mich, was du hier eigentlich machst?«, pöbelt Manni seine Ehefrau aggressiv an.

Monika wirkt nach diesen Worten ihres stark alkoholisierten Gatten unsicher, aber durchaus sensibilisiert, da sie seine Gefühlsausbrüche kennt, wenn Alkohol im Spiel ist. Ganz besonders fürchtet sie die Folgen davon, denen sie stets schutzlos ausgeliefert ist. Daran verzweifelt sie förmlich. Schon lange fragt sie sich, was aus ihrem Manni geworden ist und wann sie diesen Manni zurückbekommt, den sie so sehr liebt? Irgendwann muss er doch merken, dass alles so nicht weitergehen kann. Wo ist also ihr Mann geblieben, der so charmant und hilfsbereit sein kann? Wo ist ihr Mann geblieben, den sie aus echter Liebe heraus geheiratet und mit dem sie eine Familie gegründet hat? Und wann ist dieses Martyrium endlich vorbei? Bis es an diesem Abend endlich vorbei ist, bleibt ihr wieder einmal nichts anderes übrig, als deeskalierend auf ihn einzuwirken oder es aber wenigstens zu versuchen.

»Wie du siehst, stelle ich dir gerade dein Abendbrot auf den Tisch, mein Schatz. Ich denke, dass du mal etwas essen solltest, während du trinkst. Und bitte sei etwas leiser, weil Pascal schon schläft. Maik ist in seinem Zimmer und spielt dort so schön. Da wollen wir die Kinder doch nicht stören, oder?«, sagt sie leise und freundlich, ohne auf die vorangegangene Provokation einzugehen.

Verächtlich schaut Manni auf das, was er von seiner Frau zum Abendbrot angeboten bekommt.

»Was soll das denn für ein Fraß sein, den du mir einfach vor die Nase klatschst? Sag mal, willst du mich damit vergiften?«, brüllt er sie an.

Monika zuckt bei dieser Lautstärke, der Wortwahl und der Unterstellung seiner Tötung sofort zusammen, weil sie Angst vor dem bekommt, was gleich mit an Sicherheit grenzender Wahrscheinlichkeit geschehen wird. Aber sie folgt ihrer deeskalierenden Schiene und lässt sich zumindest äußerlich nichts von ihren Ängsten anmerken, spürt aber ganz deutlich, dass ihr Mann sich unbedingt streiten will. Ihm das in einem solchen

Zustand auszureden, hat sie noch nie geschafft. Aber sie versucht es auch dieses Mal in der Hoffnung, dass sie Schlimmes abwenden kann.

»Das sind zwei Scheiben Graubrot, die mit rohem Schinken und jeweils einem Ei belegt sind. Ich dachte mir, dass ich dir mit diesem Strammen Max eine besondere Freude machen kann, da du das doch immer recht gerne gegessen hast. Nun komm schon, greif zu und lasse es dir schmecken«, sagt sie ihm ermunternd. Dabei ahnt Monika schon, dass ihre Taktik aller Wahrscheinlichkeit nach auch an diesem Tag nicht aufgehen wird. Um das drohende Schicksal vielleicht doch noch abwenden zu können, versucht sie es mit Entziehen. Also dreht sie sich um und beginnt in Richtung der Küche zu gehen. Das reicht Manni völlig aus, um regelrecht auszuflippen. Er brüllt ihr hinterher:

»Du bleibst verdammt noch einmal hier stehen, wenn ich mit dir rede und gehst gefälligst nicht weg, Monika! Diese warmgemachte Kotze kannst du selbst fressen, du faule Schlampe. Ich will etwas Vernünftiges essen. Ist das vielleicht zu viel verlangt?«, brüllt er, greift zu dem Teller und wirft ihn hinter ihr her. Er verfehlt Monika nur knapp und fliegt mit einem lauten Scheppern und Zerbersten durch die Glastüre des Wohnzimmerschrankes. Dort erwischt er weiteres Geschirr, das teilweise ebenfalls zu Bruch geht.

Als sie den Schaden sieht, versagen der hoffnungslos unterlegenen Monika die Nerven. Aus Enttäuschung, Unverständnis und aus purer Hilflosigkeit heraus, beginnt sie zu weinen. Da es keinen Sinn hat jetzt mit Manni zu sprechen, ist dies die ihr einzig verbleibende Möglichkeit, um ihren Gefühlen Ausdruck zu verleihen. Dabei schlägt sie ihre Hände vor das Gesicht und geht in die Hocke, um sich so vor eventuell folgenden Wurfgeschossen zu schützen.

Doch ihren Ehemann beeindruckt das nicht im Geringsten. Er ist rasend vor Wut mit hochrotem Kopf, als er von seinem

Sessel aufspringt, mit wenigen Schritten zu ihr eilt, nach ihren Haaren greift und mit den dort hinein gekrallten Fingern Monikas Kopf nach hinten reißt. Jetzt schaut er in ihr verweintes Gesicht, das nicht mehr durch ihre Hände geschützt ist. Gnade und Mitgefühl kann Monika jetzt nicht mehr erwarten, was sie spürt und was sie in ihrer Angst stärker weinen lässt.

»Da siehst du, wozu du fähig bist, du faules Miststück. Woher nehmen wir jetzt die Kohle, um das alles neu zu kaufen, du dumme Sau?«, brüllt er weiter und erhebt seine flache Hand zum Zuschlagen in ihr Gesicht.

»Ich werde arbeiten gehen, damit wir das neu kaufen können. Aber bitte hör jetzt auf und lass uns in Ruhe über alles reden. Es wird doch alles wieder gut«, fleht sie ihn an. Doch ihr Flehen kommt bei ihm nicht an. Somit holt er weiter zum Schlag aus.

Doch bevor er schlagen kann, steht Karl plötzlich und unerwartet zwischen ihm und seiner wehrlosen Tochter. Der Vater kommt für Monika wie gerufen. Genau im richtigen Moment kam er durch die Türe hinein, für die er einen Zweitschlüssel besitzt. Von Mannis Geschrei und dem laut klirrenden Geschirr alarmiert hielt er es für das Beste, einmal nach dem Rechten zu sehen. Manni, sichtlich von Karls Erscheinen überrascht, lässt daraufhin Monikas Haare los. Dieser Augenblick reicht Karl aus, um dessen erhobene Hand wegzuschlagen, sofort nach ihrem Arm zu greifen, sie so aus der Hocke hochzuziehen und seine Tochter strengstens anzusprechen, wie er es vorher noch nie getan hat:

»Hol die Kinder und dann schließt euch oben in der Wohnung ein«, befiehlt er.

Monika wartet keine Sekunde und macht sofort das, was ihr der Vater aufgetragen hat. Fluchtartig und von blanker Angst getrieben, rennt sie ins Kinderzimmer, um das schlafende Baby Pascal aus seinem Bettchen zu reißen und es auf den Arm zu nehmen. Auf dem Weg zur Wohnungstüre muss sie erneut durch das große Wohnzimmer hindurch, in dem der junge Maik völlig verängstigt steht, der alles beobachtet und doch nichts verstanden hat. Begriffen hat er aber, dass Gefahr im Verzug ist. Er beginnt in seiner Hilf- und Ratlosigkeit ebenfalls zu weinen und wird währenddessen im Vorbeieilen von seiner Mutter an die Hand genommen, die ihn hinter sich her schleift. Jetzt darf sie keine Zeit verlieren, wenn sie und die Kinder unverletzt durch diese bedrohliche Situation kommen wollen. Eiligst durchquert die junge Mutter mit ihren Kindern das Wohnzimmer, um durch den anliegenden Flur mit Treppenhaus die eigene Wohnung zu verlassen. So kann sie sich und ihre Kinder in der elterlichen Wohnung in Sicherheit bringen.

In ihrer Wohnung nimmt der Konflikt jedoch ungehindert an Fahrt auf, wovon sich Karl unbeeindruckt zeigt. Der ist felsenfest dazu entschlossen, jetzt seinen Mann zu stehen. Selbst als Manni den Rentner mit beiden Händen am Kragen packt und ihn durchschüttelt, zeigt der betagte Karl keinerlei Angst oder Unsicherheit. Und das, obwohl er weiß, dass ihm selber Schlimmes passieren kann.

»Du verfaultes altes Stück Scheiße gehst mir schon lange auf den Sack. Meinst hier den Boss spielen zu müssen und erwartest, dass alle nach deiner Pfeife tanzen. Aber damit ist jetzt ein für alle Mal Schluss, Alter«, schreit er Karl an.

Dieser faucht zurück: »Wenn dir das hier nicht passt, dann bau dir doch dein eigenes Haus und bring dort in deinem Leben mal etwas Gescheites auf die Beine. Wir können hier keine besoffenen Taugenichtse gebrauchen, die ihre wehrlose Familie schlagen.«

Die Worte des Alten lassen in Manni das letzte bisschen Selbstbeherrschung verschwinden. Schnaubend, wie ein wütender Stier, hebt er Karl am Kragen hoch und wirft seinen alten Schwiegervater in die Ecke, der dort krachend landet und zusammensackt. Gerade will Manni hinterher und sich seinen Schwiegervater richtig zur Brust nehmen, als er barfuß in eine große Glasscherbe der geborstenen Wohnzimmerschranktüre tritt und sich dabei seine Fußsohle auf ganzer Länge tief einschneidet. Das merkt er sofort. Schreiend und fluchend lässt er wegen dieser Verletzung einen Augenblick in seiner Aufmerksamkeit von Karl ab, der das sofort spürt und diesen Moment für sich zu nutzen versucht. So schnell es ihm in seinem Alter möglich ist, kommt er auf die Beine. Er eilt sofort in Richtung des rettenden Flures, wobei er Manni im Vorbeigehen beiseite schubst. Dieser verliert das Gleichgewicht, fällt zu Boden und ist danach mit sich und seiner Verletzung allein in der Wohnung beschäftigt. Zwar bekommt er noch mit, wie Karl die Türe zuschlägt und verriegelt, aber das interessiert ihn schon nicht mehr. Stattdessen kriecht er auf den Knien zum Tisch, wo er nach seiner Bierdose greift und die ext. Das macht er auch mit weiteren Dosen, bis er irgendwann nicht mehr trinken kann und einschläft.

Schwester Eva sitzt nach dem Gehörten ziemlich verkrampft in ihrem Stuhl. Ihre Finger krallen sich angesichts solcher Dramatik in die Lehnen, auf denen sie zuvor noch relativ entspannt lagen. Gedanklich ist sie damit beschäftigt alles zu verarbeiten und sich in die betroffenen Personen hineinzuversetzen. Dabei erschließt sich ihr diese Familie als Ganzes. Ungeachtet dessen, dass in diesem Haus drei Generationen unter einem Dach leben fragt sie sich, wie eine Familie nach solchen Ereignissen noch als Familienverband existieren kann.

»Mein Gott, Maik. Was du schilderst, ist eine Familientragödie, die mich tief mitnimmt. Ich war vorhin noch voll von solch freudigen Hoffnungen für deine Mutter und die Zukunft ihrer ganzen Familie. Davon ist momentan nichts mehr übrig geblieben. Was du geschildert hast, stößt mich buchstäblich in ein Wechselbad der Gefühle«, erklärt sie gebannt ihr Empfinden. »Haben denn alle Beteiligten noch einmal zueinanderfinden können?«, schiebt sie nach.

Maik schaut der Schwester in die Augen und erkennt dabei deren Sorge. Jedoch zögert er etwas mit einer Antwort auf diese Frage, die ihm nicht leichtfällt, bevor er mit seinen Schilderungen fortfährt.

In dieser Nacht schläft bei der Familie Faber, außer den Kindern Maik und Pascal, niemand tief und fest, weil jeder mit seinen Gedanken und Empfindungen beschäftigt ist. Den Eheleuten Karl und Lena hängen die Schilderungen des Abends, die sie von ihrer Tochter erhalten haben, schwer in den Mägen und auf den Seelen. Ohne es auszusprechen ahnt Lena, dass daraufhin etwas Gravierendes passieren wird. Sie kann es sich nur schwer vorstellen, dass ihr Karl sich dieses Elend mit Manni noch lange anschaut. Dafür gab es in der jüngeren Vergangenheit einfach zu viele Konflikte, die beide miteinander austrugen. Jedoch war das, was an diesem Abend geschah, der Höhepunkt. Bei der an sich selbst gerichteten Frage, was wohl beim nächsten Mal geschehen wird, fröstelt es ihr. Dass dieses nächste Mal kommen wird, steht für sie unweigerlich fest. Die Frage kann also nur lauten, wann es kommen und was dann passieren wird?

Ihre Gedanken gehen auch in die Richtung ihrer Tochter. Sie sorgt sich schon seit längerer Zeit um Monika und deren kleiner Familie. Nachdem die Bindung zu ihr immer eine ganz besondere war, kommen auch noch deren beiden Kinder hinzu, die sie ebenfalls in ihr Herz geschlossen hat. Dabei hat es ihr der kleine Maik ganz besonders angetan. In den wenigen Jahren, die er jetzt auf dieser Welt ist, hat er ihr Leben so viel bunter gestaltet. Angenommen hat sie ihn mit so viel Hingabe, als wäre es ihr eigenes Kind. Gemeinsam haben sie miteinander gelacht, wobei das Kinderlachen ihr großmütterliches Wohlbefinden stets hat aufblühen lassen. Getröstet hat sie ihn, wenn er beim Spielen über seine eigenen Beine gestolpert ist und sich dabei die Knie aufgeschlagen hat. Nachdem sie die Wunden versorgt und seine Tränen getrocknet hatte, hauchte sie ihm immer noch etwas »Zauberpuste« auf die Wundpflaster. Das, mit dem Hinweis auf schnelle Heilung, ließ diesen liebenswürdigen Fratz seine Schmerzen schnell vergessen und das Lachen wieder in sein Gesicht einkehren. Auch schießen ihr diese häufig wiederkehrenden »Himmelabende« durch den Kopf. An denen wurden das Licht gelöscht, die Küchengardine beiseite gezogen und einfach nur die leuchtenden Sterne am Nachthimmel betrachtet. Dabei kuschelte Maik sich immer ganz eng an seine Großmutter an, wobei sie auf eine Sternschnuppe warteten. Aber bevor die kam, war der Junge auf ihrem Schoß bereits eingeschlafen.

Eine ähnliche Bindung baut sie geradezu Pascal auf, der auch ein sicheres Plätzchen in ihrem Herzen eingenommen hat. Obwohl er noch nicht sprechen kann, bezirzt sie der kleine Charmeur täglich mit seinem einzigartigen Lächeln. Er ist so ein glückliches Kind, dem Gram und schlechte Laune fremd sind. Wenn seine Großmutter zu ihm spricht, scheint er förmlich an ihren Lippen zu kleben und auch sich mitteilen zu wollen. Dann streckt er ihr fröhlich seine zarten Kinderärmchen entgegen und zeigt ihr so, dass er auf den Arm genommen werden möchte. Was würde aus beiden Kindern bei diesem Vater werden, fragt sie sich in diesem Moment wieder einmal sorgenvoll. Dabei kann sie es sich nicht vorstellen, dass Manni allein und ohne Hilfe zu einer gewissen Normalität im Sinne einer glücklichen Familie zurückfinden würde. Dafür hat die Alkoholsucht ihn nach ihrer Einschätzung schon viel zu sehr eingenommen. Außerdem hat Lena seit einiger Zeit das Gefühl, dass Manni mit einem Leben ohne geregelte Arbeit und täglichem Alkoholkonsum prima zurechtkommt. Dass aus ihren Enkeln unter diesen Bedingungen einmal glückliche Kinder und später rechtschaffene Menschen werden, hofft sie zwar, aber so wirklich vorstellen kann sie es sich beim besten Willen nicht. Stattdessen steht für sie fest, dass Manni weder ihre Tochter noch deren liebe Kinder verdient hat. Er vermag es ja noch nicht einmal zu erkennen, was er für eine wundervolle Familie hat, und behandelt sie auch entsprechend wie den letzten Dreck.

Die Anzahl ihrer Sorgen nimmt nicht ab, wenn sie im Ehebett liegend den Kopf zur Seite neigt und ihren wundervollen Mann anschaut. Er, auf den sie sich immer hatte verlassen können, hat die Augen zugekniffen und versucht etwas Ruhe zu finden. Aber das scheint auch ihm nicht zu gelingen. Unruhig zucken seine geschlossenen Augenlider, was ihr verrät, dass er noch längst nicht eingeschlafen ist. Zu sehr beschäftigen ihn die Ereignisse dieses Abends in Monikas Wohnung. Wie wird Karl wohl damit umgehen? Sie kann sich schon vorstellen, dass er innerlich unter Empfindungen wie Enttäuschung, Wut und auch Unverständnis leidet. Da Karl ein sehr disziplinierter Mensch ist, wird er sich fragen, wie man so dem Alkohol verfallen kann und warum Manni nichts dagegen unternimmt? Als Enttäuschung wird er Monikas erneute Wahl des falschen Mannes bewerten. Hier hat er sich immer etwas mehr gewünscht. Einen bodenständigen Mann sollte seine Tochter heiraten, der ihr und ihren Kindern etwas bieten kann. Es sollte ein Mann sein, auf den man sich verlassen kann und der auch in größter Not zu seiner Familie steht. Da das nicht eingetreten, sondern offensichtlich das Gegenteil der Fall ist, kann Lena auch die Wut verstehen, die in ihrem Mann wohnt. Hinzu kommt dann auch noch die heutige Auseinandersetzung zwischen Karl und Manni, die für ihren Mann garantiert noch nicht beendet ist. Hier hofft sie aber auf einen guten Ausgang, was ihr nicht ausgeschlossen erscheint, da Manni ja zumindest vormittags nüchterne Phasen hat, in denen er zugänglich ist.

Immer mehr kreisen ihre Gedanken nun um ihre auf der ausgezogenen Schlafcouch im Gästezimmer liegenden Tochter und deren Ängste. Da Lena Augen im Kopf hat erkennt sie, dass Monika und ihr Mann keine gute Ehe führen, wenn man denn noch von einer Ehe sprechen kann. Sie sieht auch, dass ihre Tochter mit der Alkoholproblematik des Ehemannes und den daraus resultierenden Folgen völlig überfordert ist. Sonst hätte sie dem etwas entgegenzusetzen, was Manni eventuell wieder hilft in die Spur zu kommen. Aber davon ist Monika nach ihrer Einschätzung meilenweit entfernt. Warum sonst sollte sie alles über sich ergehen lassen?

Nachvollziehen kann sie auch die Ängste, die in ihrer Tochter wohnen. Da ist zum einen die Angst um die Sicherheit der Kinder und auch um die eigene Sicherheit, die sie beschäftigt. Zum anderen hat Monika auch Angst davor, dass deren Ehe auseinanderbrechen könnte, falls die Probleme nicht in den Griff zu kriegen sind. Aus Gesprächen mit ihrer Tochter weiß Lena, dass Monika alles für den Fortbestand ihrer kleinen Familie tun würde. Aber Lena fragt sich bei diesem Gedanken, was ihre Tochter bis jetzt denn unversucht gelassen hat? Hier kann sie ihr keine Versäumnisse vorwerfen, um Unheil von ihrer eigenen Familie, auf die sie so stolz ist, abzuwenden. Wenn einer etwas ändern muss, dann ist das Manni. Aber der ändert gar nichts, sondern unternimmt alles, um die Karre immer tiefer in den Dreck zu fahren. Wenn er nur sich selbst zugrunde richten würde, wäre ihr das so ziemlich egal. Aber er richtet seine Frau und die beiden Kinder sehenden Auges mit zugrunde. Genau das ist es, was in ihr eine ohnmächtige Wut auf diesen Kerl verursacht. Denn letztlich steht es nicht in ihren Kräften, dass sich die Dinge zum Besseren wenden. Stattdessen ist sie als Mutter und Großmutter in der Rolle des unfreiwilligen Zuschauers gefangen. Ein Gefühl, dass der Bezeichnung »Hilflosigkeit« am ehesten entspricht. Ob sie es nun will oder nicht: sie ist darauf angewiesen, dass Einsicht in Manni einkehrt und er etwas verändert. Der Entzug wäre ein vielversprechender Anfang. Danach müsste er schnellstens wieder in ein Arbeitsverhältnis gelangen, das der Familie zu finanzieller Sicherheit und Stabilität verhilft. Aber das erscheint ihr wohl eher ein Wunschdenken zu sein.

Am nächsten Morgen verlässt Karl das Ehebett, um sich im Bad der peniblen Morgentoilette zu widmen. Auch Lena hält es im Bett nicht mehr aus. Sie richtet sich auf, bis sie auf der Bettkante sitzt und zielsicher mit den Füßen in ihre Hausschuhe schlüpft. Danach steht sie auf, wobei sie nach einer schlaflosen Nacht natürlich alles andere als erholt in diesen Tag startet. Stattdessen hat sie das Gefühl sich gerade eben erst hingelegt zu haben. Doch liegen kann sie nicht mehr. Befürchtungen erwachen in ihr, die sie damit rechnen lassen, dass dies ein einschneidender Tag werden könnte.

Bevor sie sich selbst im noch von Karl belegten Bad fit für den Tag machen kann, zieht es sie erst einmal in die Küche, wo sie nach einem großen Tablett greift. Das benutzt sie jeden Tag, um darauf alles für ein umfangreiches familiäres Frühstück abzustellen, bevor sie es ins Esszimmer trägt und im Vorbeigehen die am Vorabend vorbereitete Kaffeemaschine einschaltet. Sodann verteilt sie liebevoll die restlichen Utensilien auf dem Tisch. Dabei hat jeder Gegenstand seinen festen Platz. Kurz nachdem sie fertig ist, betritt ihr Mann den Raum. Er duftet jeden Tag wundervoll, wenn er aus dem Bad kommt, findet Lena. Das kommt von seinem herb riechendem After Shave, das er jeden Morgen aufträgt und ganz hervorragend zu ihm passt. Aber an diesem Morgen sind der Duft des Haut-Wässerchens und die Ordnung auf dem Frühstückstisch auch schon das Einzige, was ihr bekannt vorkommt. So wünscht Karl ihr an diesem Tag keinen guten Morgen, sondern haucht ihr wortlos einen Kuss auf die Wange. Das tat er sonst nie um diese Uhrzeit. Nachdem Karl auf seinem Stuhl Platz genommen hat, betritt Monika den Raum.

Die Tochter verfügt an diesem Morgen über zerzauste Haare, was sie früher, als sie noch ein Kind war, als »Eichhörnchen-Frisur« bezeichnete und dann darüber herzhaft lachte. Wie sie darauf kam, hat sich Lena nie erschlossen. Und noch etwas fällt Lena auf: Offenbar hat sich Monika vor dem

Hinlegen nicht umgezogen. Das verraten ihr die vielen Knicke in deren Kleidung. Vater und Mutter schauen sie an, worauf sie ihre Eltern kraftlos und sorgenvoll erscheinend begrüßt.

»Guten Morgen Mama, guten Morgen Papa«, entfährt es ihr mit geknickter Stimme und beschämt gesenktem Haupt.

»Guten Morgen, Monika«, kommt es von ihren Eltern zurück.

Normalerweise spricht die Familie morgens miteinander. Aber heute ist auch das anders. Weiterhin ist jeder in seinen eigenen Gedankengängen gefangen, bevor Lena diese Stimmung als unerträglich empfindet und den Raum verlässt. Sie zieht es ins Bad, um sich dort zu duschen und sich die Zähne zu putzen. Vielleicht würde ihr ja heißes Wasser guttun und sich die düstere Stimmung am Frühstückstisch bis zu ihrem dortigen Eintreffen aufhellen, hofft sie insgeheim.

Jedoch spürt sie nach dem Duschbad keine nennenswerte Veränderung ihrer eigenen Stimmungslage. Während ihr Körper reingewaschen ist, gilt das weder für ihre Empfindungen noch für ihre Gedanken. Als sie das Badezimmer verlässt und zum Umziehen ins Schlafzimmer geht, versucht sie sich gedanklich zu sortieren, indem sie das, was sie nicht weiß, zu benennen versucht. Vielleicht kann sie dann erkennen, ob sie in irgendeiner Art und Weise etwas zum positiven Verlauf dieser familiären Krise beitragen kann.

Jedoch dreht sie sich im Kreise, der sie immer wieder zum gleichen Punkt führt. An dem gibt es für sie nur einen Weg zum Ziel, den Manni beschreiten muss. Raus aus dem Alkohol und rein in den Entzug mit anschließender Therapie. Die Frage, die daraus resultiert, lautet: Weiß Manni das und wird er willig diesen Weg einschlagen, um sich und seine Familie zu retten? Doch wer würde ihm das sagen? Das wäre eigentlich Monikas Aufgabe als Ehefrau. Aber hätte sie die erforderliche Kraft und den notwendigen Mut dafür? Würde sie die richtigen Worte finden? Das alles wagt Lena zu bezweifeln, weil Monika leider nicht die Konfliktfähigkeit ihres Vaters erbte. Das Aussitzen und das Hoffen auf Besserung hat sie dann schon eher von der Mutter mit auf den Lebensweg bekommen.

Zurück im Esszimmer angekommen, spürt sie eine beunruhigende Stille. Sie ist überrascht, dass Ehemann und Tochter noch nicht mit dem Frühstücken begonnen haben. Karl und Monika sprechen auch nicht miteinander, weil jeder mit seinen eigenen Gedanken beschäftigt ist. Oder wollen sie vielleicht nicht sprechen, weil die im Gästezimmer schlafenden Kinder nicht gestört werden sollen? Für Lena ist es wahrscheinlicher, dass dies nur ein kleiner Teil der Antwort sein kann. Das Gros der Antwort wird sein, und da ist sie ehrlich sich selbst gegenüber, dass die Ereignisse vom Vortag schlichtweg unfassbar für alle drei sind. Was ist nun richtig und was ist falsch? Im Resultat ist das sprichwörtliche Schweigen tatsächlich Gold, weil man so nichts Falsches sagen kann, was zu weiteren Eskalationen führen könnte. So setzt sich auch Lena schweigend an den Frühstückstisch, auf dem der dampfende Kaffee steht, den Monika aus der Küche geholt hat.

Obwohl es sonst Lenas Aufgabe ist die Kaffeekanne vom weißen Porzellan-Stövchen zu nehmen und allen dreien den dampfenden Kaffee in die Tassen zu füllen, übernimmt Monika heute diese Arbeit. Das ist für Lena kaum zu fassen, wobei Karl das einfach zur Kenntnis zu nehmen scheint. Was Monika damit zum Ausdruck bringen möchte, bleibt für Lena im Dunkeln. Wahrscheinlich ist es aber für sie, dass dieses außergewöhnliche Handeln einen Akt der Demut darstellen könnte. Aber sie verwirft diesen Gedanken schnell wieder. Warum sollte sich ihre Tochter demütig gegenüber ihren Eltern zeigen? Sie hat doch nichts Falsches gemacht, was man ihr vorwerfen müsste.

Die Familie beginnt schweigend zu frühstücken. Abwechselnd nimmt sich jeder eine Scheibe Graubrot und legt sie auf seinen Teller. Die Brote werden nacheinander mit Butter bestrichen und dann mit Wurst oder Käse belegt. Nur Monika greift zum Frühstücksfleisch, das sie so sehr liebt. Mit dem Messer schneidet sie sich angemessen dicke Scheiben aus der Dose heraus und dekoriert damit ihr Frühstücksbrot, bevor sie hineinbeißt. Die Stille dieser Situation begleitet sie dabei, als die empfindlich gestört wird. Aus dem Keller heraus ist ein Rufen zu hören. Es ist Manni, der aufgewacht ist, das Alleinsein in der Wohnung bemerkt haben wird und diese Räumlichkeiten nun verlassen möchte. Das kann er aber nicht, weil Karl ihn am Vorabend zur allgemeinen Sicherheit dort eingeschlossen und den Schlüssel von außen stecken gelassen hat.

Ohne sein Frühstücksbrot mit einem weiteren Biss zu verkleinern hebt Karl die Augenbrauen, als er Manni hört. Bedächtig legt er das Brot in aller Ruhe auf dem Teller ab, schaut beiden Frauen in die Augen und wirkt dabei so ernst, als wäre er versteinert. Das löst bei beiden eine große Unsicherheit aus. Was wird jetzt wohl geschehen? Geht es am Morgen mit Manni so weiter, wie es am Abend endete? Wird die körperliche Auseinandersetzung zwischen Manni und Karl fortgeführt, weil der Jüngere von beiden sich provoziert fühlt? Oder ist Manni soweit zur Vernunft gekommen, dass man mit ihm vernünftig reden kann? Letzteres wäre der beste Weg, was allen Beteiligten am Tisch bewusst ist.

Als das Rufen und das Schlagen gegen die Wohnungstüre des Kellers nicht verstummt, erhebt sich Karl von seinem Stuhl und geht in Richtung des Ausgangs der Wohnung. Er öffnet die Haustüre und steigt die weiß gefliesten Treppen in Richtung des Kellers hinab. Währenddessen schauen sich Mutter und Tochter wortlos mit einer gewissen Blässe im Gesicht an. Ihnen wird spätestens jetzt deutlich, dass etwas geschehen wird. Also lassen sie ihre Brote fallen, erheben sich von ihren Stühlen und eilen Karl hinterher. Den erreichen sie, als er die Türe zu Monikas Wohnung aufsperrt.

Nun sieht Manni seine Familie an diesem Tage zum ersten Mal. Ihm entgeht nicht, dass die vor ihm stehenden Personen alles andere als glücklich bei seinem Anblick wirken.

»Guten Morgen. Monika hat wohl versehentlich die Türe abgeschlossen und mich eingesperrt«, erklärt er sich verlegen.

Karl geht darauf gar nicht ein, sondern an einem verunsichert erscheinenden Manni schweigend vorbei in die Wohnung, bis er das Wohnzimmer erreicht. Manni, Monika und Lena folgen ihm, als sie alle das Dilemma sehen: umherliegende geleerte Bierdosen und die zerstörte Scheibe der Wohnzimmerschranktüre mit ihren Scherben, sprechen Bände. Das überall klebende Blut auf dem Boden, rundet den Gesamteindruck eines ereignisreichen Abends ab.

In Manni löst dieser Anblick erst einmal Unsicherheit aus. Obwohl er sich nach seinem Saufgelage ad hoc an nichts mehr erinnern kann ahnt er aber zumindest, dass das alles auf sein Verschulden zurückzuführen ist. Denn schon häufiger war er abends blau und wachte morgens in so einem Chaos auf. Um an gesicherte Informationen zu gelangen und nicht zu viel von seiner Unsicherheit preiszugeben, entschließt er sich zum behutsamen Vorgehen, das er in der Vergangenheit oft genug üben musste.

»Da hatte ich wohl wieder mal Nasenbluten«, lautet sein kläglicher Versuch der Wahrheitsfindung.

»Rede nicht so einen Stuss«, fährt Karl ihn ernst an.

Auf Manni wirken diese wenigen Worte verunsichernd, die in einer strengen Ernsthaftigkeit gesprochen wurden. Spätestens jetzt ist ihm klar, dass Karl alles das weiß, was ihm entfallen ist. Damit ist der Alte ihm gegenüber im Vorteil. Doch Karl lässt sich nicht lange bitten, Manni alles ungeschminkt unter die Nase zu reiben und ihn so an seinem Wissen teilhaben zu lassen.

»Du warst gestern Abend sternhagelvoll, wie jeden Abend. In diesem Zustand hast du einen sinnlosen Streit mit Monika vom Zaun gebrochen, ihr das Abendessen mit Teller hinterher-geworfen und dabei die Glastüre des Schrankes getroffen, die in tausend Teile zerbrach. Als sie dann weinend und hilflos vor dir kniete, wolltest du ihr brutal ins Gesicht schlagen. Dafür hattest du ihr in die Haare gegriffen, um den Kopf so nach hinten zu reißen und ihr Gesicht sicher treffen zu können, du feiges Schwein. Maik hat das alles mitansehen müssen.«

Geschockt nimmt er Karls Schilderung entgegen und schaut dabei in die Gesichter von Monika, Lena und Karl. Dabei erschreckt es ihn ein wenig, dass er am Vorabend so weit ging. Spätestens jetzt ist ihm klar, dass das, was hier geschehen ist, sich nicht mit einer einfachen Entschuldigung bereinigen lassen wird – wenn es sich überhaupt bereinigen lässt! In diesem Moment registriert er mit genügend Restalkohol im Blut, dass es jetzt in erster Linie um seine Ehe geht. Er weiß, dass er sich auf einem schmalen Seil über dem Bodenlosen befindet. Dabei zweifelt er nicht daran, dass er bei dem geringsten Fehltritt in eine tiefe Schlucht stürzen wird. Dort würde ihn die Obdachlosigkeit erwarten, dürfte er vielleicht mit einer Scheidung rechnen und wäre ewig klamm im Portemonnaie. Sein Kind dürfte er, wenn überhaupt, nur noch selten sehen. Diese Befürchtungen lassen auch ihn einmal die nackte Angst spüren, die ihn in Verbindung mit einem sich bildenden schlechten Gewissen vorerst gefügig macht.

»Monika, bitte glaube mir. Ich kann mich daran nicht erinnern. So etwas würde mir normalerweise nicht passieren. Das weißt du. Du weißt auch, dass ich dich liebe«, wimmert er ihr vor. Doch Karl fährt ihm ins Wort.

»Wir sind noch nicht fertig, mein Freund. Als ich im richtigen Moment auf der Bildfläche erschien, bevor du Monika ins Gesicht schlagen konntest, und dazwischen ging, bist du mir ans Leder gegangen. Du hast mich am Kragen gepackt, mich durchgeschüttelt, übelst beschimpft und hast mich dann in die

Ecke geworfen. Dazu bestehe ich auf eine Stellungnahme von dir. Und zwar sofort.«

Manni muss zuerst einmal schlucken, bevor er passende Worte finden kann. Dass man so mit ihm redet, ist er nicht gewohnt. Niemand sonst würde sich so etwas ungestraft mit ihm wagen. Jedes einzelne Wort von Karl empfindet er wie einen wohl platzierten Faustschlag, da er an der Richtigkeit von Karls Ausführungen keinerlei Zweifel hat. Demnach entfesselt das Gesagte ein schlechtes Gewissen in ihm. Dies richtet sich aber nicht gegen Karl, den er noch nie besonders gut leiden konnte. Vielmehr hält er es für richtig sich gegenüber Monika reuig zu zeigen, um so die Wogen zu glätten, und um sie mit ihrem Wohlwollen wieder für sich gewinnen zu können. Bisher hat das immer funktioniert. Erst wenn das funktioniert hat, kann er sich immer noch Karl zuwenden, lautet seine Strategie. Dass er Karl bei dieser Gelegenheit aber nicht zusammengeschlagen hat, der es aus seiner Sicht schon längst einmal verdient hätte, ärgert ihn ein wenig. Denn dann, so seine Annahme, würde der sein Maul nicht so aufreißen.

Bevor Manni jedoch sprechen kann, betritt Maik unerwartet den Raum. Er war aufgewacht, hat niemanden in der Wohnung gefunden und ist den Stimmen in die Souterrain-Wohnung gefolgt. Dort steht er nun und reibt sich den Schlaf aus den Augen. Karl bemerkt ihn sofort und schaut in Richtung seiner Lena. Mit einem kaum sichtbaren Nicken gibt er ihr zu verstehen, dass sie mit dem Enkel die Wohnung verlassen soll. Dem folgt Lena umgehend, da ihre mütterlichen Gefühle sie daran erinnern, dass Kinder manchem nicht beiwohnen sollten, wenn man sie schützen will. Also eilt sie zu Maik und geht mit ihm nach oben.

»Monika, ich liebe dich mehr als alles andere auf der Welt. Das weißt du. Du weißt auch, dass ich alles für dich und unsere Familie tun würde. Bitte verzeih mir. Ich werde mich ändern. So etwas wird nie wieder vorkommen und das verspreche ich dir«, gibt er sich augenscheinlich reumütig, ohne Karl weitere Aufmerksamkeit zu schenken. Der erkennt aber die Gunst der Stunde, um Fakten zu schaffen.

»Hier glaubt dir jeder, dass du dich ändern willst und dir die Geschehnisse des vergangenen Abends leidtun. Daher wirst du auch sofort mit den Veränderungen beginnen. Zuerst einmal herrscht hier ab sofort striktes Alkoholverbot. Trinkst du hier weiter, ziehst du aus meinem Haus aus. Von mir aus suche dir Hilfe in einer Therapie. Danach suchst du dir eine Arbeit. Machst du das nicht, ziehst du aus meinem Haus aus. Und sollte ich noch einmal erleben, dass du gegenüber Monika und den Kindern gewalttätig wirst, rufe ich ohne weitere Vorwarnung die Polizei zur Hilfe. Auch dann ziehst du sofort aus meinem Haus aus. Hast du mich verstanden?«, will er wissen.

In diesem Moment glaubt Manni seinen Ohren nicht zu trauen. Ihm kommt Karl mit seinen Erwartungen vor, wie ein Sadist. Ein ziemlich übler Sadist sogar, der Spaß dabei empfindet, wenn er seine Opfer erniedrigen und quälen kann. Er, der für ihn nichts anderes darstellt, als einen spießigen alten Sack, der nicht mehr viel vom Leben zu erwarten hat. Aber weitaus mehr stört es ihn, dass er vor den Augen seiner Frau von Karl wie ein Schuljunge behandelt wird. Als wäre er zu doof zum Kacken, sollte er alles das machen, was Karl vorgibt und für richtig hält. Wenn er dem nachkäme, wie sollte sich dann die Zukunft gestalten? Wenn er jetzt schon so nach der Pfeife seines Schwiegervaters tanzen müsste, wie würde es dann weitergehen? Würde er seinem Schwiegersohn vielleicht mit Rauswurf drohen, wenn ihm eines Tages seine Frisur nicht gefällt? Oder dürfte er seine Koffer packen, weil er abends zu lange TV schaut? Mit diesen Gedanken mag sich Manni nicht abfinden. Dafür ist er zu stolz und das hat er auch nicht nötig, findet er. So erkennt er sich keinesfalls in der Rolle des Bittstellers und beschließt alles auf eine Karte zu setzen. Sicher ist er sich über den Zuspruch seiner Monika. Die hatte jetzt miterlebt, wie Karl ihn behandelt hat und dass sich so etwas niemand zu bieten lassen braucht.

»Du kannst mich mal ganz gepflegt am Arsch lecken, Alter. Von dir lasse ich mir nicht vorschreiben, was ich zu tun und zu lassen habe. Auch sagst du mir nicht, ob ich in meiner Wohnung, für die du monatlich Geld bekommst, Bier trinke oder nicht. Und wann ich mir Arbeit suche, geht dich einen Scheißdreck an. Merke dir das gefälligst.«

Ungeachtet der beleidigenden und belehrenden Worte seines Schwiegersohnes, verharrt Karl in seiner Körpersprache, die erkennen lässt, dass er nicht zu Scherzen aufgelegt ist und es ernst meint.

»Das ist eine ehrliche Basis, auf der wir arbeiten können. Endlich sind die Fronten klar geregelt. Du wirst deine Sachen packen und sofort ausziehen. Bist du heute Abend nicht hier raus, hilft dir die Polizei dabei. Gib Gas – die Zeit läuft«, bleibt er ganz lässig.

Jedoch hat er die Rechnung ohne seine Tochter gemacht, die ihrem Mann unverständlicherweise zur Seite steht und ihrem Vater damit in den Rücken fällt.

»Papa, wenn Manni geht, gehen ich und die Kinder mit ihm. Er ist der Vater eines meiner Kinder und hat momentan ein paar Probleme. Aber das renkt sich wieder ein. Da bin ich mir sicher. Jedenfalls kannst du nicht von mir erwarten, dass ich zuschaue, wie mein Mann von der Familie ausgestoßen wird und meine Kinder ohne Vater aufwachsen«, stellt sie sich ihrem Vater entgegen.

Dass Monika diese Position einnehmen würde, damit hatte Karl nicht gerechnet. Jedoch bringt ihn dies auch nicht ins Straucheln, obwohl ihn die Reaktion seiner Tochter mitten ins Herz trifft. Aber das lässt er sich nicht anmerken. Er erkennt stattdessen sofort, dass Monika dabei ist einen riesigen Fehler zu begehen. Einen Fehler, der sie aus seiner Sicht ins Verderben stürzen kann und vor dem er sie mit letztem gutem Willen bewahren möchte.

»Ist es dein Ernst, dass du nach den gestrigen Vorkommnissen weiterhin mit diesem Mann zusammen wohnen möchtest? Du willst tatsächlich dich und die beiden Kinder der Gefahr aussetzen, die dein Mann mit betrunkenem Kopf für euch darstellt? Und du denkst auch, dass sich die Probleme, die Manni mittlerweile hat, so einfach wieder einrenken? Bitte sei nicht so naiv, Monika, und überdenke deine Haltung.«

Monika überlegt kurz und antwortet dann aus ihrer Überzeugung heraus.

»Ich weiß, dass es nicht leicht werden wird. Aber ich weiß, dass wir es gemeinsam schaffen werden. Manni und ich lieben uns. Daran wird sich nichts ändern und wir werden ein Ehepaar bleiben, das gemeinsam mit den eigenen Kindern in einer Wohnung leben wird.«

Karl beobachtet während der Schilderungen, der ihm leichtgläubig und unreflektiert erscheinenden Ansichten seiner Tochter, seinen Schwiegersohn genau. Der wittert Morgenluft und wirkt nun zusehends entspannter. Seine Frau um den Finger zu wickeln, das hat er geschafft. Damit hat er gleichzeitig auch Karl eins auswischen können, der nach seiner Ansicht nun ziemlich angeschissen dasteht. Ja, sogar der Lächerlichkeit hat sich der Alte preisgegeben, findet Manni. Das verursacht ein sensibles Grinsen bei ihm, das Karl sehr wohl wahrnimmt.

»Gut, Monika. Ich akzeptiere selbstverständlich deinen Standpunkt und nehme dich dabei ernst. Du kannst aber nicht erwarten, dass Mama und ich weiterhin dir zuliebe mit einem arbeitslosen Alkoholiker unter einem Dach leben müssen, der in seiner Sucht mittlerweile unberechenbar und dadurch auch gefährlich geworden ist. Dazu käme die permanente Angst um das Wohlergehen von dir und deinen Kindern. Auch das wollen wir nicht. Und um zusehen zu müssen, wie mittellose Menschen unser Haus, für das Mama und ich so viel getan haben, kurz und klein schlagen, haben wir es nicht aufgebaut. Aus diesen Gründen bitte ich dich darum, dass auch du sofort eine Wohnung für euch suchst und mit dem Packen beginnst. Ich wünsche, dass ihr schnellstmöglich auszieht. Sollten weitere Exzesse von Manni kommen, fliegt ihr sofort raus. Eine Rückkehr kommt nicht infrage.«

Während Manni das Grinsen für einen Moment vergeht, weil er nicht davon ausgehen konnte, dass der Alte diesen Trumpf zieht, wirkt Monika gefasst. Sie kennt ihren Vater und ahnte, wie der reagieren würde. Dabei stand fest, dass er sich die Butter nicht vom Brot nehmen lassen würde. Aber das kann Manni egal sein. Für das, was gestern geschah, braucht er sich weder zu verantworten noch sich zu rechtfertigen. Damit ist dieses Thema durch. Dass er damit rücksichtslos seine Familie in eine ungewisse Zukunft stürzt, ist ihm egal. Er hat das erreicht, was er wollte: Manni kann sein Leben so gestalten, wie es ihm in den Kram passt. Seine Frau hat ihm nichts entgegenzusetzen und hält zu ihm, was er weiß und worauf er sich auch heute verlassen konnte. Somit ist es ein guter Tag für ihn, an dem er mittags die erste Bierdose aufreißt.

Anders ergeht es Karl. Er hat es sich nicht leicht gemacht, mit seiner Entscheidung. Dabei hat er nicht das Gefühl einen Fehler begangen zu haben. Im Gegenteil: er muss auch an die Sicherheit seiner Frau und an sein eigenes Wohlergehen denken. Doch er spürt intensiv, dass die Trennung von seiner Tochter mit für ihn großem seelischen Schmerz verbunden ist, den er in seinem Leben selten gespürt hat. Was würde nun aus Monika werden, wenn die auf sich allein gestellt ist? Würde sie alle die Probleme lösen können, bei deren Bewältigung sie sich immer auf die Unterstützung ihrer Eltern verlassen konnte? Wie wird sie den künftigen Herausforderungen des Lebens begegnen, ohne dabei auf die Hilfe eines Alkoholikers zurückgreifen zu können, der viel zu sehr mit sich selbst beschäftigt ist, als dass   er   sich   familiären   Problemen   und   anderen

Schwierigkeiten widmen könnte? Und wird sie beide Kinder zu ordentlichen Menschen erziehen? Auf diese Fragen kann Karl keine Antworten geben. Stattdessen hinterfragt er, ob es nicht besser gewesen wäre, wenn er sich am Vorabend nicht in den Konflikt eingemischt hätte? Wäre die Situation heute dann eine andere? Aber hier ist er mit sich im Reinen und kann bei bestem Gewissen keine eigenen Fehler erkennen. Karl begreift stattdessen langsam aber sicher loslassen zu müssen, und einfach für seine Tochter und deren Kinder das Beste zu hoffen. Diese Erkenntnis drückt ihm zuerst gewaltig auf die Seele und dann auf die Tränensäcke, die etwas von ihrer Flüssigkeit verlieren und diese die Wangen hinunter auf den Boden schicken. Das geschieht auf dem Weg in seine Wohnung mit jeder Menge Wehmut in ihm, den er so gar nicht von sich kennt.

Er geht durch in das Esszimmer und setzt sich an dort an den Tisch, an dem seine Frau und sein Enkel frühstücken. Wie immer lacht das Enkelkind vor Freude, weil seine Oma sich intensiv mit ihm beschäftigt und für ihn da ist. Das genießt der Junge in vollen Zügen. Lena hingegen bemerkt sehr wohl, dass Karl am Tisch sitzt, ist aber in diesem Moment viel zu sehr mit Maik beschäftigt, als dass sie nähere Notiz von ihm nimmt. Erst als sie im Augenwinkel einige Tränen, die sie auf Anhieb nicht als solche identifizieren kann, auf Karls angebissenes Frühstücksbrot tropfen sieht, schaut sie ihrem Mann ins Gesicht und ist von diesem Anblick zutiefst schockiert. Zum ersten Mal sieht sie ihren Mann, der ein so stolzer und starker Mensch ist, Tränen verlieren.

»Karl, was ist dort unten geschehen?«, fragt sie entrüstet.

Unter größter Anstrengung, eine würdevolle Fassung zu wahren und sich nicht in Emotionen aufzulösen, schaut Karl mit weinenden Augen seine geliebte Frau und den ältesten Enkel an, um nach wenigen Momenten mit zittriger Stimme zu antworten:

»Lena, soeben ist unsere Familie zerbrochen. Monika wird schnellstmöglich mit den Kindern und ihrem Mann ausziehen.«

Dabei weiß er ganz genau, dass dies auch nicht leicht für seine Frau werden wird, die so an der gemeinsamen Tochter und den Enkeln hängt. Er kann in diesem Moment nur hoffen Lena nicht das Herz gebrochen zu haben. Dass es für beide alten Eheleute jetzt aber schwer werden wird, daran hat er mit realistisch anmutender Einschätzung keinerlei Zweifel.

K 6 – BITTERE NIEDERLAGEN

Erschlagen von Monikas Naivität, ist Schwester Eva in ihrer gedanklichen Welt gefangen. Daher reagiert sie erst spät auf das zarte Klopfen an der Türe und das anschließende Eintreten ihrer Arbeitskollegin Gabi.

Gabi ist 28 Jahre jung und eine zuverlässige Kollegin, die von Eva sehr geschätzt wird. Mittlerweile hat die um Jahrzehnte ältere Schwester sich daran gewöhnt, dass Gabi für ihren Geschmack etwas zu aufreizend im Dienst gekleidet ist. Sie würde sich wünschen, dass Gabi ihre ungebändigt wirkende, gelockte und rostrote Mähne, etwas zurückhaltender tragen könnte. Der Schwesternkittel, der ihre Wespentaille und auch ihren Busen und den Hintern im Zaum halten soll, könnte gerne eine Nummer größer ausfallen, während die Schminke im Gesicht etwas reduziert werden darf. Aber so ist sie nun einmal, ihre Kollegin Gabi. Dafür ist sie bei den Ärzten und bei den männlichen Patienten außerordentlich gerne gesehen.

Am Anfang hatte sie wegen ihrer äußeren Erscheinung Schwierigkeiten im Kollegium. Aber schnell bemerkte man, dass sie eine glänzend ausgebildete Fachkraft ist, die über ein gesundes Maß an Selbstbewusstsein und auch an argumentativer Sicherheit verfügt. Da sie auch noch als äußerst zuverlässig gilt, haben sich Zweifel an ihrer Erscheinung in allgemeines Wohlgefallen aufgelöst.

Maik nimmt die junge Schwester sofort wahr. Er sieht, dass sie ein Tablett vor ihrem irren Bauch trägt, auf dem Pillendosen und kleine Plastikbecher stehen. Außerdem befinden sich darauf auch noch einige bräunliche Glasflaschen. Schnurstracks geht sie auf den neuen Patienten und ihre Kollegin zu, um beide willkommen zu heißen.

»Guten Tag, Herr Harms und guten Tag liebe Eva«, fährt es ihr freundlich heraus.

Beide schauen Schwester Gabi an. Während Eva ebenfalls kurz ihre Kollegin begrüßt, bekommt Maik vorerst kein Wort über die Lippen. Stattdessen errötet er und stammelt nur ein kurzes »Hallo«. Mit seinem intakten Auge gelingt es ihm die mandelförmigen grünen Raubtieraugen der Schwester für einen kurzen Moment zu fixieren. Unter dem aufreizenden Stupsnäschen zeigen sich die vollen blutroten Lippen der jungen Schwester. Dieser Eindruck haut Maik schlichtweg um.

»Obwohl Sie bestens von meiner geschätzten Kollegin Eva betreut werden, darf ich die unterstützen. Daher möchte ich ihnen kurz ihre Medikamente anbieten, bevor ich dann auch schon wieder weg bin«, lässt sie lebenslustig verlauten. Dass sie nicht etwas länger bleiben kann, enttäuscht Maik. Aber was sollte er dieser Superbraut erzählen? Vielleicht trifft man sich nach dem Krankenhausaufenthalt mal auf eine Tasse Kaffee, versucht er seine Enttäuschung unausgesprochen in Grenzen zu halten.

Die Schwester stellt indes ihr Tablett auf dem kleinen Tisch im Zimmer ab. Danach greift sie zu einer beschrifteten Pillendose und steckt diese in die Tasche ihres Kittels. Sodann nimmt sie sich ein an ein Schnapsglas erinnerndes Plastikbehältnis und gießt aus einer braunen Flasche eine helle Flüssigkeit hinein. Erst jetzt widmet sie sich dem Patienten näher.

»Herr Harms, ich kann es ihnen leider nicht ersparen, dass Sie diese Medikamente nehmen müssen. Aber ich kann ihnen versprechen, dass es nicht die bittersten sind, die wir hier im

Hause haben«, sagt sie keck mit einem freundlichen Lächeln und führt das falsche Schnapsglas zum Mund des Patienten, um es dort auszuleeren.

Maik lässt das gerne über sich ergehen. Der Eindruck, den er von dieser Schwester gewonnen hat, raubt ihm sämtliche Worte und lässt ihn den bitteren Geschmack der Medizin gar nicht erst wahrnehmen. Er beginnt dabei nur zu hoffen, dass sie noch etwas länger bei ihm bliebe. Sie anzusprechen, oder vielleicht sogar einen flotten Spruch fliegen zu lassen, verkneift er sich bewusst. Würde sich das Selbstbewusstsein, dass diese Frau ausstrahlt, in einer kessen Antwort entfalten, wäre er vor beiden Damen bis auf die Knochen blamiert. Also öffnet er erneut seinen Mund, in den Gabi ihm einige Kapseln legt. In Windeseile füllte sie vorher sein auf dem Nachttisch stehendes Wasserglas, um ihm auch das zum Munde zu führen und dessen Inhalt dort hineinzugießen. Das, und ihr Lächeln dabei, verhelfen dem Patienten auf angenehme Weise dazu, erneut alles widerstandslos zu schlucken.

Schwester Eva schaut sich diese Situation an, wobei es ihr nicht entgeht, wie sich ihr Patient verhält. Aber zu hinterfragen, braucht sie das nicht. In seiner Reaktion unterscheidet sich Maik von den wenigsten anderen männlichen Patienten, die von Gabi betreut werden. Jedoch bemerkt sie, dass Gabi die Aufgaben verrichtet, die sie selbst eigentlich erledigen müsste. Aber ihr fällt schnell wieder ein, dass Dr. Brucks sie von ihren normalen Pflichten für heute befreite. Dabei hatte das alte Ekelpaket die medizinische Betreuung Maiks nicht aus den Augen gelassen, was ihr fast schon imponiert. Doch vielleicht, und auch das zieht sie in Betracht, sollte Gabi überprüfen, ob Eva diesem Patienten gewachsen ist und ob sie ihren Job gut genug macht. Womöglich wird er sie dann ausquetschen wie eine Zitrone, um verwertbares Material über Eva zu bekommen. Vorstellen kann sie sich eine solche Spionagetätigkeit bei Gabi eigentlich nicht. Aber auf diese Frage lässt sich im Moment keine abschließende Antwort finden. Gäbe es die, würde sie die schon noch früh genug erfahren. Daran zweifelt sie nicht.

Willig lässt sich der Patient von der jungen Schwester an das Handgelenk greifen. Aber anstatt ihn anzuschauen, schaut sie auf ihre Armbanduhr und zählt dabei seinen Puls. Nach 15 Sekunden, die für Maik leider viel zu schnell vergangen sind, schaut sie ihm endlich ins Gesicht, wobei sie ihn anlächelt, was Maik wiederum buchstäblich dahinschmelzen lässt.

»Ich bin sehr zufrieden mit ihnen, Herr Harms. Der Puls ist in Ordnung und ihre Medikamente haben Sie auch genommen. Machen Sie weiter so. Dann wird es ihnen bald schon wieder gut gehen. Ich werde morgen wieder nach ihnen schauen und wünsche ihnen noch einen guten Tag in bester Gesellschaft mit meiner Kollegin«, dreht sie sich um, nimmt ihr Tablett wieder vor den Bauch und verlässt den Raum. Ein letzter Blick, den er durchaus genießen kann, verrät ihm, dass Schwester Gabi hinten ebenso attraktiv aussieht, wie vorne.

Erst jetzt blickt er wieder in das Gesicht von Schwester Eva und kann dabei den Eindruck nicht ausschließen, dass die ihn ertappt hat. Ertappt dabei, dass er sich gerade Hals über Kopf in diese süße Maus verknallt hat. Jedoch ist Eva um einen neutralen Gesichtsausdruck bemüht. Sicherlich könnte er jetzt einen Spruch raushauen, aber den verkneift er sich. Maik ist der Ansicht, dass es sich nicht gehört mit einer Frau in Evas Alter über solche Dinge zu sprechen. Das würde vielleicht von ihr als etwas respektlos bewertet werden. Diesen Eindruck möchte er bei ihr einfach nicht riskieren. Denn bisher kommen beide glänzend miteinander aus. Die Schwester hingegen kann das Geschehene unkommentiert hinter sich lassen und direkt wieder zur Thematik zurückfinden.

»Ich würde gerne von dir wissen, wie es mit den Großeltern Faber und deiner Mutter weiterging. Fanden sie wieder zueinander?«

Auch Maik kann Gabi schnell hinter sich lassen und den Gesprächsfaden rasch aufnehmen.

»Wenn ich ehrlich bin, verheilte diese Wunde nie wieder richtig. Nachdem wir ziemlich schnell aus dem Haus ausgezogen sind und es uns in eine Mietwohnung der Nachbarstadt verschlug, herrschte Funkstille zu Oma und Opa Faber. Sicherlich tat das auch meiner Mutter weh. Aber sie hatte eine Entscheidung getroffen, die nun einmal Manni hieß. Dabei nahmen meine Großeltern ihre Tochter sehr ernst.«

»Schade, dass sich das Geschehene nicht wieder einrenken ließ. Für deine Familie hätte es mich wirklich gefreut. Redete man einfach nicht mehr miteinander und gab es keinen Zeitpunkt, an dem man wieder hätte zueinander finden können?«, will die Schwester wissen.

»Das Problem stellte einfach Manni dar. Mit ihm würde es nie eine Versöhnung geben, weil er so weitermachte, wie bisher. Kein Bock auf'n Job und Alkohol bis zum Abwinken. Damit brauchte er sich bei Opa Karl nicht blicken zu lassen, was ihm klar war und was auch meine Mutter wusste. Dass er nicht arbeiten ging ließ die Kohle knapp werden, weshalb wir zum Amt gehen mussten, um über die Runden zu kommen. Damit hätte sich meine Mutter ihrem Vater erst recht nicht unter die Augen getraut! Aber dann, nach etwa zwei Jahren, meine Mutter war da 24 Jahre alt, kam ein Zeitpunkt, an dem es neue Kontakte gab.«

Damit gibt Maik der Schwester einen emotionalen Schubs. Sie ertappt sich dabei, wie in ihr ein Fünkchen der Hoffnung aufkeimt, dass diese junge, problembeladene und leidgeprüfte Familie, auf einen grünen Zweig kommen könnte. Vielleicht würde ein zarter Zweig ausreichen, aus dem einmal ein starker Ast werden könnte. Verdient hätten Monika und Manni das ihrer Ansicht nach im Hinblick auf die Kinder durchaus. Denn nach dem Zerwürfnis mit den Eltern Faber und der bisherigen Nullnummer mit Manni erkennt Eva eher einen nicht enden wollenden Monsun, der sich über das Dasein dieser jungen Familie ergießt und jedes noch so zarte Pflänzchen der Hoffnung gnadenlos wegspült. Vielleicht würde ja etwas geschehen, was den Betroffenen das Glück buchstäblich vor die Füße schüttet. Etwas, das diese Menschen, die so viel Pech, Schmach, Enttäuschungen und widrige Umstände erleben mussten, einmal auf die Sonnenseite des Lebens befördert. Genau das erhofft sich Eva von diesem Zeitpunkt, der von Maik erwähnten Annäherung. Daher schaut sie ihn mit großen Augen erwartungsvoll an, bevor sie vorsichtig mit gebotener Distanz nachfragt.

»Bekam Manni denn seine Probleme in den Griff? Stabilisierte er dann die Familie und ermöglichte eine Annäherung an das Ehepaar Faber? Mannis Abkehr vom Alkohol würde ja gewissermaßen eine Grundvoraussetzung darstellen«, stellt die Schwester fest.

Maik möchte auf diese Frage antworten, aber er erkennt die Wahrheit als eine manchmal schwer zu verdauende Kost. Obwohl die Realität auch in diesem Fall schwer verdaulich ist, beschließt er geradlinig bei ihr zu bleiben und ihr zu folgen. Dabei fällt ihm ein, dass das Leben kein Wunschkonzert ist. Und nicht selten bekommt man das zu hören, was man eigentlich gar nicht hören will.

Es war an einem Freitag am Monatsanfang. An diesem Tag zieht es Manni wieder einmal in das Deutsche Eck, seine Stammkneipe. Dort versäuft er das wenige Geld, das seine Familie vom Amt bekam, anteilig. Bei dieser Gelegenheit bezahlt er dort seinen Deckel vom vorangegangenen Monat. Auch an diesem Tag betritt Manni zielsicher den Schankraum, um sich an die Theke zu stellen. Otto, der dicke Wirt mit der Halbglatze, wartet dort schon auf ihn. Als er Manni sieht, greift der Wirt gleich zu einem Bierglas, um es unter den Zapfhahn zu halten. Während die Schaumkrone im Bierglas abnimmt und das Bier geduldig auf ein Nachzapfen wartet, nimmt er das nächste

Glas, um für Manni einen doppelten Korn einzuschenken. Beide Gläser stellt er vor Manni auf den Tresen, weil er weiß, dass sein Stammkunde diese sogenannten Herrengedecke liebt.

»Moin, Manni. Bist du gekommen, um den Deckel zu bezahlen?«, will er wissen.

Manni schaut ihn wie einen lieb gewonnenen Freund an und bejaht diese Frage. Wohl wissend, dass ihn dann eine Belohnung erwarten könnte.

»Klasse. Dann bekomme ich 74,30 Euro von dir. Dafür geht dieses erste Gedeck auf meinen Nacken. Lass es dir schmecken, mein Freund.«

Darauf hat Manni gehofft. In freudiger Erwartung, gleich das Gedeck in sich hineinschütten zu können, greift er in seine Hosentasche, um einen Wust von Scheinen und Münzen hervorzuziehen. Daraus sucht er den passenden Betrag zusammen und legt ihn auf die Theke. Dass Otto das Geld an sich nimmt und nachzählt, bekommt er schon gar nicht mehr mit. Mit zittrigen Händen greift er zuerst nach dem Korn, den er auf ex trinkt. Das Bier trinkt er bis zur Hälfte leer, als er es abstellt und Otto zunickt. Der hat auf dieses Nicken gewartet und begibt sich daran, das nächste Gedeck vorzubereiten.

Sowohl bei der Vorbereitung als auch beim Servieren des Gedecks schaut Manni ihm zu, wobei er wieder einmal in Otto einen guten Menschen erkennt. Mit ihm konnte er zu jeder Zeit über alles sprechen und der hörte ihm auch immer zu – völlig egal, wie lange das dauerte und wie spät es dabei wurde. Dass Otto sich dann ihm als Stammkunden gegenüber auch einmal spendabel zeigt, indem er ein Gedeck ausgibt, rechnet er ihm hoch an. Leider stellte er sich nie die Frage, warum Otto, der ja vom Getränkeausschank leben muss, diese Großzügigkeit an den Tag legt. Hätte er sich diese Frage gestellt, wäre ihm vielleicht aufgefallen, dass der Wirt mit seiner Berufserfahrung ein Alkoholproblem bei einem Gast ganz sicher auf Anhieb erkennt. Mit den Gratisgetränken weckt er dann sowohl den

Durst als auch die Leidenschaft zum Trinken, was seine Kasse klingeln lässt. So liegt Otto auch dieses Mal richtig, der dem Manni dieses zweite Gedeck mit einem Kuli auf dem Bierdeckel notiert und sich nach erneutem Nicken des Stammgastes dem Einschank des dritten Gedeckes widmet.

»Hast heute aber wieder einen Brand, Manni«, ruft er ihm augenscheinlich wertschätzend zu.

Kurz bevor Manni den zweiten Schnaps zum Trinken ansetzt, schaut er sich in dem Schankraum um. Dort sieht er am hinteren Ende des Tresens seine Saufkumpels René, Walter und Holger. Manni greift zu dem Schnapsglas und prostet denen zu, aber die nehmen heute kaum Notiz von ihm. Das liegt daran, dass sie einem ihm unbekannten Gast ihre ungeteilte Aufmerksamkeit schenken. Der erscheint ihm ziemlich merkwürdig. Das liegt zuerst einmal an seiner äußeren Erscheinung. So trägt der Gast, den sie Johnny nennen, Cowboy-Stiefel und einen Wildwest-Hut mit breiter Krempe. Die Lederjacke, von der an den Ärmeln lange Fransen herunterhängen, rundet bei Manni das schnell entstandene Bild von einem Idioten ab. Das reicht bei ihm schon aus, um diesen Typen nicht zu mögen. In diesem Moment wird das nächste »Duo« serviert.

Während Manni das dritte Gedeck zügig genießt und das vierte bestellt, beobachtet er das Geschehen um den Möchtegern-Cowboy herum weiter. Ihm entgeht nicht, dass dieser im Mittelpunkt steht und von dort aus seine langjährigen Kumpels bestens unterhält, während Manni Zaungast bleibt. Das macht er, indem er einen Witz nach dem anderen erzählt. Lange zu überlegen, welchen Witz er noch erzählen könnte, braucht er nicht. Es sprudelt förmlich aus ihm heraus. Obwohl Manni diese Witze hören kann, vermag er darüber nicht zu lachen. Es beginnt ihn stattdessen zu ärgern, dass er zum Zuschauer degradiert ist. Aber zu seinen Kumpels zu gehen und mitzulachen, kommt für ihn auch nicht infrage. Diese Blöße will er sich nicht geben und das hat er auch nicht nötig. Stattdessen möchte er ein weiteres Gedeck bestellen, was aber gerade nicht geht. Denn Otto steht nicht an seinem Arbeitsplatz, sondern serviert dieser fröhlich gestimmten Runde gerade deren Getränke und lacht auch noch mit.

Den Gedanken, jetzt besser nach Hause zu gehen, verwirft Manni ganz schnell wieder. Stattdessen ruft er nach Otto, der diesem Ruf sofort nachkommt und an seinen Getränkehahn eilt. Das Zapfen dieses Bieres dauert dieses Mal nicht so lange, weil der Wirt bereits einige angezapfte Biere unter dem Hahn stehen hat. So geht es ganz fix, bis Manni auch dieses Gedeck Nummer fünf vor sich stehen hat und beherzt zugreift. Sein Nicken bestätigt dem Wirt die nächste Bestellung.

Dass Manni nun binnen von etwa dreißig Minuten vier Herrengedecke intus hat und auch am Vortag mit dem Trinken nicht kleinlich war, macht ihm in diesen Augenblicken zu schaffen. So setzt der Rausch unerwartet heftig bei ihm ein. Aber irgendwas ist anders bei diesem Rausch. So beginnt Manni zu schwitzen und plötzlich nach Luft zu ringen. Dabei spürt er Beklemmungen im Brustkorb und ein Ziehen in seinem linken Arm. Das bleibt auch Otto nicht verborgen.

»Geht es dir nicht gut, Manni? Kann ich dir irgendwie helfen?«, fragt er besorgt.

Doch Manni ist um Haltung bemüht. Er wischt sich mit der einen Hand den Schweiß von der Stirn, drückt die andere Hand fest auf die Brust und grient den Wirt gekünzelt an.

»Das kannst du. Mach mir noch ein Gedeck!«, fordert er den Wirt entschlossen auf.

Otto hingegen fühlt sich in diesem Moment nicht so ganz wohl in seiner Haut, kann aber keinen Grund dafür erkennen, die Bestellung nicht aufzunehmen. Seiner Vermutung nach könnte sich Manni in seiner Gier verschluckt haben. Also stellt er sich wieder vor seinen Zapfhahn. Dennoch bleibt ein mulmiges Gefühl in seinem Bauch zurück.

Manni hingegen scheint die Kurve gekriegt zu haben und steht, zwar mit hochrotem Kopf, wie ein gestandener Kneipengast am Tresen seinen Mann. Jedoch verschlechtert sich seine Laune zunehmend. Das ist ein untrügliches Zeichen dafür, dass wieder einmal der Pegel bei ihm stimmt. Zuerst ärgert es ihn, dass Otto einfach zu lange braucht, um die bestellten Getränke zu servieren. Das ging schon einmal schneller. Außerdem hat er sonst auch nicht so doof gefragt, wie es ihm ginge. Denn schließlich geht es ihn einen Scheißdreck an, wie er sich fühlt. Der Ärger mutiert zur Wut, als das laute Lachen den Schankraum weiterhin erfüllt. Er beginnt sich zu fragen, worüber seine drei Kumpels und das Arschloch mit dem Hut auf der Birne wohl lachen. Bei näherem Hinsehen keimt in ihm die Vermutung auf, dass sie über ihn lachen könnten. Diese Vermutung erhärtet sich, als sein Saufkumpel René, mit dem er sich immer prächtig an der Theke verstand, Otto zu sich ruft. Der Wirt kommt dem nach, bedient Manni aber vorher noch. Der nimmt das Gedeck gerne entgegen, um seinen Durst zu stillen.

Nun, mit dem kalten Doppelten im Bauch und dem frisch Gezapften in der Hand, fühlt sich Manni schon wieder wohl, was ihn seinen Brustkorb, und was darin vielleicht geschah, vergessen lässt. Jedoch können die Dinge seiner Meinung nach nicht so bleiben, wie sie sind. Es muss aufhören, dass sich die anderen Gäste über ihn lustig machen. Ab sofort gibt es daher Klärungsbedarf für den Familienvater.

Ein guter Hub und auch dieses Bierglas ist geleert. Nun ist der Mut da, um die Sache klären zu können, die ihn stört. Er will es sich nicht bieten lassen, dass jemand über ihn lacht. Damit ist jetzt Schluss. So setzt er sich etwas schwankend in Richtung seiner Kumpels in Gang, um sich das Arschloch mit dem Cowboyhut vorknöpfen zu können. Bei der Gruppe angekommen, schiebt Manni seine Kumpels wie einen Vorhang auseinander und steht jetzt in Augenhöhe vor Johnny, der überrascht guckt und keine Witze mehr erzählt. Stattdessen spürt er, dass es nach Ärger stinkt.

»Sag mal, was bist du eigentlich für ein Wichsprinz? Kommst hier rein und meinst dich lustig machen zu können, über mich. Wenn du mir etwas zu sagen hast, dass sage es mir ins Gesicht, du Feigling!«, raunzt er ihn an.

Johnny ist völlig überrascht und weiß im ersten Augenblick gar nicht, was er machen soll. Denn offensichtlich liegt hier ein Irrtum vor. Einer Schuld ist er sich jedenfalls nicht bewusst, was für ihn einen Ansatz zur Klärung eines offensichtlichen Missverständnisses darstellt.

»Pass auf, ich weiß nicht wer du bist und was du von mir willst. Also lass mich in Ruhe und geh dein Bier trinken«, rät er Manni, der zusehends wütender wirkt und Johnny vor den Augen seiner Kumpels und des Wirtes eine schallende Backpfeife verpasst. Danach ist erst einmal Ruhe im Schankraum, als Otto lautstark um Ruhe und Ordnung bittet. Doch das verhallt bei Manni unbeeindruckt.

»Alter, verpiss dich. Raus hier, sonst knallt es richtig!«, droht er Johnny ernsthaft.

Da Otto sehr wohl Mannis Bereitschaft zum Zuschlagen kennt, traut er sich nicht dazwischen zu gehen. Anders geht es Mannis Kumpels auch nicht. Eher pro forma, um das eigene Gewissen zu beruhigen, reden sie auf Manni ein, den das aber nicht interessiert. In diesem Augenblick kassiert Johnny die zweite Backpfeife, bewahrt aber Haltung.

»Na, du kleines Stück Scheiße. Verpiss dich jetzt endlich!«, befiehlt Manni.

Johnny ist angespannt, auf alles gefasst und bleibt dabei äußerlich gelassen. Obwohl ihm das bisher ungestrafte Nehmen der beiden Backpfeifen vor Publikum viel abverlangt, bewahrt er die Haltung.

»Pass auf, Junge. Ich fordere dich jetzt zum letzten Mal friedlich dazu auf dort hinten dein Bier zu trinken und biete dir an, dass wir diesen Zwischenfall vergessen. Aber wenn du mich noch einmal schlägst, werde ich mich wehren!«, entfährt es ihm in aller Ernsthaftigkeit.

Das ist der Moment, auf den Manni gewartet hat. Endlich hat er seinen Gegner gefunden und kann mit ihm diese Sache klären. Nun kann er diesem Arschloch zeigen, wer hier das Sagen hat. So nimmt seine Hand Anlauf zur dritten Backpfeife, die ihr Ziel ebenfalls mit schallender Wucht trifft. Unmittelbar danach holt ihn Johnnys schwerer Faustschlag, blitzschnell und hart auf die Brust geschlagen, von den Füßen. Manni bricht sofort zusammen, japst nach Luft und fasst sich mit beiden Händen verkrampft an den Brustkorb, bevor er nach wenigen Sekunden reglos auf dem Boden liegen bleibt. Ein sofort herbeigerufener Notarzt leistet erste Hilfe und versucht es mit einer Reanimation. Doch das überlebt Manni nicht. Er wird nicht mehr wach und verstirbt auf dem Weg ins Krankenhaus.

Tief betroffen nimmt Schwester Eva diese dramatischen Wendungen zur Kenntnis. Dabei schaut sie Maik ernst an, wobei sie ungläubig ihren Kopf schüttelt. Dachte sie vor kurzem noch, als die Eheleute Faber sich von ihrer Tochter und deren Familie trennten, dass es für Monika mit diesem Mann an ihrer Seite schlimmer kaum noch kommen kann, so wird sie jetzt eines Besseren belehrt. Übrig bleibt nun eine 24-jährige alleinerziehende Witwe namens Monika mit ihren zwei Söhnen Maik (8) und Pascal (2). Kam es nun wieder zu einer Annäherung zwischen Monika und deren Eltern? Jetzt, wo mit Manni die Wurzel allen Übels weg ist, Monika auf sich allein gestellt ist und Hilfe jeglicher Art gebrauchen kann, wäre doch der passende Zeitpunkt gekommen. Gespannt lauscht Eva Maiks weiteren Schilderungen. Ihn zu unterbrechen, kommt für sie jetzt nicht infrage.

Es ist im wahrsten Sinne des Wortes ein rabenschwarzer Tag für Monika. 14 Tage nach Mannis Tod, muss sie seiner Beerdigung beiwohnen. Eine Beerdigung, die sie sich eigentlich nicht leisten kann, weil die Familie seit etwas mehr als zwei Jahren von der Stütze lebt. Bei dem, was das Amt für die Beerdigung bezahlt hat, ist kaum Spielraum für etwas, das man eine Trauerfeier hätte nennen können. Daher richtet sie sich auf eine kurze Messe in der kleinen Kapelle ein, nach deren Verlauf Mannis Sarg zu Grabe getragen wird. Dann wird der Moment kommen, vor dem sie sich so sehr fürchtet: Abschied zu nehmen für immer, von ihrem Ehemann. Hierbei hat sie sich fest vorgenommen emotional nicht zusammenzubrechen, sondern stark zu bleiben und ihren beiden Kindern ein Vorbild zu sein. Trotz alledem bleibt ihr die Zeit, um in Gedanken zu verharren und Eindrücke auf sich wirken zu lassen.

Sicherlich war nicht alles richtig, was Manni in der Ehe sagte oder tat. Und sicherlich hatte er seine Probleme. Aber in diesem Moment, indem sie auf den Beginn der Messe bei leisem Orgelspiel im Hintergrund wartet, spielt das für sie keine Rolle mehr. Sie dankt eher für das Glück, dass sie einen wunderbaren Menschen kennenlernen durfte, von dem sie sagen kann, dass sie wusste, wie er wirklich war. Diese Gedanken verfolgt sie im Sitzen auf einem harten Stuhl. Auf ihrem Schoß sitzt der kleine Pascal, der natürlich noch nicht versteht, dass gleich sein Vater zu Grabe getragen wird. Rechts neben ihr sitzt Maik, dessen Hand sie hält und dem sie alles irgendwie erklären konnte, obwohl ihr in der Trauer um den eigenen Mann das Erklären so schwerfiel.

Dennoch konnte Maik wegen dieser Umstände rein äußerlich keine Trauer empfinden. Er scheint eher in den vergangenen zwei Wochen zur Ruhe gekommen zu sein. Woher das kommt, ist Monika bewusst. Zwar hatte Manni ihren Maik ihres Wissens nach nie geschlagen, ihn aber doch regelmäßig im Suff in Angst und Schrecken versetzt. Wenn er ihn grundlos anbrüllte oder ihm aber wütend und zugleich schreiend hinterherrannte, suchte er auf seiner Flucht Schutz bei seiner Mutter. Dann stand er, zitternd vor Angst und oft auch weinend, hinter ihr und musste sogar miterleben, wenn sie sich dafür von ihrem körperlich überlegenen Ehemann eine oder mehrere Ohrfeigen unter schweren Beleidigungen einfing.

Mit in der Kapelle stehen eigentlich keine Menschen von denen sie behaupten könnte, dass sie die näher kennen würde oder man miteinander befreundet wäre. Wenn das Ehepaar Leute kennenlernte, woraus sich eine Freundschaft hätte entwickeln können, entfernten sich diese ganz schnell wieder. Einige mochten das exzessive Trinken von Manni nicht, während andere sich daran störten, dass er keiner geregelten Tätigkeit nachging. Wieder andere hatten Schwierigkeiten damit, dass das junge Ehepaar über bereits zwei Kinder verfügt. Ehrlich muss sich Monika eingestehen, dass sich die meisten Ehepaare in ihrem Alter von 24 Jahren noch nicht für Kinder entscheiden. Aber das hat sie nie verurteilt. Sie selbst hätte auch erst später mit eigenen Kindern gerechnet. Jedoch bereut sie nichts. Sie hat wunderbare Kinder und ist dankbar dafür, dass sie die bekommen hat – unabhängig von ihrem Alter und den zum Teil widrigen Umständen. Das macht sie zu einer glücklichen und stolzen Mutter, die bisher oft vom Leben geprüft wurde und jede Prüfung irgendwie bestanden hat.

Obwohl sie mit ihren Kindern recht weit vorne sitzt, schaut sie sich häufiger um, ob sich nicht doch ihr bekannte Gesichter in der kleinen Kapelle befinden. Den Wirt Otto erkennt sie und wenige Stammgäste des Deutschen Ecks. Sie alle meiden den Augenkontakt zu Monika und senken beschämt ihre Häupter, als die Witwe sie anschaut. Freunde sind und waren das nie. Der Wirt, und da ist sie sich sicher, ist ein raffgieriger Hund, der für 20 Cent Leute über die Klinge springen lässt. Dieser Ruf eilt ihm voraus. Aber er und Manni verstanden sich eben immer gut, weshalb ihr verstorbener Mann sicherlich nichts dagegen gehabt hätte, wenn er der Trauerfeier beiwohnt. Letztlich war er auch der Einzige, der einige Tage nach Mannis Tod die Courage dazu aufbrachte und bei ihr anrief, um zu kondolieren. Das hat sie beeindruckt, da sie dies nicht von Otto erwartet hätte. Dennoch macht ihn das in ihren Augen nicht zu einem besseren Menschen.

Bei den anderen Typen, die neben Otto stehen, handelt es sich um Sauffreunde ihres Mannes, die sie nicht näher kennt und auch nicht näher kennenlernen möchte. Regelmäßig gerieten sie mit ihrem Mann in Streit, wenn die Alkoholpegel stimmten. Aber Manni setzte sich dabei stets erfolgreich durch. Wer in dieser Runde fehlt, ist der Täter, der sie zur Witwe machte. Er, den sie bisher nicht zu Gesicht bekam, scheint ihr ein ganz besonderer Feigling zu sein. Aber in gewisser Art und Weise ist sie froh, dass er nicht anwesend ist. Obwohl er es verdient hätte, den Folgen seines Wirkens beiwohnen zu müssen hofft sie, dass er nicht etwa noch erscheint. Aber sie weiß, dass er sich ihr irgendwann stellen muss und sie ihn spätestens dann zu Gesicht bekommt. Dafür werden Polizei und Gericht schon sorgen, ist sie sich sicher. Dann wird sie auch erfahren, was denn nun genau vor zwei Wochen im Deutschen Eck geschehen ist. Letztlich wird auch geklärt werden, ob Manni an einem Herzinfarkt starb oder den Folgen der Schlägerei erlag. Letzteres erscheint ihr wahrscheinlicher.

Zwar schilderte Otto ihr während des Kondolenzanrufes die Dinge aus seiner Sicht, aber dieser Darstellung kann sie keinen Glauben schenken. Er berichtete, dass der Totschläger kaum eine andere Wahl hatte, als sich zu wehren. Angeblich soll Manni den Streit grundlos vom Zaun gebrochen, Johnny gedemütigt und mehrfach geschlagen haben, bevor der selbst ein einziges Mal zuschlug. Auch erzählte der Wirt, dass Manni ihm dadurch auffiel, dass er sich vor der Auseinandersetzung verkrampft an die Brust gegriffen habe, aber angebotene Hilfe ablehnte. Monika weiß nicht, was sie glauben und wem sie vertrauen soll. Sie sieht sich aber in ihrer Meinung bestätigt, dass Alkohol und das damit verbundene Umfeld weder gute noch verlässliche Begleiter sind. Dabei hofft sie ganz stark, dass ihre Söhne nicht diesem Teufelszeug verfallen.

Es wundert Monika nicht, dass niemand von Mannis Familie anwesend ist. Zu seinem Vater, der schon früh einem Herzleiden erlag, hatte Manni nie einen guten Draht. Er, als mit großem Abstand jüngstes von vier Kindern, bekam von dem väterlichen Trunkenbold mehr Schläge als warme Mahlzeiten verabreicht. Alle anderen Geschwister kehrten der Familie schon frühzeitig vor Eintritt in das Erwachsenenalter den Rücken und zogen ihrer Wege, die sie möglichst weit weg von zu Hause führten. Kennengelernt hat sie keinen dieser Geschwister. Manni kümmerte sich auch nie um Kontakte zu denen und wusste noch nicht einmal, ob sie überhaupt noch leben. Einzig über den Verbleib von Mannis Mutter ist Monika in Kenntnis gesetzt worden. Sie befindet sich bettlägerig und schwer dement in einem Pflegeheim, in dem sie auf das eigene Ende wartet. Manni zog es nie zu ihr seitdem sie vergessen hat, dass sie eigene Kinder hat.

Vertieft in ihre Gedanken, versunken in Gefühlen und gegen die eigene Trauer kämpfend, reißt sie plötzlich ein gellender Schrei aus allem heraus und die bedächtige Stille entzwei. Es ist ihr Sohn Maik, der sich ebenfalls in der Kapelle umschaute und ein schwarz gekleidetes Ehepaar eintreten sieht, das er sehr wohl erkennt, obwohl er es über einen Zeitraum von zwei Jahren hinweg nicht gesehen hat.

»Oma! Opa!«, brüllt er aus seiner kindlichen Kehle befreiend heraus, wobei dem kleinen Jungen sofort die Tränen rührend in die Augen schießen. Viel zu lange hatte er seine Großeltern wegen dem versoffenen Manni nicht gesehen. Doch jetzt gibt es für den sonst so folgsamen Jungen kein Halten mehr. Von den Gefühlen seiner noch jungen Seele überrannt, reißt sich Maik von der Hand seiner Mutter los, springt auf und rennt so schnell es ihm möglich ist in Richtung seiner Großeltern. Alles um sich herum vergisst der Junge in diesen Momenten. Er hat nur ein Ziel vor Augen: schnellstens wieder bei Oma und Opa sein zu können.

Auch Lena kann es in diesen Augenblicken nicht abwarten, ihren Jungen wieder bei sich zu haben. Endlich – viel zu lange hat auch sie auf diesen Moment gewartet. Als der Junge fast bei ihr ist, geht sie in die Hocke, lässt ihre Handtasche zu Boden fallen und breitet ihre Arme weit aus, in die ihr Enkel rennt. Ganz fest umarmen sie sich und wollen einander nicht mehr loslassen. Von Glücksgefühlen überwältigt, kann auch Lena ihre Tränen der glücklichen Erleichterung nicht halten. Karl, der sichtlich älter geworden ist, geht ebenfalls in die Hocke, um Frau und Enkel herzlich zu umarmen. Das löst sogar auch bei ihm wenige Tränen des Glücks aus, die ihn aber nicht stören. Endlich kann auch er seinen Enkel wiedersehen, ihn in die Arme schließen und spürt dabei in seinem Herzen die wärmende Erfüllung eines lange gehegten Traumes. Das empfindet er als ein übermannendes Gefühl.

Völlig unvorbereitet auf die elterliche Anwesenheit, ist auch Monika. Sie hat ihren Eltern absichtlich nichts von Mannis Tod gesagt. Zu sehr hätte sie sich denen gegenüber nach zwei Jahren der Kontaktlosigkeit in den Staub geworfen gefühlt. Jetzt, wo der Alkohol und ein Schläger sie in so jungen Jahren zur Witwe machten und ihre kleine Familie damit den Vater verlor. Zu sehr hätte es ihr danach ausgesehen, dass sie bei ihren Eltern um Hilfe betteln würde, jetzt, wo der Mann tot ist. Das alles wollte sie zu diesem Zeitpunkt bewusst noch nicht. Sie stellte sich das stattdessen ganz anders vor. Und zwar wollte sie erst wieder einer geregelten Arbeit nachgehen und dann ihren Eltern als eigenständige und gefestigte Person gegenübertreten. Aber nun, da ihre Eltern anwesend sind, steht sie buchstäblich mit heruntergelassenen Hosen dar. Dennoch überrollt auch sie die Freude über dieses Wiedersehen, weshalb sie aufsteht und sich mit ihrem Kind auf dem Arm in Richtung der Eltern macht. Dabei ist ihr unklar, woher ihre Eltern von Mannis Tod und dem Zeitpunkt seiner Beisetzung wissen.

Etwa auf halbem Wege bemerkt Karl ihr Kommen, löst sich von Lena und Maik, und steht auf. Bewusst setzt er ein starkes charakterliches Zeichen, indem auch er sich auf den Weg zu seiner Tochter macht. Das wäre vor wenigen Jahren noch undenkbar gewesen. Monika aber bemerkt und überrascht es. Etwa auf halbem Wege treffen sie sich, wobei Karl sie samt dem Enkel Pascal einfach wortlos in die Arme schließt und fest an sich drückt. Nur Augenblicke später sind Lena und Maik bei Vater und Tochter angekommen. Auch Lena umarmt ihre lange vermisste Tochter, drückt sie feste und gibt ihr einige Küsse auf die Wange, während sie kaum zu definierende Worte der Erleichterung flüstert. Sodann widmet sie sich Pascal, den sie nicht wieder erkennt. So groß ist er mit seinen zwei Jahren geworden und weiß mit den ihm fremden Großeltern nichts anzufangen.

Karl gönnt seiner Armbanduhr eine kurze Aufmerksamkeit, um festzustellen, dass es noch zehn Minuten bis zum Beginn der Trauerfeier sind. Obwohl in der Kapelle nur wenige Menschen versammelt sind, schlägt Karl vor, dass sie vor der Türe ungestört einige Sätze miteinander sprechen könnten. Damit sind alle einverstanden und machen sich auf den Weg. Vor der Türe angekommen, fragt Monika zuerst etwas beschämt, woher ihre Eltern von diesem Anlass wissen.

»Die Spatzen pfeifen es von den Dächern, Monika. Ich möchte, dass Du weißt, dass es uns beiden sehr leidtut, was geschehen ist. Ungeachtet dessen, was sich mit Manni in unserem Haus zugetragen hat, haben wir keine einzige Minute das Hoffen unterbrochen, dass es mit unserem Schwiegersohn wieder bergauf geht, sich deine Wünsche erfüllen und ihr alle glücklich werdet«, erklärt Karl ehrlich, während seine Frau mit den Enkelkindern beschäftigt ist.

Einen Moment lang muss Monika schlucken. Hat da gerade ihr Vater zu ihr gesprochen? Sie schaut dabei in das zufriedene Gesicht eines glücklichen Vaters, der seine Tochter so lange schon vermisst, was sie fühlt. Aber sie traut ihren Ohren nicht. Kein Wort des Vorwurfes, kein Wort der Kritik, dass sie sich zwei Jahre lang nicht gemeldet hat und keine Vorhaltungen darüber, dass wieder einmal etwas ordentlich schief gelaufen ist in ihrem Leben. Aber vielleicht sollte das ja noch kommen. Doch bis jetzt spürt sie nur Mitgefühl und Wiedersehensfreude in der reinsten Form. Das sind sehr schöne Gefühle, auch, weil sie einfach im rechten Augenblick gesendet wahrgenommen werden und die Kraft dazu haben, die Trauer für einen Augenblick lang in den Hintergrund zu drängen.

»Leider ist es anders gekommen, als wir es uns alle wünschten oder vorstellen konnten, Papa. Die letzten beiden Jahre waren ziemlich hart und entbehrungsreich für die Kinder und für mich gewesen. Aber ich habe immer eine Lösung finden können und sehr viel gelernt.«

Das sind Worte, die den Vater stark beeindrucken. Sollte aus seiner Monika, allen Widrigkeiten und Hürden zum Trotze, in den letzten beiden Jahren eine gestandene Frau geworden sein? Das hätte er sich so sehr gewünscht.

»Wie geht es jetzt weiter mit dir und den Kindern? Hast du Arbeit und Einkommen?«, will Karl wissen.

»Leider habe ich momentan noch keine Arbeit. Wenn ich ehrlich bin, habe ich auch nicht viel Geld. Da Manni keinen Job mehr fand, leben wir seit dem Auszug bei euch vom Amt. Aber wir haben eine kleine gemütliche Wohnung und machen aus unserer Situation das Beste«, gibt sie ihrem Vater zu verstehen.

Karl überlegt nicht lange und kommt direkt zum Punkt.

»Du kannst es einfacher haben, Monika. Pack eure Sachen und zieht wieder zu uns. Essen und Trinken sind genug da. Wir sind noch nicht zu alt, um mit unseren Enkeln zu spielen«, sagt er tatsächlich mit warm lächelnder Mimik.

Monika überlegt nicht lange, bis sie antwortet.

»Vielen Dank für das Angebot, Papa. Aber ich werde es nicht annehmen. In den zwei Jahren, in denen wir uns nicht sahen, habe ich große Schritte gemacht. Aus mir ist eine verantwortungsvolle Frau und Mutter geworden, die ihren Kindern etwas bieten möchte, dass sie mit eigenen Händen geschaffen hat. Obwohl nie viel Geld da war, hat es uns an nichts gefehlt. Ich sehe es heute ein, dass ich mir diese Suppe selbst eingebrockt habe und ich möchte sie auch alleine auslöffeln. Das ist mein Anspruch an mich«, gibt sie unmissverständlich zu verstehen.

Während Karl sie überrascht anschaut, kann Lena kaum glauben, was sie da hört.

»Monika, sei doch vernünftig. Wir können noch so viel Gutes für euch tun und dir den Weg in ein eigenständiges Leben so viel einfacher gestalten. Sei nicht dumm und nimm diese Hilfe an. Wir meinen es doch nur gut mit euch«, bittet Lena mütterlich anmutend.

Aber Monikas Entschluss, mit aller Ernsthaftigkeit getroffen, steht fest. Jedoch ist es auch ihr Wunsch, dass sich die Familie häufiger sieht und den Kontakt hält. Die Enkel sollen noch etwas von ihren Großeltern haben und umgekehrt, findet sie. Aber auch ihr haben ihre Eltern gefehlt, was sie die Jahre über durchgehend beschäftigte.

Bevor dieses Thema weiter erörtert werden kann, naht der Geistliche, als er bei der Familie anhält und Monika sein Beileid ausspricht. Er erkundigt sich noch kurz, wen Lena und Karl darstellen, als er die kleine Trauergemeinde zur Trauerfeier in die Kapelle bittet.

Obwohl diese Feier eine nachvollziehbar traurige Angelegenheit für Monika darstellt, fällt ihr die Bewältigung derer durch die Anwesenheit der Eltern und die eingetretene gegenseitige Entspannung schon bedeutend leichter. Sie begreift, dass mit diesem Gottesdienst und der anschließenden

Versenkung des Sarges ihres verstorbenen Gatten, für sie ein eigenverantwortliches Leben ohne Manni beginnen wird. Ein Leben, in dem sie auf ihn keine Rücksicht mehr zu nehmen braucht. Ein Leben, in dem sie keine Ängste mehr vor ihrem betrunkenen Ehemann und seiner Gewaltbereitschaft zu haben braucht und ein Leben, in dem sie das Heft des Handelns für sich und ihre Kinder in die eigene Hand nehmen kann. Dafür steckt sie trotz so schwerer Jahre, die hinter ihr liegen, voller Tatendrang und von Hoffnung beseelter Kraft. Diese Gedanken und Gefühle helfen ihr dabei die Beerdigung als gewachsene Frau zu verlassen, die ihren Kindern ein Vorbild sein möchte, das nicht geweint hat. In einem weiteren Punkt ist sie sich auch sicher: Männer wird sie künftig auf Distanz halten. Das schwört sie sich. Davon, und von dem, was die anrichten können, hat sie erst einmal genug.

Anerkennend nickt Schwester Eva einige Male, nachdem Maik über diese Wendungen in Monikas Leben berichtete. Positiv überrascht ist sie davon, dass ihre Eltern auf sie zugehen konnten und das Tischtuch zwischen denen und Monika noch nicht zerrissen ist. Sie geht davon aus, dass auch die beiden Kinder Maik und Pascal davon profitieren. Aber schwer nachzuvollziehen ist für sie Monikas Entscheidung, keine angebotene Hilfe ihrer Eltern annehmen zu wollen. Stattdessen erscheint es ihr so, dass sie im Begriff ist, damit den nächsten schweren Fehler in ihrem Leben zu machen.

»Ich muss schon sagen, dass ich mich darüber freue, dass die Familie wieder zueinander fand und vernünftig miteinander reden kann. Das ist viel wert, Maik. Schwierigkeiten habe ich aber an dem Punkt, an dem deine Mutter die ihr angebotene Hilfe ablehnt. Was war der wirkliche Grund dafür?«, will sie in Erfahrung bringen.

»Es ist schon so, wie sie es den Großeltern sagte. Meine Mutter war eigentlich schon vor Mannis Tod ziemlich tief unten, hat aber immer das Beste daraus gemacht. Als Manni dann weg war, erkannte sie die Chance zum vielversprechenden Neuanfang. Viel gelernt hatte sie in den zwei Jahren ohne ihre Eltern, weil sie es musste. Und nun hat sie einfach der Ehrgeiz gepackt. Sie wollte Oma und Opa beweisen, dass aus ihrer Tochter eine verantwortungsvolle Frau und Mutter geworden ist, wozu sie ja eigentlich auch erzogen wurde. Dazu passt es nicht, wenn sie sich ins gemachte Nest legt und dort die eigenen Eltern machen lässt.«

Eva runzelt die Stirn, weil ihr dies doch ziemlich unausgegoren erscheint und, im Hinblick auf die beiden Kinder und deren Betreuung, als nicht bis zum Ende gedacht.

»Es redete doch niemand davon, dass sie sich ins gemachte Nest legen sollte. Aber die Eltern hätten wertvolle Hilfestellungen geben können, bei z.B. der Beaufsichtigung der Kinder, wenn sie selbst auf der zu erwartenden Arbeitsstätte ist.«

»Dazu braucht man doch die Eltern nicht«, stellt Maik fest. »Sie ist zum Jugendamt gegangen und hat dort um Hilfe gebeten. Das ging ganz fix und unkompliziert. Als meine Mutter dann ziemlich flott eine gut bezahlte Anstellung in einer Lebensmittelfabrik gefunden hatte, schickte das Amt eine junge Frau, die auf uns Kinder aufpasste«, schildert er.

»Gut, das ist eine Lösung. Aber ich finde, dass sie es sich leichter hätte machen können nach einer für sie so schweren Zeit«, gibt die Schwester zu verstehen.

»Schauen Sie mal, Schwester. Ich erzählte ihnen vorhin, dass Oma Lena der Ansicht war, meine Mutter hätte mehr von ihr mit auf den Weg bekommen als von ihrem Vater. Aber da täuschten sie und Opa Karl sich gewaltig. Stattdessen mussten sie erkennen, dass in meiner Mutter eher der eigene Vater zu finden war als Oma Lena. Was sich meine Mutter auch vornahm, es funktionierte irgendwie. Wenn sie einmal keinen Rat wusste, fiel es ihr ein wo sie fragen konnte, um Rat zu finden. Aber ihre Eltern fragte sie nie – weder um Rat noch um Hilfe und schon gar nicht nach Geld. Das hat Oma und Opa sehr beeindruckt und vor allem stolz gemacht. Denn sie wussten ab da, dass sie ihrer Tochter vollkommen vertrauen und sich auf sie verlassen können. Das empfanden beide als sehr beruhigend, wie sie es häufiger sagten. Mir selbst hat meine Mutter einmal erzählt, dass wenn einer hinfällt und wieder aufsteht, der mehr Stärke besitzt als jemand, der noch nie im Dreck gelegen hat oder aber einer, der darin liegen bleibt. Sie sehen es schon, Schwester, dass meine Mutter so langsam auch noch auf sich selbst stolz war.«

Nun hat es auch die Schwester begriffen – auch wenn es etwas gedauert hat. Doch ihr Wissensdurst ist damit noch nicht gestillt.

»Nachdem die Familie das Geschehene hinter sich lassen konnte würde es mich interessieren, ob sie sich auch weiter annäherte?«

»Über das, was passierte, wurde gar nicht mehr gesprochen und das ist auch gut so. Manni ist tot und somit Vergangenheit. Stattdessen entspannte sich alles und alle guckten nach vorne in die Zukunft. Wir Kinder gingen mit unserer Mutter zum Teil mehrmals in der Woche Oma und Opa besuchen, was uns Kindern sehr gut gefiel. Stress kam da nie auf. Aber meine Mutter schaffte es innerhalb von einem Jahr durch ihre Arbeit finanziell auf die eigenen Füße zu kommen und sogar ab da einen Führerschein zu machen.«

Das klingt wie Musik in den Ohren der betagten Schwester. Aus einer schier aussichtslosen Situation, in der Monika steckte, so viel zu machen, ringt ihr höchsten Respekt ab.

»Das sind fast unglaubliche Leistungen, die deine Mutter erbracht hat. Die Ergebnisse, zu denen ihre Anstrengungen führten, finde ich bewundernswert. Am meisten beeindruckt es mich aber, was sie aus sich gemacht hat und was aus ihr für eine starke Frau geworden ist. Nun sollte sie im Leben so schnell doch nicht mehr stolpern und hinfallen, oder?«, fragt die Schwester überzeugt nach.

Der Patient gönnt sich eine Pause des Nachdenkens, bevor er eine Antwort gibt.

»Das sollte man denken, aber leider ist es nicht so«, deutet er an.

Die Schwester ahnt schon nichts Gutes, als Maik mit dem Erzählen fortfährt.

»Ich bemerkte schon damals, dass es meiner Mutter seit langer Zeit nicht gut ging. Mittlerweile war sie 28 Jahre alt. Sie klagte manchmal darüber, dass sie von morgens bis abends immer Stärke zeigen und perfekt funktionieren müsste, was ihr zusehends viel abverlangte. Dabei nannte sie in erster Linie als Ursache ihre Schichtarbeit in der Lebensmittelfabrik. Die war körperlich sehr anstrengend, brachte sie immer wieder aus dem Rhythmus und fiel ihr dadurch zunehmend schwerer. Da sie verdammt gut in ihrem Job war, wurde ihr Arbeitspensum von Zeit zu Zeit erhöht, was auf der anderen Seite nicht für ihren Lohn galt. Aber diese Tätigkeit war schlichtweg alternativlos für sie, weil sie dort so viel Geld verdiente, wie nirgends anders. Die ehrlich verdiente Kohle hielt die Familie über Wasser und ließ auch noch Spielraum für etwas Luxus. Damit meinte sie unter anderem etwas teurere Sportschuhe für Pascal und für mich, womit sie uns immer eine große Freude bereiten konnte. Dass sie sich ein kleines Auto hätte kaufen können, um nicht mehr mit den öffentlichen Verkehrsmitteln zeitaufwändig zur knapp 30 Kilometer entfernten Arbeitsstätte pendeln zu müssen, dafür reichte die Patte aber noch nicht.«

Schwester Eva folgt dem ungebrochen interessiert und kritisch. So erscheinen ihr Maiks Ausführungen noch nicht als beendet. Denn außer dem Job und dem Geld gibt es weitere Bereiche, die ein Leben füllen. Daher fragt sie genauer nach, um für sich schlüssige Antworten zu erhalten.

»Gut, dass es für sie nicht leichter wurde, habe ich begriffen. Aber wie hat deine Mutter den Job, die Schichtarbeit, einen Haushalt und vor allem die Kindererziehung unter einen Hut gebracht?«

»Die Kindererziehung ist meiner Mutter immer wichtig gewesen und stand für sie ganz vorne in der ersten Reihe«, stellt Maik richtig.

»Aber ich spürte sehr deutlich, dass ihr dies viel abverlangt. Obwohl ich sie immer als einen Kontroll-Freak erlebte, der alles im Auge behalten und sofort in die richtige Richtung lenken wollte, wenn die Dinge nicht aus dem Ruder laufen sollen, wirkte sie zunehmend kraftloser. Zwar hatte sie mit Pascal und mit mir zwei pflegeleichte Kinder, aber das alles wollte trotzdem begleitet werden, was meiner Mutter Zeit und auch Energie kostete. Den Haushalt zu organisieren und den Alltag der Familie zu strukturieren, war ebenfalls ein Full-Time-Job, wenn alles reibungslos funktionieren sollte. Meine Mutter selbst kannte von ihren Eltern nur eine perfekt aufgeräumte und saubere Wohnung. Diesen Anspruch hatte sie selbstverständlich auch an sich, was sie weiter unter Druck setzte. Dahinter steckte die Angst vor dem Jugendamt. Sollte sich im Haushalt die Schlampigkeit einschleichen, würde das vom Jugendamt sofort bemerkt und kritisiert werden. Es kam an jedem Arbeitstag schließlich von diesem Amt jemand, der sich um Pascal und um mich kümmerte. Also achtete Mutter auf noch mehr Perfektion, bis in den kleinsten Winkel hinein. Das geschah mitunter auch, wenn wir Kinder bereits in unseren Betten verschwunden und eingeschlafen waren. Dann war die benötigte Ruhe für meine Mutter eingekehrt, um die Post zu bearbeiten, Überweisungen vorzubereiten oder aber defekte Dinge im Haushalt zu reparieren.«

Beim Nachvollziehen dieser Schilderungen, gerät Eva ins Stocken. Bei diesen eng getakteten Zeitabläufen erscheint es ihr wieder einmal unmöglich, dass Monika Zeit für sich abschöpfen könnte. Sogar für dringend benötigte Ruhezeiten blieb nach ihrem Eindruck kein Zeitfenster mehr übrig, in dem Monika sich hätte angemessen ausruhen können. Doch auch diesen Punkt lässt Maik nicht unbeachtet, wobei er durchblicken lässt, dass er in dieser Zeit nicht viel von seiner Mutter hatte.

»An Freizeit und Urlaub konnte meine Mutter seit Mannis Tod noch nicht einmal mehr denken. Tag für Tag sah sie sich wachsenden Herausforderungen gegenübergestellt, die sie zu meistern hatte. Dabei fragte niemand nach ihren Kräften, nach ihrer Verfassung und wie es ihr ging. Jeder erwartete nur von ihr, dass sie in allen Bereichen funktionierte. Es war dieser Druck aus so vielen unterschiedlichen Richtungen, der Veränderungen in ihr verursachte. Erst begann es mit gefühltem Unwohlsein, das sich dauerhaft setzte und bisher ungekannte Erschöpfungszustände in ihr hervorrief. Später folgten zeitlich vereinzelte Ängste vor dem Versagen und den möglichen Konsequenzen daraus, die sich dann in ihrer Anzahl häuften und mittlerweile zum ständigem Begleiter meiner Mutter geworden sind. Zwischenzeitlich begann sie auch einfach grundlos zu weinen. Dem wollte sie sich aber nicht beugen und sich stattdessen mit ganzer Kraft entgegenstellen, wobei es aber ein Problem gab: sie hatte keine Kräfte mehr und fühlte sich zunehmend ausgebrannt. Man sah es ihr sogar an. Sie war wesentlich schlanker geworden und wirkte im Gesicht eingefallen. Aus einer jungen Mutter war binnen kürzester Zeit eine alte Frau geworden. Kleider, die sie ein Jahr zuvor noch tragen konnte, waren ihr jetzt zu groß. Auch das drückte auf die Stimmung und verlangsamte zusehends ihren Antrieb, weshalb sie dauerhaft müde war, sehr schlecht schlafen konnte und deshalb für alles mehr Zeit benötigte. Das ließ sie ziemlich transusig werden.«

Diese Entwicklung, einhergehend mit einem körperlichen und dem seelischen Verfall, lässt Eva nicht kalt. Nach ihrem Verständnis dürfte es gerne positive Einflüsse geben, die diese

Verläufe stoppen konnten. Es müsste auch irgendwann der Punkt erreicht sein, an dem es nicht mehr tiefer geht. So ist ihre Vermutung, in der weiterhin die Hoffnung auf Besserung keimt.

Doch Maik fährt fort. Was er zu sagen hat, ist eine schwer verdauliche Kost – nicht nur für Schwester Eva.

»Dass es so nicht weitergehen konnte, und da hatte sie zuerst ihre Kinder und deren Wohlergehen im Fokus, wurde ihr bewusst, als sie in der Fabrik bei ihrem Vorgesetzten antanzen musste. Das setzte sie zusätzlich unter Druck und löste eines Tages auf dem Weg zum Büro des Schichtleiters weitere Ängste in ihr aus. Getrieben wirkte sie, als sie ihr unfreiwilliges Ziel erreicht hatte und an der Türe klopfte. Der rasch folgenden Aufforderung zum Eintritt kam sie sofort nach, betrat den Raum und schloss hinter sich die Türe. Nun war sie allein mit ihrem Vorgesetzten, den sie sehr respektierte. Er war ein adrett ausschauender und stets souverän wirkender Mann, der in der Fabrik einen sehr guten Ruf genießt. Aber man kannte sich eben nur oberflächlich von der Arbeit her. Das machte es sehr schwer für meine Mutter, ihn einzuschätzen.«

»Guten Tag, Frau Faber. Bitte setzen Sie sich.«

Monika kommt dieser Aufforderung nach und ist bemüht darum, nichts von ihrer Gefühlswelt preiszugeben. Stattdessen möchte sie eigentlich nur in Erfahrung bringen, was Herr Mahnstein von ihr will.

»Ich habe Sie zu mir gebeten, weil ich den Eindruck habe, dass es ihnen nach knapp vierjähriger Firmenzugehörigkeit nicht mehr bei uns gefallen könnte. Darüber möchte ich mich mit ihnen unterhalten«, lockt er sie mit einem Schuss ins Blaue.

Monika ist nach diesen Worten wie vor den Kopf gestoßen. Sie benötigt einen längeren Moment, bis sie komplett erfassen kann, was ihr unrechtmäßig vorgeworfen wird und wie sie angemessen darauf reagieren kann. So versucht sie es mit nüchterner Sachlichkeit.

»Wie kommen Sie darauf, Herr Mahnstein? Ich komme immer pünktlich, mache gerne Überstunden und meine Arbeit gefällt mir auch. Dass ich mich an dieser Arbeitsstätte unwohl fühlen könnte, kann ich definitiv nicht bestätigen.«

Der Schichtleiter bleibt nach diesen Worten ruhig und greift zu einigen Blättern im DIN-A-4-Format, die er vor ihr auf dem Schreibtisch ausbreitet. Dass es sich um Diagramme handelt, erkennt Monika sofort. Aber was diese Diagramme aussagen, bleibt für sie vorerst im Dunkeln.

»Dies sind Diagramme, die ihre gefertigten Stückzahlen ausweisen. Dabei geben die Daten immer den Durchschnitt eines Monats an. Wie Sie sehen, arbeiteten Sie bis vor 14 Monaten auf einem überdurchschnittlich hohen Niveau. Aber seit eben 14 Monaten sinken ihre Stückzahlen, obwohl an ihrer Professionalität niemand zweifelt. Mitarbeiter berichteten mir, dass Sie häufig sehr beschäftigt mit sich selbst wirken und sich zunehmend zurückziehen. Vor diesem Hintergrund betrachtet fällt mir ad hoc keine andere Erklärung dafür ein, als dass Sie keine Lust mehr haben für uns zu arbeiten.«

Über Monika bricht nach diesen Worten sprichwörtlich der Himmel ein. Sie erkennt, dass man ihr seelisches Unwohlsein auf der Arbeitsstätte bemerkt hat. Das ärgert sie gewaltig, weil sie das doch eigentlich zu verbergen versuchte. Nun sind das, und die unmissverständlichen Zahlen, die Ursache dafür, dass alles falsch interpretiert und von ihr eine Rechtfertigung erwartet wird. Doch es widerstrebt ihr über ihre persönliche Lage zu sprechen, weil das niemanden in der Firma zu interessieren hat und sie deswegen eigentlich alles lieber verbergen möchte. Aber auf der anderen Seite erkennt sie, dass sie es nicht länger verbergen kann. Daraus resultiert die gesicherte Erkenntnis, dass wenn sie jetzt nicht mit der Wahrheit herausrückt, das Arbeitsverhältnis auf äußerst wackeligen Füßen steht, es dann zusammenbrechen und in der Konsequenz die Existenz ihrer kleinen Familie empfindlich bedrohen kann. So beschließt sie die Karten auf den Tisch zu legen.

»Um es vorwegzunehmen, Herr Mahnstein, arbeite ich sehr gerne hier. Unpünktlich war ich nie und krank war ich auch noch nicht. Mir geht es im Moment nur nicht gut. Als alleinerziehende Witwe und Mutter von zwei Kindern, fühle ich mich derzeit an den Rand meiner Kräfte getrieben und bin daher ziemlich ausgelaugt. So sehr ich mich auch zusammenreiße und versuche alles in geregelten Bahnen zu halten, fühle ich mich seit längerer Zeit schlichtweg überfordert. Das bereitet mir Konzentrationsstörungen, Versagensängste und Schlafstörungen. Die Folgen davon haben Sie bemerkt. Muss ich jetzt mit meiner Entlassung rechnen?«, will sie verunsichert wissen.

Der Schichtleiter schaut ihr tief in die Augen, um zu erkennen, mit wem er sich unterhält. Er hält diese Frau, die vor ihm sitzt, für glaubwürdig. Sie vermittelt ihm das Gefühl, dass sie keine Spielchen mit ihm zu treiben versucht, wie er die von anderen Mitarbeitern in ausreichender Anzahl kennt. Dort beginnt die Schluderei mit verminderten Produktionszahlen und geht weiter über in eine steigende Anzahl von Krankenscheinen, bis das Arbeitsverhältnis irgendwann beendet wird. Aber das hier scheint ihm nicht so ein Fall zu sein. Hier gab es keine Krankenscheine und auch sonst nichts, was man dieser Frau, die in der Vergangenheit stets eine äußerst zuverlässige Mitarbeiterin darstellte, vorwerfen könnte. Vielmehr sieht er in ihr auch aufgrund der ihm ehrlich erscheinenden Aussage einen Menschen, auf den man in diesem Unternehmen nicht verzichten möchte, weil es dort nicht viele davon gibt, die mit nahezu jeder Arbeit betraut werden können und sei die auch noch so stupide. Da dieser Mensch aus privaten Gründen aber momentan seine volle Arbeitsleistung nicht abrufen kann, muss er die Kuh eben auf eine andere Art und Weise vom Eis holen. Dabei helfen ihm seine empathischen Sinne, die bei den Begriffen

»Witwe« und »alleinerziehend« seine inneren Alarmglocken schrillen lassen.

»Frau Faber, ich glaube und traue ihren Ausführungen. Ich glaube aber auch, dass es ihnen seit längerer Zeit nicht gut geht und bitte Sie darum, einen Arzt aufzusuchen. Dazu würde ich ihnen gerne einen Vorschlag unterbreiten. Sollte der Arzt feststellen, dass Sie für sich eine Auszeit benötigen, unterstützen wir Sie hierin. Das Arbeitsverhältnis bleibt bestehen. Zumindest in dieser Hinsicht brauchen Sie sich darüber schon einmal keine Sorgen zu machen, was ihnen entgegenkommen dürfte.«

Beschämt und erleichtert schaut sie ungläubig in das Gesicht ihres Vorgesetzten, der sich so verständnisvoll zeigt. Hat sie das alles wirklich richtig verstanden? Da sie gut zugehört hat, löst das Gehörte in ihr ein hohes Maß an Dankbarkeit aus. Vielleicht hat Herr Mahnstein recht damit, dass sie sich einmal einem Arzt anvertrauen sollte. Sie selbst muss sich nun eingestehen, dass sie allein sich nicht mehr helfen kann. Dazu fallen ihr keine Methoden mehr ein, die sie nicht schon ausprobiert hätte.

Am nächsten Tag geht sie zum Hausarzt, der sie erst einmal arbeitsunfähig schreibt und sie dann zu einem Psychologen in die Klinik St. Hubertus überweist. Der stellt fest, dass sie an einer depressiven Episode leidet. Wie lange es dauern kann, bis es ihr wieder gut geht, vermag der Spezialist nicht zu sagen. Jedoch verschreibt er ihr Tabletten, mit deren Hilfe sie sich einer gewissen Normalität im Alltag annähern und nachts auch besser schlafen kann. Das bewertet Monika als Zeichen des Aufschwungs, den sie dringend benötigt.

K 7 – LICHT UND SCHATTEN

Maik wirkt unruhig in seinem Bett, was die Schwester bemerkt. Also fragt sie höflich nach, ob etwas im Argen liegt. Denn letztlich ist er trotz seiner Redseligkeit ein schwer verletzter Patient, der umfangreich operiert wurde.

»Hast du Schmerzen, Maik? Kann ich dir irgendwie helfen oder etwas für dich tun?«

Der Patient schaut sie überrascht und vor allem wortlos an. Seine Sprachlosigkeit passt gar nicht zu diesem aufgeweckten Kerlchen, was die Schwester verunsichert. Aber Maik wirkt auf sie, als wolle er nicht damit herausrücken, was ihn bedrückt. Doch nur wenige Augenblicke später kann er sich mit leicht errötetem Kopf mitteilen.

»Ich muss mal«, fährt es vorsichtig und beschämt wirkend aus ihm heraus. Sein Bedürfnis unterstreicht er mit einem Fingerzeig auf seinen Genitalbereich. Das versteht die Schwester natürlich sofort.

Mit einem Griff hebt Eva die am Bett befestigte Urinflasche aus ihrer Halterung und legt sie zu Maiks unversehrtem linken Arm auf das Bett.

»Möchtest du, dass ich den Raum verlasse, während du dich entleerst?«, fragt sie verständnisvoll nach.

Maik ist auf diese Frage nicht vorbereitet, befürchtet aber, dass wenn die Schwester den Raum verlässt, sie nicht wiederkommt und er allein in diesem Raum sein kärgliches Dasein für den Rest des Tages fristen muss. Darauf hat er überhaupt keine Lust. Also wählt er den Kardinalsweg, der aber für ihn mit etwas Überwindung verbunden ist.

»Es würde mir reichen, wenn Sie sich vielleicht umdrehen könnten«, antwortet er ungewohnt vorsichtig.

Eva lächelt ihn verständnisvoll an, nickt dem jungen Mann kurz zu und erhebt sich von ihrem Stuhl, um zum Fenster zu gehen und dort hinauszuschauen. Sie bemerkt, dass der Regen kaum nachgelassen hat und es an diesem Tage deswegen überhaupt nicht richtig hell wird. Die dicken Tropfen trommeln gegen die Scheibe, als wollten sie ihrer Kraft einen gewissen Ausdruck verleihen.

Maik hingegen führt das Urinbehältnis unter seine Bettdecke und auch unter sein OP-Hemd hin zu seinem Penis, um den in die Flaschenöffnung zu stecken. Jetzt könnte er eigentlich einfach laufen lassen, aber das ist leichter gesagt als getan, wofür eine Blockade in seinem Kopf verantwortlich ist. Denn er ist es nicht gewohnt im Bett liegend zu urinieren. Das wurde ihm bereits im frühen Kindesalter aberzogen. Im Liegen den Blasensaft laufen lassen zu müssen, empfindet er daher als überhaupt nicht angenehm. Bei all dem Malheur fällt die Anwesenheit der Schwester für ihn kaum wesentlich ins Gewicht. Doch letztlich siegt der Druck, der den Urin in die Flasche presst. Während Maik anfangs kurz drücken muss, wachsen erste zarte Tröpfchen schnell zu einem stattlichen Strahl heran, der ihm zunehmend eine rasche innere Erleichterung verschafft, bis der Druck verschwunden ist und sich eine angenehme Entspannung eingestellt hat. Als nach wenigen Momenten auch schon alles vorbei ist, stellt der Patient die zum Teil gefüllte Urinflasche in die dafür vorgesehene Halterung.

»Ich bin fertig«, gibt er für die Schwester gut hörbar von sich.

Während sie sich umdreht und zu ihrem Stuhl geht, schaut sie in sein schelmisch grinsendes Gesicht. Das wirkt auf sie, als hätte Maik etwas Neckisches ausgefressen. Nun weiß sie aber, dass er mit der vorangegangenen Situation gut umgehen kann und die eher auf die leichte Schulter nimmt. Weniger leicht fällt Schwester Eva der Umgang mit Monikas Depressionen, die Betroffenheit in ihr auslösen. Sie ist lange genug in dem Beruf tätig, um zu wissen, dass Depressionen eine ernste Erkrankung sind. In verschiedenen Ausprägungen können die lebensbedrohlich sein. Hierbei ist ihr klar, dass Depression eine ernstzunehmende Krankheit ist, bei welcher der Patient allein entscheidet, ob und wann er daran stirbt. Das deutet auf die Suizidgefahr hin, die Depressionen mitunter mit sich bringen. Aus diesem Wissen heraus entwickelt sich bei Eva eine große Sorge um Monika.

»Darf ich dich fragen, wie stark ausgeprägt diese depressive Episode deiner Mutter war und wie sie damit umging?«

Maik findet auch hier klare Worte, die Rückschlüsse darauf zulassen, wie er dieses Thema für sich verarbeitet hat.

»Das dürfen Sie, Schwester. Meine Mutter war, nachdem sie die Diagnose erhalten und starke Medikamente bekommen hatte, ziemlich neben der Spur. Nachdem sie eine Therapeutin verschlissen hatte, die ihr eigentlich kaum helfen konnte, machte es ein neuer Therapeut besser, was man meiner Mutter ansah und auch anmerkte. Sie bekam im Alter von 30 Jahren deutlich schwächere Medikamente und befand sich auf dem guten Weg der langsamen Besserung. Aber dann geschah etwas, das diesen Zug so richtig an Fahrt aufnehmen ließ. Dies fing ganz klassisch mit etwas Zucker an.«

Es ist seit einigen Tagen unruhig in dem Mehrfamilienhaus, in dem Monika mit ihren beiden Kindern Maik (14) und Pascal (8) lebt. Schon seit einigen Wochen steht die Wohnung in ihrem Aufgang gegenüber leer. Doch es herrscht dort auf einmal hektische Betriebsamkeit. Es geben sich in dieser Wohnung mehrere Handwerksfirmen die Klinke buchstäblich in die Hand.

Vom Anstreicher über den Elektriker bis zum Fliesenleger und sogar einem Raumausstatter und dem Möbelpacker, ist alles dabei. Nur vom eigentlichen Mieter hat noch niemand etwas gesehen. Monika vermutet, dass er sehr reich sein muss, wenn er es sich leisten kann diese Firmen alle zu bezahlen. Genaueres sollte sie an einem nicht weit entfernten Sonntag in Erfahrung bringen, als es an ihrer Wohnungstüre, die sich im dritten Stock befindet, klopft. Sie eilt zur Türe und lässt sich von ihrem Türspion einen fremden Mann zeigen, der, auf den ersten Blick betrachtet, verdammt gut aussieht.

Als sie die Türe öffnet und mit gespielter Gelassenheit nachfragt, was der Mann von ihr will, scannt Monika ihn instinktiv von oben bis unten. Sie ist dabei bemüht, ihr Interesse an ihm zu verbergen. Was sollte er denn von ihr halten, wenn er ahnt, dass er ihr bereits auf Anhieb gefällt?

Seine dunklen Locken passen ganz hervorragend zu seinem ovalen Gesicht. Die Statur ist sportlich, während er etwas größer als Monika ist. Dieser Mann scheint auf sich zu achten, denn er ist sauber und ordentlich gekleidet, wobei er geputzte Schuhe trägt. Freundlich und entschlossen reicht er ihr die linke Hand mit den manikürten Fingernägeln zur Begrüßung, während die rechte Hand in der Seitentasche seiner Weste steckt.

»Guten Morgen. Ich heiße Dietmar Meier und bin der neue Nachbar von gegenüber. Nun wollte ich gerade frühstücken als ich bemerkte, dass mir der Zucker für den Kaffee fehlt. Könnten Sie mir vielleicht mit etwas Zucker aushelfen, junge Frau?«, wirkt er auf Monika auffallend freundlich und vor allem gut erzogen mit besten Manieren ausgestattet. Das alles gefällt ihr schon einmal sehr gut und beeindruckt sie stark. Es lässt sie beschämt lächeln.

»Guten Morgen, Herr Meier. Ich bin Monika Faber und heiße Sie herzlich willkommen hier im Haus. Kommen Sie doch kurz herein. Ich hole ihnen gerne den Zucker.«

Dieser Aufforderung kommt der Nachbar anscheinend gerne nach, da er sich ein zweites Mal nicht bitten lässt. Als er im Flur steht, wird er erst einmal von Pascal wahrgenommen, der den fremden Mann distanziert anspricht. Es entsteht daraus ein kurzer Dialog, der von Monika nicht unbemerkt bleibt. Entscheidend aber ist die Liebenswürdigkeit, mit der Herr Meier auf Pascal zugeht und den Jungen genau dort abholt, wo er steht. Somit ist anscheinend nicht nur sie von dem neuen Nachbarn begeistert. Anmerken lässt sie sich das aber nicht, als sie ihm ein Schälchen mit Zucker gibt.

»Ich danke ihnen, Frau Faber. Das Schälchen gebe ich ihnen später zurück und wünsche ihnen und ihrer Familie noch einen schönen Sonntag.«

Als er im Begriff ist die Wohnung zu verlassen bemerkt Monika den leisen Wunsch in sich, diesen Mann näher kennenlernen zu wollen. Er kommt ihr zunehmend besonders vor, weshalb ihr Vorsatz, sich von Männern zu distanzieren, etwas ins Hintertreffen gerät. Seit Mannis Tod war sie viel zu sehr mit sich beschäftigt, als dass sie sich hätte Männern widmen können. Allerdings war ihr Bedarf an Männern aufgrund gemachter Erfahrungen auch gründlich gedeckt. Aber dieser Mann wirkt komplett anders auf sie. Er ist so freundlich und zugänglich, kann mit Kindern umgehen, ist höflich, achtet auf sich und sieht auch noch verdammt gut aus. Ihr will dabei partout nicht einfallen, wann ihr ein solcher Mann in dieser Kombination schon einmal begegnet ist. Das alles lässt ihr jetzt schon großes Interesse katapultartig in die Höhe schnellen, als sie nachlegt. Von diesem Mann will und muss sie einfach mehr wissen. Damit ist sie bereits in eine Falle getappt, die ihr von der Neugierde gestellt wurde. Aber Monika fühlt sich in diesem Moment wohl. Dieses Gefühl überwiegt einfach in ihr und tut ihr in diesem Moment so gut.

»Vielleicht haben Sie Lust dazu hier eine Tasse Kaffee zu trinken? Er ist gerade fertig«, bietet sie das Heißgetränk zugewandt an, was er anscheinend gerne annimmt. Während sie mit ihm spricht, betrachtet auch er sie ganz genau. Ihre schlanke Figur gefällt ihm. Auch an allen anderen körperlichen Merkmalen, findet er auf Anhieb Gefallen.

»Sehr gerne. Vielen Dank für das Angebot, das ihnen hoffentlich keine großen Umstände bereitet. Ich muss ihnen gestehen, dass ich meine Kaffeemaschine erst noch in meiner Wohnung suchen müsste. Noch weiß ich in der neuen Bleibe nicht, wo alles seinen Platz hat.«

Er und Pascal folgen Monika durch ihre blitzsaubere Wohnung in die Küche. Dort nimmt er am Küchentisch Platz und lässt sich von Monika eine Tasse Kaffee eingießen, als er auch Maik bemerkt, den die Neugierde in die Küche verschlagen hat. Denn auch er will wissen, mit wem seine Mutter Kaffee trinkt.

»Da ist ja noch ein Junge. Guten Morgen, mein Freund. Ich bin dein neuer Nachbar, der Dietmar. Und wer bist du?«, begrüßt er ihn und hält auch ihm die linke Hand zur Begrüßung hin.

Maik ist von dieser Freundlichkeit sofort beeindruckt, aber empfindet etwas als störend.

»Hallo, ich bin Maik. Gibt man sich nicht die rechte Hand zur Begrüßung?«, will er vorsichtig und leicht verunsichert wissen, bevor auch er seine linke Hand reicht.

In Monika löst diese Frage Unbehagen aus. Sie möchte Maik deswegen sagen, dass sie seine Bemerkung als etwas aufdringlich empfindet. Doch bevor sie das kann, steigt schon Dietmar in den Dialog ein.

»Recht hast du, mein Freund. Aber bei mir ist das etwas anders. Meine rechte Hand ist von Geburt an verkümmert, weshalb sie meistens in meiner Westentasche steckt. Ich habe gar nicht die Kraft, sie dir zu reichen«, erklärt er leicht verständlich auf den Punkt gebracht, bevor er mit der linken Hand die rechte aus der Tasche zieht und sie dem jungen Maik zeigt. Der schaut sie sich interessiert an und stellt fest, dass sie bedeutend kleiner ist und schwächer wirkt als das linke Pendant. Das sieht natürlich auch Pascal, der schweigend, aber mit weit geöffneten Augen auf diese Hand starrt. So etwas hat er noch nie gesehen.

»Maik, das geht jetzt aber zu weit«, maßregelt Monika ihren Sohn, weil sie diese Situation als zunehmend peinlich empfindet.

»Nein, nein, das ist schon in Ordnung, Frau Faber. Ich muss seit meiner Geburt damit leben und bin daher solche Fragen gewohnt«, erklärt er sich und steckt mit Hilfe der linken Hand die rechte wieder in die Westentasche.

»Das denke ich mir«, gibt sie von sich und schiebt noch ein Angebot hinterher.

»Wenn Sie einmal Hilfe brauchen, dann klingeln Sie ruhig bei uns an.«

»Das ist sehr freundlich von ihnen«, stellt er fest und nippt an seinem Kaffee.

Damit sind nun auch indirekt einige von Monikas Fragen beantwortet worden. Denn sie vermutete ja irrtümlich Reichtum bei Dietmar, da er seine Wohnung von Firmen her- und einrichten ließ. Jetzt sieht sie aber, dass er selbst das gar nicht leisten könnte mit dieser verkümmerten Hand und somit auf Hilfe beim Einzug angewiesen ist.

»Aus dieser Situation heraus entwickelte sich ein langes Gespräch, in dessen Verlauf beide voneinander viel preisgaben und auch viel Interesse am jeweils anderen zeigten. Um meine Mutter war es da schon geschehen. Aber um Dietmar auch«, erklärt Maik der Schwester.

Die nimmt diese Entwicklung mit Verzückung auf. Wohl wissend, dass dies der Anfang einer endlich mal ehrlichen Liebesbeziehung im Leben der Monika sein könnte, die sich anbahnt und die sie in den Augen der Schwester auch endlich einmal verdient hätte.

»Respekt davor, dass deine Mutter über ihren Schatten springen und sich noch einmal auf einen Mann einlassen konnte, nachdem sie zuvor ausschließlich nur denkbar schlechteste Erfahrungen gemacht hatte. Ist Dietmar denn jetzt der richtige Mann für deine Mutter? Ist er es, wonach sie so lange suchte?«, will sie interessiert wissen.

Maik bleibt ganz cool.

»Sagen wir es mal so: Dietmar hat seinen Job als mit Abstand Bester im Vergleich zu den beiden Vorgängern gemacht. Er trinkt keinen Alkohol, ist nicht aggressiv, arbeitete angeblich für ein Reisebüro, weshalb er oft unterwegs war, war für Pascal und für mich immer da und half meiner Mutter dabei ihre Depressionen loszuwerden. Niemals habe ich sie glücklicher und zufriedener erlebt, als in den kommenden drei Jahren an der Seite von Dietmar. Drei Monate nach deren Kennenlernen zogen wir alle in eine große Wohnung, in der Pascal und ich ein eigenes Zimmer hatten. Weitere drei Monate später ging meine Mutter wieder in der Lebensmittelfabrik arbeiten, bevor die beiden ein Jahr später heirateten und wir Brüder dann endlich einen richtigen Vater hatten, der immer für uns da war. Dadurch, dass beide einen Job hatten, ging es uns als Familie zum ersten Mal richtig gut. Auf einmal war sogar so viel Kohle am Start, dass wir alle zum ersten Mal in den Urlaub fahren konnten. Ich erinnere mich noch ganz genau daran, wie wir in den Sommerferien für drei Wochen zur Küste der Ostsee-Insel Fehmarn in Schleswig-Holstein fuhren und uns dort in einer All-Inclusive-Pension einmieteten. Besonders denke ich dabei an einen Urlaubstag im August, den wir als Familie am Strand verbrachten.«

»Schwimm nicht so weit raus, Pascal«, ruft Monika ihrem Sohn zu. Der hat den mütterlichen Ruf gehört und hebt zur Bestätigung den Daumen.«

»Er wird schon auf sich aufpassen, Monika. Du darfst nicht vergessen, dass er ein sehr guter Schwimmer ist«, beruhigt Dietmar seine Frau.

Das überzeugt Monika, deren Sorgen damit zerstreut werden. Sie zupft die Decke gerade, die auf dem Sandstrand ausgebreitet liegt. Darauf steht ein großer Picknickkorb, der mit leckeren Speisen und Getränken befüllt ist – eben das, was man am Strand braucht, um es sich dort richtig gemütlich zu machen. Ein großer Sonnenschirm, der wohltuenden Schatten spendet, indem er die heißen Strahlen der Sonne wirkungsvoll abhält, ist dabei ein verlässlicher Partner. Dennoch glänzen Maik und seine Eltern, da sie ihre Häute ordentlich mit Sonnencreme eingeschmiert haben.

Maik durchwühlt seinen Rucksack ungeduldig nach Batterien, die er für seinen Discman benötigt. Der Mini-CD-Player verfügt ebenfalls über ein eingebautes Radio mit kleinem Lautsprecher, mit dem man bei der Fußballberichterstattung ganz vorne in der ersten Reihe sitzt. Dass Klangqualität mit diesem Apparat zur Nebensache wird, stört Maik nicht. Hier ist das Motto Programm: Besser schlecht gehört, als gar nichts mitbekommen! Und da Fußball nun einmal Maiks Leidenschaft ist, möchte er diesen Spieltag auf gar keinen Fall verpassen. Dabei hofft er natürlich, dass die Bayern gegen Dortmund verlieren.

»Bist du sicher, dass du die Batterien in den Rucksack getan hast, Mama?«, will er verzweifelt anmutend wissen.

»So ganz sicher bin ich mir da nicht, Maik. Es kann sein, dass ich die noch in meiner Handtasche habe. Schau doch dort mal nach«, rät sie ihrem Sohn.

Tatsächlich wird Maik in der Handtasche seiner Mutter fündig. Er drückt die Batterien aus ihrer Verpackung und legt sie umgehend in das Batteriefach des Discmans. Als er das Radio am Gerät einschaltet, dudelt das sofort los. Aber er befindet sich noch nicht auf der richtigen Frequenz. Vorsichtig orientiert er sich bei der Suche nach ihr, indem er an dem Rad des

Sendersuchlaufes dreht. Dabei rauscht er buchstäblich durch verschiedene Sender, bis er die Stelle gefunden hat, an der über Fußball berichtet wird. Jetzt kann der für ihn perfekte Urlaubstag, spannungsgeladen im Hinblick auf den Spielverlauf und das Endergebnis seines schwarz-gelben Lieblingsvereins, weitergehen.

Weit entfernt von der Perfektion ist Monika. Sie stellt fest, dass sie eine der Kühlboxen, die Getränkeflaschen enthalten, im Auto vergessen hat. Das ärgert sie etwas.

»Ich glaube, dass ich so langsam alt werde und verblöde. Da habe ich doch tatsächlich die Box mit den Getränken im Auto stehen lassen – ausgerechnet die wichtigste Box bei diesem Wetter. Ich hole sie eben«, ärgert sie sich über ihre eigene Schusseligkeit.

Da Maik mit seinem Diskman beschäftigt ist, korrigierend an dem Rad des Sendersuchlaufes dreht, um den bestmöglichen Empfang zu erhalten, genießt Dietmar einfach nur diesen familiären Moment am Strand. Dass Monika diese blöde Box im Auto vergessen hat, nahm er zur Kenntnis. Aber ärgern kann er sich über solche Kleinigkeiten nicht. Für ihn stehen Ruhe, Harmonie, eine atemberaubend tolle Frau mit zwei wundervollen Kindern, die ihm sehr ans Herz gewachsen und für ihn wie seine eigenen sind, im Vordergrund. Durch die Gläser seiner Sonnenbrille kann er die riesige Fehmarnsundbrücke sehen. Ein beeindruckendes Bauwerk deutscher Ingenieurskunst. Obwohl diese Brücke die einzige Verbindung zum Festland ist, ist sie nicht immer für den Verkehr freigegeben. Bei Sturm, der in dieser Gegend gar nicht so selten ist, oder anderen gefährdenden Witterungseinflüssen, ist diese Brücke gesperrt. Dietmar mag sich lieber nicht vorstellen, wie es ist, auf der Insel für unbestimmte Zeit gefangen zu sein. Obwohl dieser Gedanke vielleicht einen Hauch von Romantik in sich bergen könnte.

So lässt er sich von dem Gedankenspiel einfangen, das ihm vorgaukelt, wie es wohl wäre, wenn die All-Inclusive-Pension, in der sich die Familie eingemietet hat, bis zur Dachrinne eingeschneit wäre? Draußen müsste es bitterkalt sein. Das Haus könnte bis zum Dachboden im Schnee stecken, was bei einer ausreichenden Menge an Feuerholz für den offenen Kamin und üppiger Vorräte nahezu ein Idealzustand wäre. In diesem Rahmen genug Zeit für seine Frau zu haben, berufliche Sorgen fallen lassen zu können und mit den Jungs Schach zu spielen, hält er für das größte Glück im Leben, das ihn ereilen könnte.

Aber heute ist von schlechtem Wetter keine Spur. Das Thermometer steht bei fast 30 Grad, es ist windstill und die Ostsee ist spiegelglatt. Da bereitet es ihm eine besondere Freude seinem Ziehsohn Pascal beim Tollen in der Ostsee zuzuschauen. Er scheint als Kind des Ruhrgebiets das Bad im Meer zu genießen. So lebensfroh hat er ihn selten gesehen, was weiteren inneren Frieden in ihm auslöst. Doch Dietmar behält Pascal in diesem Augenblick genauer im Auge, als ihn ein merkwürdiges Gefühl beschleicht.

Während Pascal vorhin noch rhythmische Kraul- und Brustschwimmbewegungen machte, ist er jetzt davon weit entfernt. Der Junge fuchtelt stattdessen wild mit den Armen und taucht danach immer wieder kurz ab. Zwischendurch ruft er immer wieder etwas Unverständliches. Das lässt bei Dietmar aus dem merkwürdigen Gefühl heraus eine Angst erwachsen. Er steht auf und nimmt die Sonnenbrille ab, wobei er Pascal beim Namen ruft. Der Junge antwortet unverständliche Wortfetzen, die Dietmar in Alarmbereitschaft versetzen. Jetzt wird ihm klar, dass da etwas nicht stimmt. Sein Pascal ist gerade im Begriff zu ertrinken! Also wirft er seine Sonnenbrille in den Sand und sprintet laut rufend zum Wasser.

Ohne sich darüber Gedanken zu machen, dass er aufgrund seiner Behinderung ein miserabler Schwimmer ist und in Badeseen eher nur plantschte als zu schwimmen, rennt er, von nackter Angst um das Wohlergehen von Pascal getrieben, in die Ostsee. Bis zu Pascal sind es geschätzte 100 Meter. Da dieses Meer aufgrund der vielen Sandbänke ausgesprochen seicht ist, kann Dietmar ungefähr 50 Meter hineinrennen, bevor er keinen Boden mehr unter den Füßen spürt und mit seinem gesunden Arm schwimmt, als gäbe es kein Morgen mehr. Wie ein Wahnsinniger nimmt er dabei den Kampf gegen das Wasser auf und ist wie besessen von dem Gedanken, diesen Kampf unbedingt gewinnen zu müssen. Risiken lässt er dabei komplett außer Acht. Dietmar schlägt auf das Wasser und verdrängt es so, er strampelt wie wild mit den Beinen, um in dieser Kombination so schnell wie möglich die Distanz zu Pascal überwinden zu können. Es sind jetzt noch wenige Meter, die ihn von dem Jungen trennen, der so viel von ihm hält, als der Junge untergeht. Das erkennt Dietmar und legt mit letzter Kraft noch einen Zahn zu. Das alles zahlt sich aus. Er ist schnell genug, um Pascal im entscheidenden Moment am Arm zu greifen und ihn nach oben zu ziehen. Das Strampeln mit seinen eigenen Beinen hält ihn dabei an der Wasseroberfläche.

Gottlob ist Pascal nicht ohnmächtig, sondern steht unter Schock. Er klammert sich zitternd in seiner Todesangst um Dietmars Hals, der große Schwierigkeiten hat beide Körper über Wasser zu halten und hustet Wasser aus dem Leib, was das Zeug hält. Unter diesen Bedingungen gelingt es dem Retter sich und Pascal so weit in Richtung des Strandes zu bringen, bis er den rettenden weichen Meeressand unter den Füßen spürt. Geschafft! Jetzt erst sind beide außer Gefahr und können sich zum Strand schleppen. Maik hat zwischenzeitlich die Kopfhörer seines Discmans eingestöpselt und von alldem nichts mitbekommen, als Dietmar den hustenden Pascal zur Decke schleppt und den Jungen auf selbige wirft. Pascal, so stellt er erleichtert fest, lebt. Er hustet, aber er lebt! Dietmar selbst lässt sich, von seinen Kräften völlig verlassen, danebenfallen und versucht einige Momente Luft und Kraft zu finden. Nach einer Weile trifft Monika mit der Kühlbox inklusive der kühlen Getränke ein. Sie wundert sich in ihrer

Ahnungslosigkeit ein wenig darüber, dass Dietmar im Wasser war. Der sagte doch vorher zu ihr, dass er aufgrund seiner Behinderung nicht im Meer schwimmen geht. Eigentlich fuhr er nur mit ans Meer, weil er von der Familie überstimmt wurde. Denn die wollte nicht in die Berge.

Anerkennend nickt Schwester Eva ihrem Patienten zu. Was Maik da erzählte, ringt ihr höchsten Respekt ab. Ohne weiter nachzudenken, sich verantwortlich zu fühlen und dann mit Handicap eine derartige Rettungsaktion an den Tag zu legen, ist in ihren Augen aller Ehren wert.

»Ich bin wirklich stark beeindruckt von dem, was du mir erzählst, Maik. Dass Dietmar so gehandelt hat, ist für mich eine ganz große Tat, die deinem Bruder anscheinend das Leben rettete.«

»So muss man es wohl sagen, Schwester. Meine Mutter war beim Auto und ich habe auch nichts mitbekommen, weil ich mit meinem blöden Discman beschäftigt war. Ohne Dietmar wäre Schlimmes passiert. Das weiß auch Pascal, der heute noch an Dietmar hängt und dem hinterher trauert.«

Schwester Eva runzelt andächtig die Stirn, was ihr ein kritisches Äußeres verleiht.

»Dass da noch ein unschönes Ende kommen wird, befürchte ich fast. Es ist mir nämlich nicht entgangen, dass du in der Vergangenheitsform über Dietmar gesprochen hast. Also wird diese Sache sicherlich einen Haken haben und er wohl nicht mehr an eurer Seite sein, vermute ich einmal. Aber was kann denn noch Schlimmes geschehen sein? Dietmar war Monika ein guter Ehemann, euch Kindern ein guter und verlässlicher Vater, der offensichtlich sein Leben für euch gegeben hätte und ihr wart eine Familie, die anscheinend auch über ein gesichertes Einkommen verfügte. Daher kann ich mir kaum etwas vorstellen, das über die Kraft verfügt hat so etwas wunderbar Gewachsenes auseinander zu reißen.«

»So unmöglich ist das gar nicht«, deutet Maik selbstsicher klingend an.

Es war zunächst einmal für Monika ein gewöhnlicher Donnerstag, an dem sie zur Mittagsschicht eingeteilt wurde. Da ihre Söhne in der Schule sind und ihr Mann sich auf Dienstreise befindet, hat die mittlerweile 33-jährige Frau einen freien Morgen ganz für sich allein. Mit einem Jogginganzug bekleidet, widmet sie sich der Hausarbeit. Jetzt, wo sie ungestört ist, ist einfach die notwendige Ruhe da, um wirklich in jeder Ecke Hand anzulegen, dass alles auch gründlich und sauber wird. Denn schließlich sollen sich ihre drei Männer wohl fühlen, wenn die nach Hause kommen. Das gilt besonders für den heutigen Tag, an dem ihr Ehemann verfrüht eintreffen wird. Der morgige Freitag wird im wahrsten Sinne des Wortes ein freier Tag für ihn sein. Selbstverständlich freut sie sich in mehrfacher Hinsicht auf ein verlängertes Wochenende an seiner Seite. Denn sie hat ihn seit 14 Tagen nicht gesehen und nur selten telefonisch mit ihm gesprochen.

Gerade, als sie mit dem Saugen fertig ist und den Staubsauger an seinen Platz stellen möchte, klingelt es überraschend an der Haustüre. Mit Besuch hat Monika nicht gerechnet und im Versandhandel bestellt wurde auch nichts, fällt es ihr ein. Sie geht verwundert zur Sprechanlage, drückt den Knopf und fragt ein vorsichtiges »Hallo?« hinein. Es antwortet ihr eine Frauenstimme, die sie nicht kennt.

»Guten Morgen, Frau Meier. Ich würde gerne mit ihnen über Dietmar sprechen, wenn das möglich ist. Dürfte ich dazu eintreten?«, fragt sie freundlich nach.

Überraschende Ungewissheit und auch Neugierde lassen ihre häusliche Reinigungstätigkeit in den Hintergrund rutschen. Sollte ihrem Dietmar womöglich etwas auf der Dienstreise zugestoßen sein? Kann sie ihm helfen oder vielleicht etwas für ihn tun? Man hört in den Nachrichten immer wieder, was in anderen Ländern los ist und was passiert, wenn ein Irrer durchdreht. Da Dietmar in Reisetätigkeit für ein Reisebüro in aller Welt arbeitet, wird es ihr bei diesem Gedanken mulmig, da sie plötzlich Schlimmes befürchtet. Diese Gedanken provozieren sofort einen großen Hunger nach weiteren Infos, den diese Frau, die unten an der Türe steht und um Einlass bittet, vielleicht zu sättigen vermag. So drückt Monika in gespannter Erwartungshaltung auf den Türöffner. Daraufhin vergeht eine der beunruhigten Ehefrau nahezu endlos erscheinende Minute, bis sich die Aufzugtüre öffnet und eine außergewöhnlich attraktiv erscheinende Mittdreißigerin den Fahrstuhl verlässt. Sie schaut sich kurz um, als sie die winkende Monika vor ihrer geöffneten Wohnungstüre erblickt.

Mit Vertrauen erweckender Miene geht sie auf Monika zu und stellt sich vor, wobei Dietmars Ehefrau sie mustert, um weitere Eindrücke zu gewinnen und diese Frau vielleicht besser einordnen zu können. Dabei erkennt Monika eine sehr gepflegte Frau mit langen leuchtend blonden Haaren, die sie zum Pferdeschwanz streng nach hinten gebunden hat. Ob diese Haare gefärbt sind, kann Monika nicht beurteilen. Dezentes Make-up betont die feminine Ausstrahlung dieser Frau, obwohl diese Dame eine solche Betonung ihrer Konturen nach Monikas Auffassung gar nicht nötig hat. In edel anmutende Kleidung gehüllt, bewegt sie sich mit ihren hochhackigen Schuhen auf Monika zu. Die vermutet bei diesem Auftritt, dass es sich hierbei um eine Reisebüro-Mitarbeiterin oder um eine Flugbegleiterin handeln muss. Nur die sehen nach ihrer Meinung so gut aus und kleiden sich auch so nobel.

»Guten Morgen noch einmal, Frau Meier. Mein Name ist Silke Remmler und ich würde gerne mit ihnen über ihren Mann Dietmar Meier sprechen. Dietmar ist doch ihr Mann, oder täusche ich mich da?«, will sie mit vorsichtiger Zurückhaltung wissen.

Monika ist weiterhin völlig überrascht von dem Erscheinen der ihr fremden Frau und deren nebulös erscheinendem Anliegen. Ihr Mann erzählte ihr nie etwas von einer Silke Remmler. Da ist sie sich sehr sicher. Was konnte diese Frau also von ihr wollen, fragt sich Monika zunehmend angespannter.

»Das ist richtig, Frau Remmler. Dietmar ist mein Mann. Aber er ist leider nicht zu Hause. Hat er Probleme oder ist ihm etwas zugestoßen?«, will die Ehefrau unruhig wirkend wissen.

Frau Remmler zieht die linke Augenbraue hoch, was ernst auf Monika wirkt und deren Ungewissheit wachsen lässt. So vermutet Monika, dass sie mit ihrem Schuss ins Blaue ziemlich richtig gelegen hat. Das lässt ihre innerliche Unruhe weiter anwachsen. Aber warum rückt Frau Remmler mit der Sprache nicht raus, fragt sie sich.

»Können wir die Details vielleicht drinnen besprechen?«, will sie wissen.

Überrumpelt von der Situation, den gesammelten Eindrücken, der Unruhe und auch der Sorge um ihren Ehemann, zögert Monika nicht lange.

»Selbstverständlich können wir das. Bitte treten Sie ein. Ist Dietmar etwas zugestoßen?«, will sie erneut in Erfahrung bringen.

»Noch nicht viel«, kontert die Dame selbstsicher wirkend und tritt in die Wohnung ein.

Mit Befremden nimmt Monika diese Antwort zur Kenntnis und fragt Frau Remmler, ob diese nicht ihre Jacke ablegen möchte.

»Das wird nicht nötig sein, weil ich gleich wieder weg bin«, antwortet sie sachlich.

Es ist eine von Monika empfundene Eiseskälte, die in dieser Antwort liegt und die Misstrauen in Monika aufkommen lässt. Was will diese Frau von ihr, warum sucht sie das Gespräch mit ihr, warum möchte sie ihre Jacke nicht ablegen und warum will sie schnell wieder gehen, fährt es ihr durch den Kopf.

Frau Remmler folgt Monika durch die Wohnung, in der viele Familienfotos hängen. Besonders viele Bilder stehen im Wohnzimmer, die den schönsten Tag von Monika und Dietmar dokumentieren: deren Hochzeitstag. Die schaut sich Fr. Remmler ganz genau an, bevor sie zu wenigen Worten findet, die aber jede Menge Zündstoff in sich bergen.

»Jaaaa, das ist er. Das ist mein Dietmar, wie er leibt und lebt«, stellt sie in den Raum.

Monika ist nun völlig von der Rolle und glaubt ihren Ohren nicht zu trauen. Vielleicht hat sie sich schlichtweg verhört und fragt einfach mal nach.

»Wie bitte? Wessen Dietmar erkennen Sie auf diesen Bildern, Frau Remmler?«

»Das ist eine berechtigte Frage, Frau Meier. Denn dort ist ihr Ehemann abgebildet, der zugleich seit zwölf Jahren mein Lebenspartner und der Vater unseres gemeinsamen Kindes ist. Unsere Tanja ist ja so ein liebes Kind«, schiebt sie locker hinterher.

Diese Sätze empfindet die frisch gehörnte Ehefrau wie einen Schlag mit einem großen Hammer vor die Stirn. Folglich versteht Monika die Welt nicht mehr. Was versucht diese Frau ihr zu erzählen? Sie hat Dietmar als Junggesellen kennengelernt. Dass er Kinder hätte, hatte er ihr gegenüber auf Anfrage kurz nach dem Kennenlernen verneint. Nun ist sie außerordentlich verunsichert und hat Schwierigkeiten, das Gehörte gedanklich einzuordnen. Kann es wirklich sein, was nicht sein darf? Oder spielt vielleicht Frau Remmler ihr ganz eigenes Spiel und will sich mit einer erfundenen Geschichte nur ihren Dietmar unter den Nagel reißen, beginnt sie zu zweifeln. Dazu wäre eine irre Story wie diese nahezu perfekt geeignet. Mit deren Hilfe wird das Vertrauen zwischen den Eheleuten stark erschüttert, bevor es in endlosen Streitereien erst im Chaos versinkt und dann zugrunde geht. Da ihr während dieser Gedankengänge die Sprache wegbleibt, kann sie ihr Gegenüber erst einmal nur ratlos anschauen. Frau Remmler bemerkt das natürlich und kommt zum Punkt.

»Dietmar Meier arbeitet nicht für ein Reisebüro, sondern ist seit vielen Jahren Finanzbeamter bei der Finanzverwaltung in Düsseldorf. Das ist die Grundlage für sein Lügenkonstrukt und das damit verbundene Doppelleben, das er führt. So kann er sich hinter imaginären Dienstreisen verstecken, um die Zeiträume von einer Woche und noch länger unauffällig abwechselnd zwischen uns beiden zu verbringen.«

Das lässt bei Monika die Kinnlade herunterfallen, worauf sie fassungslos ihre Hände vor den Mund hält und ungläubig schaut. Nach wenigen Momenten findet sie, gedanklich weiter zweifelnd, zu ihrer Sprache zurück.

»Das ist ja ungeheuerlich, was Sie da erzählen! Können Sie mir das beweisen, Frau Remmler?«, fragt sie ungläubig und zugleich misstrauisch nach, um zu beobachten, wie diese Person reagiert. Denn immer noch ist sie in der Hoffnung gefangen, dass hier ein Irrtum vorliegen muss oder Frau Remmler etwas Linkes abzieht.

Die Besucherin greift ganz entschlossen wirkend in ein Seitenfach ihrer Handtasche und zieht von dort eine Visitenkarte der Finanzverwaltung in Düsseldorf hervor, auf der sowohl das Konterfei als auch der Name von Dietmar mit seinen beruflichen Kontaktdaten gedruckt sind. Die hält sie Monika entgegen. Mit zittrigen Händen greift Dietmars Ehefrau nach dieser Karte, erhebt sich und geht zum Telefon, um dort mit Blick auf die Kontaktdaten den beruflichen Anschluss ihres Mannes zu wählen. Dazu nimmt sie den Hörer von der Gabel und tippt die richtige Zahlenkombination auf dem Tastenfeld, als ein Freizeichen erscheint. Bereits beim zweiten Tuten hebt am anderen Ende der Leitung jemand ab, als sich daraufhin eine Männerstimme meldet.

»Finanzverwaltung Düsseldorf. Guten Tag. Sie sprechen mit Dietmar Meier. Was kann ich für Sie tun?«

Diese Stimme kann Monika eindeutig ihrem Ehemann zuordnen, als ihre heile Welt endgültig aus den Fugen gerät. Fassungslos legt sie den Hörer nahezu zeitlupenartig wieder auf die Gabel und starrt dabei Löcher in die Luft. In diesem Augenblick spürt sie eine große Leere in sich und vergisst dabei die Anwesenheit von Frau Remmler. Die scheint in gewisser Art und Weise damit gerechnet zu haben. Daher reagiert sie sehr empathisch und erscheint Monika damit absolut glaubwürdig.

»Es tut mir aufrichtig leid, Frau Meier, womit ich Sie konfrontieren muss. Mir wäre es nicht möglich gewesen ihnen das vorzuenthalten, da ich weiß, wie wir Frauen fühlen. Mir ist es tatsächlich erst seit gestern Morgen bekannt, dass Dietmar ein Doppelleben führt. Am Abend zuvor muss wohl beim Ausziehen diese Visitenkarte aus seiner Hose gefallen sein. Wir erlebten gemeinsam eine wunderschöne Nacht, auch wenn es unsere letzte war, was ich zu diesem Zeitpunkt noch nicht einmal ahnte. Als ich dann morgens diese Visitenkarte auf dem Teppich fand, brach auch für mich eine Welt zusammen. Da Dietmar auf der Arbeit war, durchsuchte ich seinen Schreibtisch sehr gründlich nach Gründen für seine Lüge mit dem Arbeitsplatz. Das machte ich sonst nie. Warum auch? Er gab mir nie einen Anlass Misstrauen zu hegen. Beim Durchsuchen stieß ich auf einen Brief von ihnen, den er dort nicht gut genug versteckte. Ihre Kontaktdaten entdeckte ich auf dem Briefumschlag, der in meiner Tasche verschwand. Bei der erweiterten Suche fand ich Überweisungsträger, die auch regelmäßige Zahlungen an den Vermieter dieser Wohnung ausweisen. Damit war für mich alles klar und damit konfrontierte ich Dietmar ohne erkennen zu lassen, dass mir ihr Name und ihre Kontaktdaten bekannt sind. Denn ich wollte einer Klärung der Dinge zwischen ihnen und ihrem Ehemann nicht vorgreifen. Doch trotz des von mir aufgebauten Drucks, brach sein Lügengebäude nur teilweise zusammen. Er gestand mir zwar, dass er ein Doppelleben führt, weigerte sich aber beharrlich ihren

Namen und ihre Adresse zu nennen. Damit hatte er endgültig verspielt, woraufhin ich ihn achtkantig aus der Wohnung warf. Es erübrigt sich zu erwähnen, dass er meine Wohnung nicht mehr betreten und auch seine Tochter so schnell nicht mehr sehen wird.«

Monika treffen diese Schilderungen wie eine Salve von Schüssen aus einem Maschinengewehr. Jeder Schuss ist ein Treffer mitten ins Herz, um es schmerzlich zu zerfetzen. Weiterhin kann sie Frau Remmler nur regungslos anstarren.

»Wie ich sehe, sind Sie jetzt mit sich selbst beschäftigt. Ich werde dann jetzt gehen und es ihnen überlassen, wie Sie diese Angelegenheit mit Dietmar regeln. Den Ausgang finde ich allein. Auf Wiedersehen, Frau Meier, und viel Kraft wünsche ich ihnen für die Zukunft«, entfährt es ihr ehrlich anmutend. Damit sind bei Monika letzte Zweifel an der Echtheit der Aussagen der Besucherin aus dem Wege geräumt.

Frau Remmlers Weggehen bekommt Monika gar nicht mehr mit, da sie emotional in diesem Moment ins Bodenlose fällt. Aus einigen wenigen Tränen werden Flüsse, die wieder einmal durch eine große Enttäuschung getrieben, ihre Wangen herabrinnen. Hinzu kommen jetzt auch Selbstvorwürfe, die Monika durchfahren. Wäre sie doch nur standhaft und von Männern ferngeblieben. Dann müsste sie so eine schmerzliche Erfahrung mit all ihren Folgen jetzt nicht schon wieder machen. Was würde jetzt aus ihr und den Kindern werden? Wie sollte sie das ihren Söhnen erklären, die so große Stücke auf Dietmar halten? So entstehen Fragen über Fragen, auf die sich zu diesem Zeitpunkt keine leichten Antworten finden lassen.

Wie würde es jetzt mit ihr weitergehen? Was würde mit dieser großen Wohnung geschehen? Allein kann sie die nicht unterhalten, was ihr bewusst ist. Wo sollte sie mit ihren Kindern hin? Dass diese Ehe gescheitert ist, daran hat Monika nicht den Hauch eines Zweifels. Denn auf das, was geschehen ist, lässt sich auch beim besten Willen kein Vertrauen mehr aufbauen.

Zu oft hat sie gehört, dass dauernd fremdgehende Männer nicht heilbar sind. Krankhaft soll es denen im Blute liegen, immer neue Herausforderungen zu suchen und zu finden. Dabei den Kick des Risikos zu finden, erwischt zu werden und somit aufzufliegen, empfinden sie wie einen Rausch. Genau das scheint ihr bei ihrem Dietmar auch das Problem zu sein. Aber was sie einen Ekel vor ihrem Ehemann entwickeln lässt, ist seine rücksichtslose Kälte, die er an den Tag legt. Zwölf Jahre auf der Basis einer Lüge der mehr oder weniger geliebten Frau etwas vorzugaukeln, mit ihr ein Kind zu zeugen, diesem Kind den perfekten Vater zu mimen, sind schon Abgründe des menschlichen Daseins. Da ist Monika sich sicher.

Sie geht gedanklich von sich weg und rückt ihre Söhne in den Mittelpunkt, die sich unter dem familiären Einfluss Dietmars so gut entwickelt haben. Leider mussten beide zuvor sehr unschöne Erfahrungen mit dem Familienleben machen, wenn man die Ehe mit Manni und ihre anschließende depressive Episode denn überhaupt als Familienleben bezeichnen kann. Das sind Narben in kindlichen Seelen, die vielleicht überdeckt werden können. Aber sie bleiben leider ein Leben lang! Die Fragen, die sich daraus ergeben, lauten, wie ihre Kinder diesen und daraus resultierende Tiefschläge wegstecken werden und was die Zukunft für ihre Kinder nach solchen Erlebnissen bringt? Das weiß niemand, wird ihr klar, und löst Angst in ihr aus.

Bei Maik ist sie sich sicher, dass er mit seinen 17 Jahren augenscheinlich den geringeren Schaden davontragen wird. Doch sie wird ihm in aller Ehrlichkeit die Wahrheit sagen müssen. Wie er das verkraftet und was das mit ihm macht, kann sie nicht einschätzen. Aber alles, was dann in der Konsequenz geschieht, bekommt er mit seiner geistigen Reife ungefiltert mit.

Ganz anders beurteilt sie die Situation von Pascal. Dietmar ist sein Ein und Alles. Der Junge vergöttert seinen Ziehvater, vertraut ihm blind und ist so sensibel, was ihn empfindlich und außerordentlich verletzlich macht. Wie sollte er mit seinen elf

Jahren einen solchen Tritt in die ungeschützte kindliche Seele verdauen? Was sollte sie ihm erzählen? Wie sollte sie es ihrem jüngsten Sohn schonend beibringen, was passiert ist und welche Folgen das hat? Monika weiß es nicht und fürchtet sich daher vor diesem anstehenden Gespräch mit Pascal.

Als die ersten Zukunftsängste und grauenvollen Gedankenspiele ihre Fänge etwas lockern geht sie zum Telefon, um sich auf der Arbeit krankzumelden. Sie weiß, dass ihr Kopf, auf den sie sich während ihrer beruflichen Tätigkeit verlassen muss, heute nicht funktionieren wird. Dafür quälen Gedanken und Ängste sie zu sehr. Außerdem, so fällt es ihr ein, kommt Dietmar am frühen Abend nach Hause. Da bei ihr plötzlich aufgekommener Klärungsbedarf besteht, bei dem die Kinder nicht anwesend sein sollten, ruft sie sogleich als nächstes ihre Eltern an. Dort fragt sie nach einer Übernachtungsmöglichkeit für ihre Söhne. Selbstverständlich stimmen die sofort zu, ohne einen Verdacht zu äußern. Gerne erklären sie sich auch dazu bereit, ihre Enkel nach der Schule abzuholen. Das spielt Monika in die Karten.

Es bleibt ihr nun die Zeit, sich im Wohnzimmer umzuschauen und dabei die Bilder der vergangenen drei Jahre zu fokussieren. Die gaukeln Monika eine heile Welt vor, die es aber nie gegeben hat. Stattdessen säte sie Hingabe und Hoffnung auf das Ehrliche im Menschen, worauf sie nichts anderes als Lug und Betrug erntete. Alles hatte sie als Frau diesem Mann aus purer Aufrichtigkeit, Vertrauen und nicht zuletzt aus ehrlicher Liebe heraus gegeben. Das alles schenkte sie diesem Mann, um nun zum dritten Mal in Folge tief enttäuscht zu werden und letztlich mit leeren Händen dazustehen. Wie groß der Schaden werden wird, wagt sie nicht einzuschätzen. Wieder einmal herrscht Chaos, wieder einmal heißt es eine tiefe Lebenskrise zu durchschreiten und wieder einmal heißt es alles langwierig unter hohem finanziellem Aufwand in Ordnung zu bringen, um dann irgendwann wieder bei Null anfangen zu müssen.

Wie sehr Monika dies mittlerweile alles hasst und es sie anwidert, weil sie es schon zweimal durchleben musste. Es kotzt sie schlichtweg an, wobei sie sich zu fragen beginnt, was sie im eigentlichen Sinne schon wieder falsch gemacht hat? Bei Alexander war es jugendlich geprägte Naivität. Nun gut, das kann passieren, versucht sie sich zu beruhigen. Bei Manni war es der ehrliche Wunsch nach einer Familie, der sich als Griff ins Klo entpuppte. Und was war es bei Dietmar? Was hat sie bei diesem Mann falsch gemacht, das sie sich hätte vorwerfen müssen? Eine schlüssige Antwort darauf, fällt ihr aber beim besten Willen nicht ein.

Stets eine gute Frau ist sie ihm gewesen. Sie hat ihn nach bestem Wissen und Gewissen unterstützt, ihm jeden Wunsch von den Augen abgelesen und das soll jetzt der Dank dafür sein, dass sie einfach nur ehrlich zu Dietmar war und ihm vertraute? Diese Frage lässt Verbitterung in ihr aufkommen, die sich, gepaart mit großer Enttäuschung, so langsam in Wut umwandelt. Dieses Gefühl ergreift den Tag über ihr Seelenleben, wobei es sich potenziert, bis abends ihr Ehemann die Wohnung mit einem Koffer in der Hand betritt.

Sogleich geht Dietmar durch in die gut ausgeleuchtete Küche, wo er eine leckere Mahlzeit inklusive einer nach ihm schmachtenden Ehefrau vermutet. Aber der Lügner wird an diesem Abend in seinen Erwartungen enttäuscht werden. Denn in der Küche erwartet ihn weder eine leckere Mahlzeit noch eine nach ihm schmachtende Frau, sondern eine stocksaure Gattin, die vor Wut kocht und ihm mutig-entschlossen mitten ins Gesicht schaut.

Dietmar nimmt die im Raum schwingenden Emotionen seiner Frau durchaus realistisch wahr und glaubt erahnen zu können, woher die kommen. So befürchtet er, dass seine aktuelle Ex, Silke Remmler, durchaus hier aufgetaucht sein und Monika reinen Wein eingeschenkt haben könnte. Doch diese Befürchtung stellt er fälschlicherweise gedanklich erst einmal in eine tote Ecke, da sie ihm zu unrealistisch erscheint, weil sie seines Wissens nach weder Monikas Namen noch deren Adresse kennt. Außerdem würde es Silke seiner Überzeugung nach nicht wagen, hier aufzutauchen und ihn zu verraten. Denn letztlich ist er es, der Silkes Auskommen und das der gemeinsamen Tochter sichert. Ohne den Gutverdiener und seine monetären Zuwendungen, stünden Mutter und Tochter nach seinem Verständnis so ziemlich mittellos dar. Dann müsste Silke endlich einmal selbst für ihren Lebensunterhalt arbeiten gehen. Aber die Begriffe »Arbeit« und »Silke« sind nach Dietmars Erfahrungen nun einmal syntaktisch nicht in einen logischen Zusammenhang zu bringen. Dafür liebt Silke viel zu sehr ein luxuriöses Leben, das keine Zeit für die Arbeit lässt. Die Gegenleistungen dafür erbringt sie vollendet im Bett, im Haushalt und am Herd. Aber das ist ein anderes Thema, das hier und jetzt nicht hingehört. Also spielt Dietmar seine Rolle des von der Dienstreise kommenden Ehemannes in perfekter Art und Weise bei Monika weiter. Er stellt seinen Koffer auf dem Boden ab, nähert sich seiner Frau, will diese umarmen und zur Begrüßung küssen. Doch er schätzt heute die Situation völlig falsch ein und verhält sich dementsprechend ungünstig.

»Fass mich nicht an, Dietmar«, faucht Monika ihn mit verbittertem und versteinert erscheinendem Gesichtsausdruck scharf an.

Der Ehemann weicht gekünzelt zurück und mimt den Unschuldigen.

»Was ist passiert, mein Schatz?«, erfragt er scheinheilig.

»Das mit dem »Schatz« kannst du dir künftig in den Arsch schieben, Freundchen! Kennst du eine Silke Remmler? Was für eine dumme Frage, nicht wahr? Seit über zwölf Jahren weißt du es sogar, wie die schmeckt, du Schwein!«

In diesem Moment ist sich Dietmar sicher, aus welcher Richtung der eisige Wind weht. Silke und Monika müssen miteinander gesprochen haben. Das ist nicht mehr zu ändern. Nun bleibt für ihn nur noch die Frage übrig, wie er damit umgehen und wie er darauf reagieren soll. Als er am Vortag in der identischen Situation mit Silke steckte, versuchte er es mit Reue und mit Halbwahrheiten. Geendet ist das mit seinem Rauswurf und einer folgenden Übernachtung in einem Hotel. Das möchte er heute nicht noch einmal erleben. Also will er es jetzt anders versuchen, um zu retten, was zu retten ist und vor allem um unkalkulierbaren finanziellen Folgen einer gescheiterten Ehe schon jetzt im Keim zu begegnen. Dazu schaut er Monika ernsthaft an, um sein bestes schauspielerisches Talent in den Ring zu werfen, damit ihm Unannehmlichkeiten weitgehend erspart bleiben.

»Monika, ich weiß, dass ich einen Fehler begangen habe. Das kann passieren, darf aber nicht passieren. Mir ist bereits seit längerer Zeit bewusst, dass ich mich falsch verhalte. Aber ich habe nicht gewusst, wie ich es dir sagen soll. Meinst du, dass du mir verzeihen und mir eine zweite Chance geben kannst?«, fragt er sie geheuchelt.

Das bringt das Fass für Monika zum Überlaufen. Tief holt sie Luft, um Dietmar aus voller Kehle heraus anzubrüllen und ihrer Enttäuschung Luft zu machen.

»Das wagst du mich zu fragen? Du bist doch schon scheinheilig mit dem Plan, dir eine Liebeshöhle einrichten zu wollen, zu mir in das Haus gezogen. Als du mich dann zum ersten Mal nach dem Einzug begrüßt hast, war das doch schon gelogen. Du warst nie auf der Suche nach einer Familie gewesen. Du warst nur auf der Suche nach Spaß im Bett und den Annehmlichkeiten einer Familie gewesen. Das alles hast du dir erschlichen, ohne auch nur im Geringsten an deine dich liebenden Mitmenschen und Konsequenzen für die zu denken. Es ging dir nur um deinen Spaß. Alles andere war und ist dir scheißegal!«

Dabei schlägt sie, um ihren Standpunkt zu untermauern, wütend mit ihren Fäusten auf die Arbeitsplatte.

Diesen Worten, Monikas Tonfall und deren Schlagen auf die Arbeitsplatte hat Dietmar nichts entgegenzusetzen. In seiner Ehre schwer gekränkt und vor den Trümmern seiner Ehe stehend, rutscht ihm als letzte Notbremse die Hand aus und klatscht schmerzhaft auf Monikas Wange. Diese Backpfeife hat gesessen. Aber die lässt Monika zuerst einmal unbeeindruckt, weil Backpfeifen sie nicht mehr erschüttern können. Davon hat sie unter Manni genug kassiert. Anstatt eingeschüchtert zu wirken, stacheln Monika weitere Backpfeifen daher erst richtig an und lassen sie an Fahrt aufnehmen.

»Du feiger und hinterlistiger Mistbock wagst es mich zu schlagen, nachdem du mich von vorne bis hinten beschissen hast und ich dich damit konfrontiere? Das wird garantiert kein zweites Mal passieren. Denn wir Frauen sind nicht nur dazu da, um von euch Männern Schläge zu kassieren. Merk dir das, Freundchen!«, zischt sie ihren Ehemann an.

Sogleich greift sie in ihrer Wut, ihrer Enttäuschung und durch den nächsten Schlag ein weiteres Mal erniedrigt zu dem Messerblock, der auf der Arbeitsplatte steht. Daraus zieht sie ein ziemlich langes Damaszener-Fleischmesser hervor, dessen Spitze jetzt in Dietmars Richtung zielt. Der begreift sofort, dass er verloren hat und glaubt zu erkennen, dass jetzt noch nicht einmal Weglaufen eine Option ist. Also setzt er sich mit einer heftigeren Backpfeife zur Wehr, um Monika letztlich doch noch gefügig zu machen. Doch auch diese Erniedrigung steckt seine Frau nahezu unbeeindruckt und mittlerweile wutentbrannt weg. Sie kneift stattdessen ihre Augen zu Schlitzen zusammen und flüstert Dietmar hasserfüllt zu:

»Falsche Entscheidung!«

Unmittelbar danach rammt sie ihm das Messer in die rechte Schulter, wo es stecken bleibt. Ihr Ehemann wird schlagartig kreidebleich, nachdem er den Stich erleben musste und jetzt einen starken Schmerz spürt. Unmittelbar darauf setzt starker Blutverlust ein. Vor ihm steht weiterhin mit entschlossener

Mine seine wütende Frau, die keinerlei Mitleid empfinden kann. Stattdessen geht ihr Griff erneut zum Messerblock, wobei sie das nächste Messer mit bedrohlich längerer Klinge zieht und auf Dietmar richtet.

»Na Freundchen, willst du noch einmal zuschlagen?«, sagt sie ruhig und zu allem entschlossen wirkend.

Dietmar hat begriffen, dass er verloren hat. Er hat seiner Frau nichts entgegenzusetzen und ist ihr hoffnungslos unterlegen. Ihn beschleicht das Gefühl, dass Weglaufen nun doch eine Option ist, bevor Monika ein weiteres Mal zustich und dieses Mal sein Herz treffen könnte. So geht er wenige Schritte rückwärts, bevor er im Eiltempo die Wohnung in Richtung des Treppenhauses verlässt, um Hilfe zu holen.

Monika hingegen realisiert, dass die Gefahr vorüber ist. Weitere Schläge und Erniedrigungen drohen ihr jetzt nicht mehr von Dietmar. Das verschafft ihr Entspannung, die ihr das Messer aus der Hand gleiten lässt. Hell scheppernd knallt es auf den gefliesten Küchenboden. Gewonnen hat Monika diese Auseinandersetzung, aber verloren hat sie alles andere. In ihrer ratlosen Hoffnungslosigkeit lässt sie sich in die Hocke fallen und hält dabei ihre Hände vor das Gesicht. Wieder einmal erscheint ihr eine Situation in ihrem Leben aussichtslos zu sein. In ihre Hände ergießt sich derweil ein Strom von Tränen, die ihre Hoffnungslosigkeit und auch ihre Verzweiflung zum Ausdruck bringen. Über viele Minuten hinweg kann sie nur weinen und bemerkt nicht, wie die Polizei sie in ihrer Wohnung auffindet, alle Messer in Reichweite entfernt und einen Krankentransport ordert, der sie in ein Krankenhaus überführt.

K 8 – EINZELSCHICKSALE

Gleich in mehrfacher Hinsicht ist Schwester Eva von den Schilderungen ihres Patienten entsetzt. Eine Hoffnung, die im Hinblick auf Monikas Wohlergehen keimte, wurde wieder einmal zerschlagen. Sie kann buchstäblich mitfühlen, wie es der noch jungen Mutter jetzt wohl ergehen mag und mit welchen Konsequenzen die sich nun auseinandersetzen muss. Eine noch junge Frau, die ihr fast schon wie eine gute Bekannte vorkommt, obwohl sich beide nie begegneten oder miteinander sprachen.

So wächst in der Schwester die Sorge um Monikas depressiven Verlauf. Dabei hat sie nicht vergessen, dass Maik eingangs erwähnte, seine Eltern würden noch leben, aber er selbst könnte eben nicht bei denen leben. Demnach vertilgen diese Gedanken ihre Sorge, dass Monika sich in ihrer psychischen Erkrankung etwas angetan und ihre Söhne sich selbst überlassen haben könnte. Das erleichtert sie im ersten Moment, wogegen sie sich zu fragen beginnt, wie das Leben der Beteiligten jetzt wohl aussehen mag?

Dabei rückt zuerst einmal Dietmar in ihren gedanklichen Vordergrund. Von dessen rücksichtslosem und vom reinen Egoismus geprägten Verhalten, ist sie schlichtweg angewidert. Er, der um Monikas Lebensgeschichte mit all ihren Folgen genauestens wusste, nutzte sie in ihrer Lage und bereits mit einer psychischen Erkrankung behaftet, eiskalt aus. Es fällt ihr schwer sich vorzustellen, dass Dietmar nicht hätte ahnen können, was er mit seinem hinterlistigen Treiben alles aufs Spiel setzt. Das gilt sowohl für Monika als auch für deren beider Söhne.

»Darf ich fragen, ob Dietmar seine Verletzung überlebt hat?«, fragt sie betroffen nach.

»Der ist zäh wie Leder. Das alles ist jetzt ein gutes halbes Jahr her. Soweit es mir bekannt ist, geht er schon wieder arbeiten«, entfährt es ihm kühl.

Eva hat keinen Zweifel daran, was Maik mit dieser Kühle zum Ausdruck bringen möchte. Sie ist sich sicher, dass der enttäuschte Maik Dietmars Verhalten realistisch für sich reflektiert und daraus seine Schlüsse gezogen hat. Dass der heuchlerische Stiefvater dabei nicht gut wegkommt, versteht sich für die Schwester von selbst.

»Ich gebe zu, dass mich Dietmars Verletzung beruhigt. Allerdings, und da bin ich ehrlich, denke ich dabei in erster Linie an deine Mutter. Hätte er es nicht überlebt, müsste sie sich Anschuldigungen stellen, die in die Richtung des Totschlags gehen. Das hätte natürlich auch Auswirkungen auf euch als ihre Kinder.«

Ungläubig blickt Maik der Schwester ins Gesicht. Dabei fragt er sich zum ersten Mal, ob sie naiv sein oder vielleicht nicht richtig zugehört haben könnte. Denn nach diesem Tag der Messerstecherei waren bereits unangenehme Auswirkungen im Leben der Monika und ihrer beiden Söhne zu spüren. Dazu bedurfte es nicht Dietmars Tod.

Buchstäblich ins Bodenlose gefallen hockt Monika weinend, schluchzend und wirr erscheinendes Zeug vor sich hin in ihre Hände stammelnd. Die hält sie vor das Gesicht, um dieses ganze Elend um sie herum nicht mehr mitansehen zu müssen. So verharrt sie tief in sich gekehrt, vom Seelenschmerz getrieben und in die momentane Isolation zurückgezogen. In diesem Zustand ist sie viel zu sehr mit sich selbst beschäftigt, als dass sie eine Gefahr für Dritte darstellen könnte. Das bemerken beide Polizistinnen ziemlich schnell, als sie den Tatort dennoch mit Vorsicht begehen. Unaufgeregt nähern sie sich der Täterin. Während eine Beamtin das auf dem Boden befindliche Tatwerkzeug mit einem leichten Fußtritt in eine für Monika unerreichbare Entfernung kickt, sichert ihre Kollegin den Messerblock, um erst einmal eine für alle Beteiligten möglichst unbedenkliche Situation zu schaffen. Erst jetzt kniet sich eine der beiden Beamtinnen professionell zu der am Boden zerstörten Monika hinab, um beruhigend auf sie einzureden. Das klappt erst einmal nicht, weil Monika einfach zu sehr im Bann eigener Emotionen, Gedanken und Ängste gefangen ist. In diesem Zustand ist sie noch nicht einmal in der Lage erkennen zu können, dass zwei Beamtinnen anwesend sind. Erst nach einer Weile, in der die Polizistinnen sich nicht aus der Ruhe bringen lassen, dringt die sprechende Polizistin zu Monika durch und kann von ihr auch wahrgenommen werden.

So ziemlich jeder andere Täter würde nach solchen Geschehnissen beim Anblick der bewaffneten Beamtinnen in Panik verfallen. Doch bei Monika ist es anders. Sie spürt, dass die im Tonfall verständnisvoll zu ihr gesprochenen Worte keine Gefahr für sie darstellen. Davon muss sie sich nicht bedroht fühlen und auch keine Angst vor weiteren Schlägen fürchten. Stattdessen erreicht sie der als erleichternd empfundene Eindruck, dass sie in Sicherheit und nun alles vorbei ist. Mit dieser Erkenntnis kann sie die Beamtin an sich heran und sich von der in den Arm nehmen lassen. Das empfindet Monika, als wäre sie von einem Hochhaus gesprungen und direkt in einem seidenweichen Sprungtuch gelandet. So gut fühlt sich Sicherheit an.

Langsam lässt sich Monika von der Beamtin zum Aufstehen bewegen, als sie durch ihre verheulten Augen eine etwa gleichaltrige Polizistin erkennt. Die kommt ihr mit ihrem weichen und verständnisvoll geprägten Gesichtsausdruck wie eine beste Freundin vor, die sie eigentlich nie hatte. Dabei bemerkt sie das Eintreffen eines Arztes. Der stellt seinen Koffer mit medizinischem Gerät auf dem Küchentisch ab, öffnet ihn und streift sich ein Paar Einweghandschuhe über. Sodann greift er sich eine Spritze, versieht die mit einer Nadel und sticht diese durch den Deckel in ein Fläschchen mit einer transparenten Flüssigkeit. Die Spritze füllt sich rasch beim Aufziehen, als der Arzt Nadel und Fläschchen voneinander trennt. Nun ist der richtige Zeitpunkt gekommen, um Monika medizinisch zu behandeln und ihr so aktiv zu helfen. Ruhig spricht der Arzt sie an.

»Guten Abend, Frau Meier. Mein Name ist Sievenheck. Ich bin Arzt, möchte ihnen helfen und würde ihnen gerne ein Mittel zur Beruhigung verabreichen. Sind sie damit einverstanden?«, vergewissert sich der Doktor.

Doch Monika reagiert vorerst nicht. Erst als die mitfühlend wirkende Polizistin die weiterhin weinende Patientin flüsternd und zugleich empathisch erreicht, hält Monika dem Arzt ihren Arm entgegen. Der desinfiziert die vorgesehene Einstichstelle mit einem Schwämmchen und verabreicht Monika eine Injektion, die bereits nach wenigen Augenblicken zu wirken beginnt.

Vergleichbar mit einem einsetzenden Alkoholrausch, keimt ein dringend benötigtes Gefühl der Erleichterung in Monika auf, das subjektiv von einer einhergehenden Wärme begleitet wird. Einige Momente später, im Zustand der aufkommenden Entspannung, erscheinen Monikas Ängste, Sorgen und auch die Geschehnisse des Abends ihr als zunehmend bedeutungslos. Der Tränenfluss und die Trauer ebben langsam ab, da das manipulierte Gehirn ihr vorgaukelt, dass es keinen Anlass zum Weinen gäbe. Das bezeichnet der Volksmund treffend als »Leck-mich-am-Arsch-Gefühl«. Jetzt ist der Moment gekommen, auf den die Beamtinnen hingearbeitet haben. Monika ist bereit dazu, begleitet in den Krankenwagen zu steigen und sich in das Krankenhaus fahren zu lassen. Dort wird sie erst einmal stationär in der Psychiatrie aufgenommen.

Mit Erleichterung nimmt Schwester Eva diesen Verlauf zur Kenntnis.

»Ich bin froh, dass die Dinge für deine Mutter jetzt einen solchen Verlauf genommen haben«, gibt sie ehrlich an.

»Das können Sie laut sagen, Schwester. Ich aber würde noch einen draufsetzen und sagen, dass ich auch noch ein Stück glücklich darüber bin. Glücklich deswegen, weil ich meine Mutter, die immer eine tolle Mutter war, noch habe. Denn ich habe mich mit diesem Thema der Depressionen genauer beschäftigt und mir sagen lassen, dass sich Leute mit dieser Erkrankung mitunter auch das Leben nehmen. Als ich das erfuhr, bin ich vor lauter Angst um sie fast wahnsinnig geworden.«

»Wo befindet sich deine Mutter aktuell und wie geht es ihr jetzt?«, will Schwester Eva in Erfahrung bringen.

»Sie lebt weiterhin in der Psychiatrie, fühlt sich an diesem Ort gut aufgehoben und wird auf unbestimmte Zeit auch dort verbleiben. Grundsätzlich freut mich das für sie, weil ihr dort geholfen wird. Mich stört daran nur, dass ich sie unter dem Einfluss der schweren Medikamente manchmal nicht wiedererkenne. Häufig sagt sie Dinge, die so gar nicht zu ihr passen, wie es erst neulich passierte. Als ich sie im Krankenhaus besuchte, fluchte sie über die Politik in Deutschland - obwohl sie sich nie für Politik interessierte.«

Eva hört diesen Ausführungen weiterhin aufmerksam zu und kann die für sich mit ihren medizinischen Kenntnissen interpretieren. Dass Monika eine augenscheinliche Wesensänderung durchlebt, ist ihrer Ansicht nach sowohl auf ihren individuellen Krankheitsverlauf als auch auf die verabreichten Medikamente zurückzuführen. Hinzu kommt, dass Monika während ihres Aufenthaltes im Krankenhaus viel Zeit für sich hat. Da bietet das TV eine Möglichkeit der breiten Tagesgestaltung, wodurch das Interesse auf viele Wissensgebiete gelenkt werden kann, die einen Menschen vorher eben nicht interessierten. Dass dabei das politische Geschehen von Monika fokussiert wird, findet Eva nicht schlimm.

»Wie wird es jetzt mit deiner Mutter weitergehen, Maik? Dabei denke ich an die Stichverletzung, die sie Dietmar zufügte.«

Mit der Antwort auf diese Frage, lässt sich der Patient etwas Zeit. Doch er antwortet danach überzeugt klingend.

»Sicherlich wird das ein Nachspiel haben, Schwester. Aber ich glaube, dass meine Mutter nach Aussage ihres Anwaltes da nicht viel zu befürchten hat. Da wäre zuerst einmal dieses miese Spiel, das Dietmar mit ihr und uns Geschwistern über Jahre hinweg getrieben hat. Bei so etwas kann man auch schon einmal aus der Haut fahren, finde ich. Hinzu kommt, dass Dietmar meine Mutter zuerst mehrfach geschlagen hat. Das hört sich für mich ganz schwer nach Notwehr an. Und dann spielt ja auch noch ihre depressive Erkrankung eine gewisse Rolle. Außerdem, und das meint ihr Anwalt auch, ist meine Mutter gar nicht in der Lage dazu, einen Prozess durchstehen zu können. Sollte der tatsächlich kommen, weiß niemand wann das sein wird.«

Schwester Eva kann Maiks Überzeugung nicht teilen, würde es sich aber von Herzen wünschen, dass Monika ungeschoren davonkommt. Sie hält es für wahrscheinlicher, dass Maik ihr ein naiv geprägtes Wunschdenken präsentiert, welches mit der Realität wenig zu tun hat. Mit Sicherheit stimmen ihrer Einschätzung nach wesentliche Eckpunkte in seiner Darstellung. Aber ob ein Gericht die ähnlich sehen, bewerten und auch danach urteilen wird, sei in diesem Moment dahingestellt. Doch jetzt fällt ihr siedend heiß ein, dass auch auf Maik noch eine gerichtliche Auseinandersetzung wegen der wilden Fahrt unter Drogen mit dem entwendeten Mofa wartet. Folglich werden nach ihrer Einschätzung die Zeiten in juristischer Hinsicht für Mutter und Sohn alles andere als behaglich werden. Da ist sie sich sicher. Jedoch behält sie diese Gedankengänge für sich. Da sie keine Juristin ist, brächte eine Gesprächswendung in solche Gefilde nicht viel. Es wäre das berühmte »Fischen im Trüben«, würde jetzt und hier niemanden weiterbringen und könnte den Patienten lediglich verunsichern. Das gilt es ihm zu ersparen, wobei sie seinen Genesungsprozess in den Vordergrund stellt.

»Gut, deine Mutter ist erst einmal sicher untergebracht, wird dort fachlich versorgt und arbeitet an ihrer Genesung. Deinen Ausführungen entnehme ich, dass Dietmar keine Rolle mehr spielt. Daher stellt sich für mich die Frage, wo ihr beiden Brüder nun lebt? Konntet ihr euch auch dieses Mal auf die Großeltern Faber verlassen?«

Diese Frage, berührt Maik emotional sehr, setzt den jungen Mann aber nicht außer Gefecht. Also reißt er sich zusammen und antwortet der Schwester.

»Leider sind die Großeltern Faber zu alt, um auf Pascal und auf mich aufzupassen. Mittlerweile können beide nicht mehr gut laufen und haben mit weiteren gesundheitlichen Problemen zu kämpfen. Hinzu kommt noch das Schicksal meiner Mutter, das besonders Oma Lena schwer zu schaffen macht. Ihre Tochter derartig abgewrackt zu sehen, macht sie sehr traurig. Aus diesem Grunde verlief der Tag nach der Auseinandersetzung zwischen Dietmar und meiner Mutter ganz anders. Aber davon ahnten Pascal und ich noch nichts, als Opa Karl uns an diesem Tage morgens zur Schule brachte. Erst als mitten in der vierten Stunde der Rektor in den Unterricht kam, der meinem Klassenlehrer etwas ins Ohr flüsterte, beide dann zu mir schauten, um mich vor den Klassenraum zu bitten, ahnte ich, dass wieder einmal etwas schiefgelaufen war. Was das aber war und was ich damit zu tun haben könnte, war mir zu diesem Zeitpunkt noch nicht klar. Gerade das machte mir Angst.«

Innerlich verunsichert erhebt Maik sich von seinem Stuhl, der ziemlich weit vorne im Klassenraum steht, und folgt damit dem freundlich wirkenden Wink des Rektors. Der signalisiert ihm so, dass er mit ihm vor dem Klassenraum sprechen möchte. Im Vorbeigehen klopft der Schulleiter seinem Schüler freundschaftlich anmutend kurz auf die Schulter und vermittelt dem damit, dass der sich nicht zu fürchten braucht. Als Maik den Klassenraum verlässt und den langen Flur betritt, wird er bereits erwartet. Vor ihm steht eine junge Frau, die hochhackige Schuhe und ein blaues Sommerkleid trägt. An ihrem Arm baumelt eine zum Kleid farblich passende Damenhandtasche. Die Dame, die schulterlanges schwarzes Haar und ein rundes Gesicht hat, aus dem ein dezenter Lippenanstrich hervorsticht, lächelt ihn an und stellt sich dem jetzt überraschten Maik kurz als Frau Hauser vom Jugendamt vor. In diesem Moment tritt der Rektor ebenfalls aus der Klasse heraus und schließt die Türe, um die gegenüberliegende zu öffnen. Dieser Klassenraum ist derzeit frei, so dass sich die drei Personen dorthin zurückziehen. Dort können sie ungestört miteinander sprechen. In Maik wächst Klärungsbedarf, was man seinem Gesichtsausdruck ansieht. Er kann es sich nicht erklären, warum ihn eine Frau vom Jugendamt in der Klasse besucht und was die von ihm möchte. Denn schließlich hat er bereits seit Jahren nichts mehr mit dieser Behörde zu tun. Um genau zu sein seit dem Zeitpunkt, an dem seine Mutter wieder in die rechte Spur gefunden hat.

»Guten Tag, Maik. Ich möchte dir sagen, dass ich nach einem Anruf der Polizei auf dich aufmerksam geworden bin. Die Beamtin berichtete mir von einem Streit zwischen deinen Eltern, in dessen Verlauf deine Mutter einen Nervenzusammenbruch erlitt. Aktuell befindet sie sich in der psychiatrischen Klinik St. Hubertus, in der sie bereits vorher behandelt wurde.«

Maik kann kaum fassen, was er da hört. Das alles klingt für ihn im ersten Augenblick ziemlich unglaubwürdig. Er kann es sich nicht vorstellen, dass sich seine Eltern überhaupt streiten können. So harmonisch verlief deren Ehe bis jetzt. Jedoch holen ihn der ernste Blick des Rektors und auch die Ernsthaftigkeit der Worte von Frau Hauser auf den Boden der Tatsachen zurück. Dass seine Mutter in ärztlicher Behandlung ist, löst gekanntes Mitleid und Sorge in ihm aus. Aber da diese Situation aufgrund des früher schon Erlebten nicht neu für ihn ist, kann er es grob für sich einordnen. Doch darauf aufbauend entstehen Fragen bei ihm, die er gerne beantwortet haben möchte.

»Was hat das mit dem Jugendamt zu tun? Kann mir das nicht Dietmar sagen, wenn ich nach Hause komme?«, will er in Erfahrung bringen.

Frau Hauser hebt etwas die Augenbrauen, atmet tief durch und wirkt gefasst, um Maik nicht in Unruhe zu versetzten. Sie weiß, dass jetzt der schwerste Teil ihrer Arbeit auf sie wartet, den sie so ungern erledigt, weil er so schwer zu erledigen ist. Behutsam in der Wortwahl muss sie nun erklären, was sie weiß und was sich für Maik daraus ergibt.

»Das ist nicht so einfach, weil es sich um einen schweren Streit zwischen deinen Eltern handelte, in dessen Verlauf Dietmar verletzt wurde. Er musste daraufhin in die St. Vincenz-Klinik eingeliefert und operiert werden. Dort wird er noch bleiben müssen, aber es geht ihm den Umständen entsprechend gut«, versucht sie behutsam zu übermitteln.

Maik hat genau zugehört, kann sich aber weiterhin kein klares Bild machen. Ehrlich gegenüber sich selbst gesteht er sich Zweifel ein, die ihn beschleichen. Dass sich seine Eltern derartig hart streiten, seine Mutter danach in eine psychiatrische Klinik eingeliefert wird und sein Stiefvater auf dem OP-Tisch landet, kann er sich auch mit großer Anstrengung nicht vorstellen. Beide wirkten immer so glücklich miteinander. Ehrlich gesagt kann er sich noch nicht einmal an eine kleine

Auseinandersetzung der beiden erinnern. Sie schienen sich gesucht und gefunden zu haben, wobei beide immer unendlich ineinander verliebt wirkten. Worüber die nun plötzlich in Streit geraten sein sollen, bleibt ihm verborgen. Das möchte er seine Mutter selbst fragen, wenn er sie sieht.

»Auch das habe ich verstanden. Aber was hat das alles mit dem Jugendamt zu tun und was machen Sie hier?«, will er interessiert wissen.

»Deine Mutter berichtete der herbeigerufenen Polizei von ihren beiden wundervollen Söhnen. Sie äußerte ihre Sorge darüber, dass die sich nun allein überlassen sein könnten und daher niemand auf euch aufpassen kann. Da ihr noch nicht volljährig seid, ist diese Sorge begründet. Somit meldete sich die Beamtin bei mir und berichtete, dass du und dein Bruder zum Zeitpunkt der Auseinandersetzung eure Großeltern Faber besucht habt. Die kontaktierte ich heute Morgen und dort sagte man mir auch, wo ich euch finde.«

Hier hakt Maik energisch nach.

»Warum gibt es niemanden, der auf uns aufpassen kann? Das können doch Oma Lena und Opa Karl machen!«, stellt er fest.

Frau Hauser lässt sich davon nicht aus der Ruhe bringen und vermittelt sachlich, weil gut vorbereitet, weiter.

»Genau da liegt der Hase im Pfeffer, Maik. Natürlich habe ich sie gefragt, ob sie die Bereitschaft dazu aufbringen würden. Das wollten sie auch sofort. Aber im Gespräch mussten sie sich selbst und mir gegenüber eingestehen, dass beide aufgrund ihres Alters und ihrer altersbedingten Gebrechen einen solchen Kraftakt nicht mehr stemmen können. Ein Besuch der Enkel von ein oder zwei Tagen, stellt hingegen kein Problem für deine Großeltern dar. Aber da niemand zum jetzigen Zeitpunkt gesichert sagen kann, wie lange beide Elternteile in den jeweiligen Kliniken verweilen müssen, stellt sich die Frage nach einer vorläufigen Unterkunft für dich und für deinen Bruder.

Erschwerend kommt hinzu, dass eure Mutter es ablehnt euch bei dem Stiefvater untergebracht zu wissen. Das macht es auch für mich nicht einfacher. Mit dem Auftrag eine Antwort auf diese Frage zu finden, wurde ich betraut. Ich kenne eine Einrichtung, die sich darauf spezialisiert hat, jungen Menschen in Notlagen zu helfen. Zumindest für den Zeitraum, bis die Eltern oder Elternteile ihrem Erziehungsauftrag wieder gerecht werden können.«

Maik ist nach dieser Erklärung, die ihm wie ein Schlag in die Magengegend vorkommt, völlig aufgelöst. Schwer atmend beginnt er mit seinen 17 Jahren zu realisieren, dass er nicht träumt. Stattdessen wurde er von Dritten ohne sein Zutun in eine Realität geworfen, in der nichts mehr so ist, wie er es kennt. Es ist eine Realität, in der er ab sofort keine Familienmitglieder mehr hat, die für ihn da sind. Deswegen kann er nicht mehr in der elterlichen Wohnung und in dem familiären Umfeld leben. Nun hat er keine Vorstellung davon, wo er landen und heute Abend einschlafen wird. Denn auf die Hilfe seiner Großeltern kann er jetzt nicht mehr zurückgreifen. Damit brechen alle Stützpfeiler in seinem Leben, die ihm als Orientierung in allen Lebenslagen Sicherheit verliehen, von jetzt auf gleich weg. Das lässt Hoffnungslosigkeit in ihm entstehen. Nach Sekunden des Nachdenkens, wie er das Segel doch noch zu seinen Gunsten herumreißen und alles zum Guten wenden kann, schaudert es ihm. Maik werden in diesem Moment seine Machtlosigkeit und die Kraft seines Schicksals bewusst. Es liegt nicht in seiner Macht, den Streit seiner Eltern rückgängig zu machen. Auch kann er seine Großeltern nicht in einen Jungbrunnen schubsen, damit die ihn danach aufnehmen und ihm so viel von einer ungewissen Zukunft ersparen können. Er kann offensichtlich auch nicht beeinflussen, wo er jetzt untergebracht wird. Es sind diese Erkenntnisse, die ihn völlig unvorbereitet treffen und die ihn emotional ins leere und dunkle Nichts stürzen lassen. Nun bleibt ihm erst einmal nicht mehr viel übrig, als Frau Hauser zu vertrauen. Denn die sprach ja von Antworten, die sie gefunden hätte, als ihn ein sorgenvoller Gedanke wie ein Stromschlag durchfährt.

»Wo ist Pascal? Wo ist mein Bruder? Wenn ich in eine Einrichtung muss, dann muss er doch auch in eine Einrichtung gebracht werden, oder?«

Auch auf diese Fragen ist Frau Hauser vorbereitet.

»Beruhige dich, Maik. Pascal wird gerade von meiner Kollegin betreut, die ihn in genau diese Einrichtung begleitet, die ich eben erwähnte und die ich mit viel Sorgfalt für euch auswählte. Dort werdet ihr zusammenbleiben. Das kann ich dir versprechen. Dorthin würde ich dich jetzt gerne begleiten. Das Taxi steht vor der Türe und wartet auf uns«, sagt sie bewusst freundlich und mit viel Fingerspitzengefühl.

In diesem Moment erhält sie Unterstützung durch den Rektor, der Maik seine Hand freundschaftlich auf die Schulter legt. Die andere Hand reicht er ihm zur Verabschiedung für diesen Tag. Er spricht seinen Schüler, mit dem es nie Ärger gab, ruhig, verständnisvoll und vor allem ermunternd an.

»Geh nur, Maik. Du bist entschuldigt. Deine Schulsachen lasse ich dir bringen. Nimm dir die Zeit, die du brauchst, um alle Dinge zu regeln und vertraue den Personen, die dir helfen wollen. Auf die kannst du dich verlassen. In den nächsten Tagen geht es dann hier an dieser Schule für dich ganz normal weiter.«

Maik zögert nicht lange, nickt dem Schulleiter beipflichtend zu, erhebt sich von seinem Stuhl und schaut Frau Hauser an.

»Können wir jetzt bitte zu meinem Bruder fahren?«, bittet er die Sozialarbeiterin Hauser.

Die lässt sich nicht lange bitten, erhebt sich ebenfalls von ihrem Stuhl und verabschiedet sich von dem Rektor per Handschlag. Danach verlässt sie mit Maik das Schulgebäude und steigt mit ihm in das Taxi, das sie zum Kinderheim »St. Matthias« bringt.

Auf dem Weg dorthin beobachtet sie Maik, dessen Wohlergehen ihr jetzt anvertraut ist. Er nimmt davon keine Notiz, weil er zu sehr mit sich, seinen Gedanken und seinen Empfindungen beschäftigt ist. Dabei macht sich eine gewisse Erleichterung in Fr. Hauser breit, weil Maik sich zugänglich zeigt. Das ist längst nicht immer so, wie sie es schon mehrfach erleben musste.

Jetzt ist es raus. Für Schwester Eva hat sich nach den Schilderungen Maiks, die am besagten Tag mit seiner Aufnahme im Kinderheim St. Matthias enden, der Kreis seiner ganz persönlichen Lebensgeschichte geschlossen. Fragen zum Verlauf hat sie nun nicht mehr. Auch Zweifel an der Authentizität seiner Ausführungen sind nicht mehr da, da ihr nun alles lückenlos nachvollziehbar erscheint. Unter diesen Lebensumständen, die sie zum Großteil als außerordentlich ungünstig bewertet, erscheint es ihr als ein Wunder, dass er sich so gut entwickelt hat. Maik weiß sich zu benehmen, hat Witz und verfügt über Charme. Aber er weckte auch ihr ehrliches Mitleid. Solche widrigen Lebensumstände hat kein Heranwachsender nach ihrer Auffassung verdient. Doch es interessiert sie noch, ob sich seine Lebensumstände in der Einrichtung verbessert haben und fragt hierzu nach.

»Wie lange lebst du nun in diesem Kinderheim und wie muss ich mir das Leben dort vorstellen?«

»Seit etwas mehr als sechs Monaten wohne ich nun dort in einer Gruppe mit neun weiteren Leuten. Pascal und ich teilen uns ein Zimmer, wobei ich immer versuche ihm bei allem zu helfen und ihn zu unterstützen. Er sagt es nicht, aber ich merke es, dass er mich braucht. Die Stimmung in der Gruppe ist meistens locker und die Erzieher sind es auch. Sie achten darauf, dass wir morgens nicht verschlafen und unternehmen sonst alles, damit wir uns wohlfühlen. So können wir z.B. Wünsche äußern, was wir mittags auf dem Teller haben möchten. Auch machen wir Wochenendausflüge mit den Erziehern. Manchmal gibt es Streit untereinander, aber das ist schnell geklärt. Eigentlich ist das Leben dort mit dem Alltag einer Großfamilie zu vergleichen. Die Erzieher und Erzieherinnen sind vergleichbar mit Eltern. Bei Problemen sind die für uns da. Sie zeigen uns wie man kocht, wie man seine Wäsche wäscht und helfen uns bei den Schulaufgaben. Wir können Freunde besuchen und Freunde können uns besuchen. Das ist schon alles in Ordnung.«

Eva ist überrascht von den Schilderungen, die durchweg positiv auf sie wirken.

»Geht es dir und Pascal denn jetzt besser in der Einrichtung, als es zu Hause der Fall war?«

»Wirklich schön war es für Pascal und für mich nur in der Zeit, in der meine Mutter und Dietmar gut miteinander auskamen. Das waren unsere besten Jahre. Aber das alles ist offensichtlich vorbei und wird auch nicht wiederkommen. Ganz anders ist ein Leben in dem Kinderheim, weil es dort vieles nicht gibt, das man andernorts aber an so ziemlich jeder Straßenecke findet. Es gibt zum Beispiel keine Besoffenen, die Streit suchen. Auch findet man dort keine Männer, die ihre Frauen anschreien und schlagen. Das ist schon einmal gut. Was nicht so gut ist, ist die Unruhe, die manchmal dort herrscht. Wenn sich insgesamt zehn Jugendliche in einer Wohnung aufhalten, ist das manchmal wuselig. Aber Pascal und ich verziehen uns dann in unser Zimmer und schauen TV, bis Entspannung eingekehrt ist.«

Unter diesen Schilderungen kann sich Schwester Eva etwas vorstellen. Jedoch geht ihr Interesse auch in eine andere Richtung.

»Darf ich fragen, wie es mit Kontakten zu deiner Familie läuft? Dürfen du und Pascal Kontakt zu euren Familienmitgliedern haben?«

Maik antwortet selbstsicher.

»Na klar, dürfen wir das. Das Kinderheim ist doch kein Knast. Die Erzieher begleiten uns, wann immer wir es wollen, zu unserer Mutter in die Klinik. Wenn unsere Mutter begleiteten Freigang hat, darf sie uns auch auf der Gruppe besuchen. Vorher backen die Erzieher dafür mit Pascal und mir einen Kuchen oder bereiten ein leckeres Mittagessen vor. Was meine Mutter nicht möchte, ist, dass wir Kontakt zu Dietmar haben. Aber darauf haben Pascal und ich auch keinen Bock. Stünde der vor der Türe, würden ihn die Erzieher nicht reinlassen. Alle 14 Tage dürfen mein Bruder und ich von freitags nach der Schule bis sonntagabends zu Oma Lena und Opa Karl fahren. Dort können wir dann übernachten, haben eine tolle Zeit und helfen unseren Großeltern auch noch bei verschiedenen Arbeiten am Haus oder im Haushalt. Übrigens haben wir dort auch das vergangene Weihnachtsfest mit unserer Mutter verbracht.«

Jetzt, in diesem Moment, durchfährt Schwester Eva die gesicherte Erkenntnis, dass Maik und sein Bruder nach unsagbar widrigen Umständen wieder in einem sicheren Hafen angekommen sind. Das löst in ihr eine Erleichterung aus, die sie sich insgeheim während des gesamten Gesprächsverlaufes häufiger gewünscht hat. Dort, in diesem Kinderheim, sind beide Jungs geschützt und dort treffen sie Personen, auf die sie sich verlassen können. Das gefällt ihr sehr gut, als sie weitere Fragen an Maik richten möchte. Doch dabei wird sie vom vorsichtigen Klopfen an der Türe unterbrochen. Kurz darauf öffnet die sich, wobei sogleich ein ihr bekannt anmutendes Gesicht durch den schmalen Türspalt schaut. Das muss Pascal sein, der seinem Bruder stark ähnelt. Sein Gesicht fixiert den im Bett Liegenden.

»Maik?«, entweicht es wahrnehmbar dem Teenagermund.

Maik erkennt seinen Bruder sofort und freut sich über dessen Besuch.

»Klar Digga. Komm rein.«

Sogleich stößt Pascal die Türe auf und schreitet an der Schwester vorbei zu seinem Bruder. Anfassen oder umarmen mag er ihn aber nicht. Bei den ganzen Bandagen an Maiks Körper weiß er gar nicht, wohin er fassen darf.

»Hast schwer nachgelassen, Alter. Du siehst ja aus, wie ´ne Mumie«, stellt der Junge schadenfroh fest.

Beide verfallen sogleich in einen Dialog, während Schwester Eva sich erhebt und sich zur Türe bewegt. Dort nimmt sie einen geschätzten Mitdreißiger in Empfang, der sich als Hartmut Weiher vorstellt. Er gibt an ein Erzieher von Maik zu sein, der sich nach dessen Zustand erkundigen und persönliche Sachen vorbeibringen möchte. Schwester Eva bittet ihn herein und möchte sich, um diesen familiären Moment nicht zu stören, aus dem Raum entfernen. Maik bemerkt das und fragt sogleich nach:

»Wo gehen Sie hin, Schwester? Kommen Sie noch einmal wieder?«

Sie lächelt ihn beruhigt an. Sehr wohl ist sie sich gewiss darüber, dass sie jetzt nur stören würde.

»Ich bin noch einige Stunden hier, Maik. Solange du hier bei uns Patient bist, bin ich jeden Tag für dich da.«

Das beruhigt den Patienten, der sich seinem Bruder und seinem Erzieher zuwendet. Währenddessen verlässt Eva das Zimmer und steht nun wieder auf diesem tristen Flur. Nun hat sie die Zeit dazu, diesen Arbeitstag zumindest ansatzweise zu reflektieren. Ein Tag, an dem das Schicksal sie zu einem wundervollen Menschen führte, dessen Schilderungen sie noch über Tage und Wochen beschäftigen werden. Sie selbst gelüstet es jetzt nach einer Pause, in der sie sich einer Tasse Kaffee und einigen Keksen widmen möchte.

Auf dem Weg zum Schwesternzimmer kommt ihr der Chefarzt Dr. Brucks entgegen, der ihre positiv gewichtete Stimmung sogleich ins Wanken bringt. Sie erinnert sich daran, dass er sie dazu verdonnerte bei dem Patienten zu bleiben.

Dementsprechend argwöhnisch wird er als Chef reagieren, wenn er sie jetzt auf dem Flur antrifft. Doch der Boss reagiert unerwartet freundlich.

»Haben Sie sich wacker geschlagen, Schwester?«

Eva weiß nicht, was sie davon halten soll und ob das eine Falle sein könnte. Für solche hinterlistigen Sachen ist dieser Typ hinlänglich bekannt. Bestimmt würde er ihr gleich einen reinwürgen. Dieser Arsch mit Ohren kann einfach nicht freundlich sein, ist sie sich sicher. Erlebt hat sie das jedenfalls noch nicht.

»Der Patient hat überraschenderweise doch noch Familienbesuch und Besuch von seinem Erzieher erhalten. In diesem familiär geprägten Augenblick fühlte ich mich eher als Störenfried. Daher wollte ich eine Pause machen, bevor ich dort wieder einkehre«, erklärt sie in aller Sachlichkeit.

»Was ist das für ein Mensch?«, fragt der Chefarzt nach.

»Ich halte ihn für einen liebenswerten und zugänglichen Menschen. Ängste, dass er hier ausflippen könnte, habe ich nicht. Diese Angst kann ich ihnen nehmen«, kommt es in aller Deutlichkeit zurück.

Mit einer Mimik, die Schwester Eva bei ihrem Vorgesetzten so noch nicht wahrgenommen hat, schaut er sie an. Dabei verharrt er über Sekunden in Schweigen, die der Schwester wie Stunden vorkommen und sie naturgemäß wie immer verunsichern. Wann würde er sie denn jetzt endlich auf dem Flur vor Publikum zusammenledern, weil sie sie entgegen seiner Weisung auf dem Flur und nicht im Zimmer des Patienten angetroffen hat?

»Gute Arbeit, Schwester. Ich war mir sicher, meine fähigste Mitarbeiterin mit dieser anspruchsvollen Aufgabe betraut zu haben und habe gewusst, dass Sie mich nicht enttäuschen werden. Genießen Sie ihre Pause mit Kaffee und Kuchen und schauen Sie bitte ab und zu nach ihrem Patienten«, spricht er, dreht sich herum, zeigt ihr wieder einmal den Rücken, geht weg und lässt sie wie dumm stehen.

»Was ist das heute bloß für ein verrückter Arbeits- und Schicksalstag?«, fragt sie sich völlig entwurzelt, aber doch in vielerlei Hinsicht erleichtert gestimmt.

Michael Arnold, geb. 1970 in Dinslaken / NRW, u.a. seit 1996 als staatl. gepr. Erzieher in der stationären Jugendhilfe (Heimerziehung) mit der Zusatzausbildung zum Deeskalationstrainer tätig, verheiratet, 1 Tochter, 1 Enkel

Bisherige Veröffentlichungen:

2005: „Ein Frettchen kommt selten allein – Tipps zur Haltung und Aufzucht aus der Praxis für die Praxis", Sach- und Taschenbuch, 149 Seiten, Verlagshaus Monsenstein & Vannerdat (Münster), ausverkauft

2008: „Megalodon – König der Meere und Titan aller Haie", Kinder-Jugendbuch, 212 Seiten, Books on Demand GmbH (Norderstedt)

2010: „Infiziert – Spezialisten stellen sich vor", Sach- und Taschenbuch, 120 Seiten, Verlagshaus Monsenstein & Vannerdat (Münster), ausverkauft

2012: „Michis großer Atari VCS 2600-Ratgeber", Sachbuch, DIN-A-4 239 Seiten, Auflage: 50 Exemplare ohne ISBN-Listung, Verlagshaus Monsenstein & Vannerdat (Münster), ausverkauft

2014: „Erkenntnisse im eigenen Land", Sach- und Taschenbuch, 147 Seiten, Verlagshaus Monsenstein & Vannerdat (Münster), ausverkauft

2016: „Raucherpause – Chronik einer Rauchentwöhnung", Sach- und Taschenbuch, 101 Seiten, Verlagshaus Monsenstein & Vannerdat (Münster)